Ingrid Zellner

VIEL TOD UM NICHTS

Theaterkrimi

Oertel+Spörer

Dieses Buch ist für alle Theaterkollegen, mit denen ich bislang in meinem Leben zusammengearbeitet habe – allen voran natürlich die wunderbaren Menschen im Naturtheater Hayingen, wo ich seit 2022 mitspiele.

In diesem Zusammenhang möchte ich betonen: Sämtliche Schauspieler, Regisseure, Bühnenbildner et cetera in dieser Geschichte sind frei erfunden. Ähnlichkeiten wären rein zufällig!

Informationen zu der Komödie »Viel Lärm um nichts« von William Shakespeare und eine Besetzungsliste finden sich im Anhang.

Es war der erste Sonntag im Juli, kurz vor halb drei Uhr nachmittags. Strahlender Sonnenschein ergoss sich über die Freilichtbühne des Naturtheaters Hayingen und Hunderte von Besuchern, die gut gelaunt und voller Vorfreude in das sommergrüne Tiefental hinabströmten. Im Eingangsbereich des Theaters war ein kleiner Biergarten aufgebaut worden, wo man sich mit Kaffee und Kuchen oder mit Bier und Vesper für den bevorstehenden Kunstgenuss stärken konnte, und von diesem Angebot wurde reichlich Gebrauch gemacht. Fröhliche, erwartungsvolle Heiterkeit lag in der Luft, als schließlich das erste Klingelzeichen ertönte und die Menschen ihre Plätze auf der großen, überdachten Zuschauertribüne einnahmen. In wenigen Minuten würde die diesjährige Sommerspielzeit mit der Premiere von William Shakespeares Komödie »Viel Lärm um nichts« beginnen – beziehungsweise »Mordsg'schiss wega nix«, denn natürlich würde das beliebte Schauspielensemble, wie man es von ihm gewohnt war, das Stück in einer eigens erstellten schwäbischen Version aufführen.

Das dritte Klingelzeichen verklang, schwungvolle Musik setzte ein, und eine munter schwatzende Gesellschaft betrat die Bühne. Wer das Shakespeare-Stück bereits kannte, wusste sofort, dass das der reiche und vornehme Leonato mit Familie und Gefolge sein musste. Auch Kinder waren dabei, die ausgelassen um die Erwachsenen herumtanzten, und dann stimmte die Gesellschaft ein gemeinsam gesungenes Lied an, dessen Refrain sich – passend zum Stücktitel – um die Erkenntnis drehte: »A Henn wo viel gaggrad, legt wenig Oier.«

Begeisterter Beifall belohnte den gelungenen Vortrag. Das Naturtheater Hayingen war dafür bekannt, dass zu seinen Produktionen immer auch speziell dafür komponierte Lieder gehörten und das Ensemble auch über entsprechende, teilweise sogar bemerkenswerte Gesangstalente verfügte. Und das Eingangslied war schon mal vielversprechend. Ohne Zweifel hatte Noah Sandmann, der begabte junge Komponist in den Reihen der Hayinger, auch diesmal wieder ganze Arbeit geleistet.

In den abebbenden Applaus hinein stürmte von dem dicht bewaldeten Hügel, an dessen Fuß die Naturbühne angelegt worden war, eine junge Frau herunter und zwischen den Bäumen hindurch auf die unebene, kiesbedeckte Spielfläche. Offenbar war sie eine Botin, denn sie wedelte schon von Weitem mit einem Brief und übergab ihn Leonato, der das Schreiben überflog und seinem Gefolge erfreut verkündete, dass *Don Pedro von Aragon* demnächst hier eintreffen werde. Das Gefolge jubelte, und durch die Zuschauerreihen ging ein erwartungsvolles Raunen – denn das bedeutete, dass jeden Moment Peter Müller seinen ersten großen Auftritt haben würde. Er war seit Jahren einer der Publikumslieblinge in Hayingen: ein hervorragender Schauspieler, dazu noch mit der Figur und dem guten Aussehen eines Top-Models gesegnet und wie geschaffen dafür, einen vornehmen Aristokraten wie den Prinzen von Aragon zu spielen.

»Guckt älle na, do isch er, d'r Don Pedro!«, rief die Botin endlich aufgeregt und deutete nach links, wo eine überdachte dunkelbraune Holzbrücke über den breiten Weg führte, der die Freilichtbühne von der Zuschauertribüne trennte, und dadurch wie ein Portal fungierte. Hufgeklapper war zu hören, dann ritten stolz drei Schauspieler herein und brachten ihre

Pferde direkt unter der Brücke zum Stehen. Die Zuschauer klatschten wie wild, und in ihren Applaus hinein erschien oben auf der Brücke – zwischen den schmalen Holzbalken, die das Dach stützten, für jedermann bestens zu sehen – Peter Müller alias Don Pedro. Prompt brandete der Beifall noch einmal auf, eines der Pferde gab ein durchdringendes Wiehern von sich, und alle lachten. Die Stimmung war prächtig, schöner hätte man sich den Beginn der Premiere nicht wünschen können.

Don Pedro trat an das Geländer, das aus zwei übereinander angebrachten horizontalen Balken bestand, stützte sich mit beiden Händen auf den oberen Balken und wartete, bis es um ihn herum ruhig wurde, auch kein Pferd mehr mit den Hufen scharrte und damit alle Aufmerksamkeit allein ihm galt. Dann setzte er, wie von einer Kanzel herab, zu seiner feierlichen Begrüßung an.

»Mei beschter Herr Leonato, Ihr kennat Eich uff jeda Menga Omschtänd eirichta …«

Weiter kam er nicht. Ein unheilvolles, knarzendes Geräusch ertönte, dann brach plötzlich der Geländerbalken unter dem Druck von Don Pedros rechter Hand mit lautem Splittern durch und knickte mitsamt Peter Müller schräg nach unten ab. Der verlor dadurch erst das Gleichgewicht, dann den hölzernen Boden unter den Füßen und stürzte schließlich kopfüber in die Tiefe, wo er direkt vor den Hufen der erschrockenen Pferde aufprallte und regungslos liegenblieb.

Ein entsetzter Aufschrei ging durch die Zuschauermenge. Die drei berittenen Schauspieler bemühten sich verzweifelt, im Sattel zu bleiben und ihre Pferde, die nervös wieherten und sogar zu steigen begannen, in den Griff zu bekommen, damit sie nicht durchgingen und dabei womöglich Peter Müller überrannten. Die Pferdepfleger an den Führstricken beruhigten die panischen Tiere so gut es ging und führten sie erst aus der Gefahrenzone und dann aus dem Bühnenbereich hinaus. Inzwischen hatte jemand die Sanitäter verständigt, die in der Erste-Hilfe-Hütte auf eventuelle Einsätze gewartet hatten und nun mit ihren Notfallkoffern herbeigestürzt kamen.

»Zur Seite!«, befahlen sie kurzangebunden, da mittlerweile sämtliche Schauspieler von dem Bühnenhügel heruntergestiegen waren und sich um ihren Kollegen scharten, der noch immer leblos am Boden lag. »Nein, Hände weg von ihm – lassen Sie uns das machen!«

Stumm und geschockt sahen die Spieler zu, wie die Sanitäter Peter Müller vorsichtig untersuchten. Auch auf der Tribüne war es völlig still geworden. Nur vereinzeltes Wiehern wehte noch leise von der Pferdekoppel herüber.

Schließlich erhob sich einer der Sanitäter und sah das Ensemble ernst an.

»Ich fürchte, das Stück ist zu Ende«, sagte er. »Der Mann hat sich das Genick gebrochen. Er ist tot.«

1

Lars Lege, der Leiter des Naturtheaters Hayingen, saß im Arbeitszimmer seines Hauses und überflog noch einmal prüfend seine Notizen für die Ansprache, die er in gut zwei Stunden bei der außerordentlichen Theaterversammlung in der Digelfeldhalle halten würde.

Sieben Monate waren vergangen seit der unglückseligen Premiere im Juli, die schon nach wenigen Minuten so katastrophal geendet hatte. Mit Peter Müller hatten sie damals einen Kollegen verloren, der ohne Frage eine Stütze des Ensembles gewesen war, auch wenn es hinter den Kulissen mehr als einmal zwischen ihm und den anderen Spielern gekracht hatte. Das würde er jedoch nachher wohlweislich nicht erwähnen. *De mortuis nihil nisi bene.*

Die Frage, wer für Peters Tod verantwortlich war – irgendjemand würde während der Versammlung mit Sicherheit damit daherkommen –, würde er leider noch immer nicht beantworten können. Die Kollegen vom Bühnenbau hatten seinerzeit sofort, noch ehe der letzte Premierenzuschauer das Gelände verlassen hatte und die erste Polizeistreife eingetroffen war, vehement bestritten, dass der Unfall ihre Schuld war: Sie hätten die Holzbrücke regelmäßig auf ihre Stabilität überprüft, zuletzt am Vortag vor der Generalprobe, und da war nichts, aber auch gar nichts baufällig oder morsch gewesen. Das wurde ihnen später durch die Spurensicherung der Polizei auch insofern bestätigt, als die Brücke tatsächlich gut gewartet und in tadellosem Zustand gewesen war – bis auf den oberen Geländerbalken. Der war nämlich an einer

Stelle fast vollständig durchgesägt worden, sodass er, wenn jemand sich mit seinem ganzen Gewicht darauf stützte, nahezu zwangsläufig durchbrechen musste.

Damit war zumindest die Frage nach dem *Warum* beantwortet. Umso schwieriger gestaltete sich die Frage nach dem *Wer.* Peter Müller war unverheiratet und (jedenfalls offiziell und soweit bekannt) kinderlos gewesen, und zu seinen wenigen nahen Angehörigen, die samt und sonders in Tübingen lebten, hatte der Neunundzwanzigjährige laut eigener Aussage kaum noch Kontakt gehabt. Ein Kind von Traurigkeit war er jedoch keineswegs gewesen, was nicht nur viele Frauen in und um Hayingen bezeugen konnten, sondern auch so einige Männer, was immer wieder für Gesprächsstoff in jeder Form gesorgt hatte. Peter war das gleichgültig gewesen, er hatte sich stets offen zu seiner Bisexualität bekannt und sie in vollen Zügen ausgelebt. Zuletzt hatte er eine feste Beziehung mit Valentin Zeus gehabt, dem Regisseur von »Mordsg'schiss wega nix« – aber selbst da hatte er sich erwiesenermaßen nebenher mindestens *eine* Affäre mit einer Frau geleistet.

Lars Lege schüttelte den Kopf. Mit Homosexualität hatte er kein Problem – Valentin war definitiv nicht der einzige schwule Mann in seinem Umfeld, und mit allen kam er bestens zurecht. Aber die Lebensweise eines Peter Müller wollte einfach nicht in sein Weltbild passen. Er hatte Valentin während der Endproben noch gefragt, ob ihn das denn nicht störte, dass sein Lebensgefährte auf diese Weise fremdging. *Wir führen eine offene Beziehung,* hatte Valentin gleichmütig geantwortet, *niemand macht dem Anderen Vorschriften. Wenn Peter ab und zu Abwechslung braucht, dann gönne ich sie ihm, so wie er das Gleiche mir gönnen würde. Auch wenn das mit Oxana natürlich dumm gelaufen ist, so kurz vor der Premiere. Ich bin ja bloß froh, dass sie mir deswegen nicht abgesprungen ist.*

Dem hatte Lars nur zustimmen können. Oxana Wadejewa, eine gebürtige Russin, die jedoch bereits seit frühester Kindheit in Zwiefalten lebte, war ein aufstrebender Jungstar im Hayinger Ensemble gewesen und hatte im vorigen Jahr, mit gerade mal neunzehn Jahren, mit der Hero ihre erste große Rolle bekommen. Sie hatte eine Traumfigur und war mit ihren dunklen Augen und dem langen schwarzen Haar das, was man an Stammtischen eine »rassige Schönheit« zu nennen pflegte. Es gab kaum einen Mann im Ensemble, der ihr nicht hin und wieder verstohlene Blicke hinterherwarf oder sie sogar offen umwarb. Erlegen war sie jedoch schließlich dem verführerischen Charme von Peter Müller. Und das war in mehrfacher Hinsicht nicht ohne Folgen geblieben.

Niemand würde wohl je vergessen, wie Oxana mit der Aura einer wütenden Rachegöttin zur ersten Hauptprobe erschienen war und vor sämtlichen Mitwirkenden eine flammende Anklage gegen Peter gerichtet hatte: Er habe sie eiskalt sitzengelassen, nachdem sie ihm eröffnet hatte, dass sie sein Kind erwarte. Peter hatte in aller Seelenruhe erwidert, er könne sich nicht erinnern, ihr jemals *ewige* Zuneigung gelobt zu haben, und ob das Kind tatsächlich von *ihm* war, müsse sich auch erst erweisen, schließlich sei er ja wohl mit Sicherheit nicht der Erste und Einzige, von dem Oxana sich habe flachlegen lassen. Nur mit Mühe und vereinten Kräften hatten sie verhindern können, dass Oxana daraufhin mit gezückten Krallen auf Peter losging, und es hatte Lars, Valentin und Bianca Weißgerber – Oxanas beste Freundin, die die Rolle der Beatrice spielte – danach eine geschlagene Stunde gekostet, um Oxana dazu zu bewegen, zu bleiben und ihre Rolle nicht so kurz vor der Premiere hinzuschmeißen. Schließlich würde sie damit nicht nur Peter, sondern ihnen allen schaden, denn eine Absage oder gar ein Ausfall der gesamten Sommersaison würde einen herben finanziellen Verlust bedeuten, der die weitere Existenz des Theaters massiv gefährden konnte.

Lars Lege seufzte. Genau das war dann tatsächlich eingetreten, wenn auch nicht wegen Oxana – denn die hatte sich am Ende glücklicherweise dazu überreden lassen, weiterzumachen (»schließlich kann ich nicht alle anderen hängenlassen, nur weil einer von euch ein Schwein ist«). Stattdessen hatten sie aufgrund von Peters Tod die Spielzeit beenden müssen, noch ehe sie richtig begonnen hatte. Sie hatten zwar verzweifelt hin und her überlegt, ob jemand als Don Pedro einspringen konnte, notfalls der Regisseur selbst – aber gleichzeitig hatte es im gesamten Team mächtig zu brodeln begonnen, als sich herumsprach, dass das Brückengeländer angesägt worden war. Viele verdächtigten offen Oxana Wadejewa, sich auf diese Weise an Peter gerächt zu haben – was sie vehement bestritt: Sie hätte ihn zwar liebend gern öffentlich verprügelt, aber Heimtücke sei nicht ihre Art, und noch dazu habe sie noch nie in ihrem Leben eine Säge in der Hand gehabt und wüsste gar nicht, wie man damit umging. *Dann hast du eben jemanden beauftragt,* bekam sie zur Antwort, *so wie euer Putin, der macht sich ja auch nie selbst die Hände dreckig.* Irgendwann war die Atmosphäre derart vergiftet gewesen, dass Oxana sich freiwillig aus dem Ensemble zurückzog. Und als sie wenig später auch noch eine Fehlgeburt erlitt und ihr Kind verlor, schwor sie, nie wieder einen Fuß auf diese verfluchte Naturbühne zu setzen.

Zu diesem Zeitpunkt hatte die Theaterleitung bereits schweren Herzens beschlossen, die Spielzeit offiziell zu beenden. Der Schock und die Unruhe im Ensemble waren immer noch groß, zumal die Polizei bei ihren Ermittlungen offenbar auf der Stelle trat. Die Stimmung befand sich auf einem absoluten Tiefpunkt, und niemand sah eine Chance, in absehbarer Zeit zu einem halbwegs normalen Spielbetrieb zurückzufinden. Lieber ein Ende mit Schrecken als ein Schrecken ohne Ende.

Nun aber sollte der Schrecken verdammt noch mal endlich ein Ende gefunden haben, dachte Lars Lege, während es draußen leicht zu schneien begann. *Wenn wir nicht riskieren wollen, dass wir in diesem Sommer wieder nicht spielen und danach das gesamte Theater zu Grabe tragen, dann müssen wir spätestens nächsten Monat mit den Proben anfangen. Und das heißt, dass wir nachher bei der Versammlung klare und eindeutige Beschlüsse fassen müssen. Sonst können wir einpacken.*

***

Aus dem leichten Schneefall war zwei Stunden später ein handfestes Schneegestöber geworden. Das hielt jedoch kaum ein Mitglied des Ensembles davon ab, sich an diesem Samstagabend auf den Weg zur Digelfeldhalle zu machen. Zu groß war die Spannung, was die Theaterleitung zu verkünden hatte. Auch wenn vielen von ihnen die Ereignisse des Vorjahres immer noch in den Knochen steckten – sie alle liebten ihr Theater und hofften inständig, dass es nun endlich wieder losging.

Und so konnte Lars Lege um 19 Uhr eine erfreulich große Anzahl an Schauspielern, Bühnentechnikern und weiteren unentbehrlichen Mitarbeitern hinter den Kulissen begrüßen. Nach der obligatorischen Schweigeminute für Peter Müller nahm er seine Notizen zur Hand, räusperte sich und fasste die wichtigsten Ereignisse der vergangenen Monate zusammen. Dabei betonte er noch einmal, dass laut der polizeilichen Untersuchungsergebnisse die Bühnentechniker keine Schuld an dem Unglück traf. Er wusste genau, dass die entsprechenden Kollegen im Auditorium genau darauf warteten und ohne diese öffentlich bestätigte Rehabilitierung womöglich schnurstracks und geschlossen die Halle verlassen würden. Und dann hätte das Theater ein weiteres und kaum zu lösendes Problem am Hals.

»Weiß man denn inzwischen endlich, *wer* das Geländer angesägt hat?«, kam ein ungeduldiger Ruf aus der Menge, und Lars seufzte in sich hinein. *Hatte er es nicht gewusst, dass diese Frage unweigerlich aufs Tapet kommen würde?*

»Nein, weiß man nicht«, antwortete er ruhig. »Sonst wäre das ja wohl auch längst bekannt geworden. Man geht davon aus, dass dieser Sabotageakt – denn das war es eindeutig – in der Nacht vor der Premiere durchgeführt worden ist, bei der Generalprobe war ja alles noch in Ordnung. Das ist aber auch so ziemlich alles, was man weiß. Die Polizei hat sämtliche Sägen in unseren Werkstätten überprüft: Keine passt zu den Sägespuren an dem Balken, was darauf schließen lässt, dass der Täter seine eigene Säge mitgebracht und auch wieder mitgenommen hat. Und sollte er Spuren hinterlassen haben, dann sind die wohl später von dem Regen weggewaschen worden – ihr erinnert euch vielleicht, dass es in der Nacht nach der Generalprobe noch einmal ordentlich gewittert hat.«

Viele nickten zustimmend, und Lars hoffte bereits, das Thema abschließen und zu dem Hauptgrund für die Versammlung überleiten zu können.

»Und wieso *der* Täter?«, hakte dieselbe Stimme wie vorhin noch einmal nach. Jetzt erkannte er sie, es war die des jungen Finn Forstberger. »Es könnte doch ebenso gut auch eine *sie* gewesen sein. Oder mehrere.«

»Natürlich, da hast du recht«, gab Lars zurück und verzog ein wenig das Gesicht. »Aber du erwartest doch hoffentlich nicht von mir, dass ich jetzt hier anfange zu gendern!«

Mit diesem Kommentar erntete er spontanen Beifall und heiteres Gelächter, und die Stimmung in der Halle besserte sich spürbar.

»Sofern uns nicht noch ein glücklicher Zufall zu Hilfe kommt, müssen wir uns wohl damit abfinden, dass wir den Namen des Täters womöglich nie erfahren werden«, fügte er hinzu. »Am Ende war es sogar nur ein Dummejungenstreich, und der oder *die* Täter hatten gar nicht im Sinn, dass jemand ernsthaft zu Schaden kommt. Auch das ist schließlich denkbar.«

»Ich glaube ja noch immer, dass Oxana dahintersteckt«, ließ sich die launische Stimme einer jungen Frau vernehmen, und Lars seufzte erneut, denn diesmal wusste er sofort, wer da wieder einmal nachtreten musste: Es war Selina – seine Tochter, und mit ihren neunzehn Jahren eigentlich zu alt für eine öffentliche väterliche Zurechtweisung. Andererseits galt es unbedingt zu verhindern, dass diese unschönen Querelen von damals noch einmal hochkochten. Schon gar nicht hier und jetzt.

Während er noch nach den richtigen Worten suchte, kam Finn ihm zuvor.

»Halt den Mund!«, fuhr er Selina barsch an. »Hör endlich auf, ständig über Oxana herzuziehen! Hast du Beweise, dass sie es war? Nein? Dann verschone uns ein für alle Mal mit deinen Hetzereien, die gehen uns nämlich voll auf die Nerven!«

»Hach, wie süß, Oxanas edler Ritter zieht mal wieder sein Schwert für sie«, spöttelte Selina. »Darfst du denn inzwischen mehr als nur an ihrer Mülltonne schnuppern?«

»Sei still!«, mischte Bianca Weißgerber sich missmutig ein. »Das interessiert hier keinen Menschen.«

»Genau!«, pflichtete ihr Bühnenpartner Thilo Matt ihr bei, der neben ihr saß. »Wir wollen wissen, wie es mit dem

Theater weitergeht. Alles andere ist im Moment zweitrangig, finde ich.«

Lars nahm die Steilvorlage erleichtert an.

»Danke, Thilo. Ja, ich denke auch, wir sollten uns jetzt endlich den wirklich wichtigen Dingen zuwenden. Und in einem Punkt sind wir uns hoffentlich alle einig: Wir wollen in diesem Sommer wieder spielen. Nicht wahr?«

Lauter, zustimmender Beifall brandete auf.

»Gut«, sagte Lars. »Da die ausgefallene vorige Saison ein mehr als schmerzhaftes Loch in unsere Kasse gerissen hat, haben Valentin und ich uns für die naheliegendste Option entschieden, nämlich für eine Wiederaufnahme von ›Mordsg'schiss wega nix‹. Die Kulissen und Kostüme sind alle noch da, Text und Musik auch, also entstehen uns da schon mal keine neuen Kosten. Ganz abgesehen davon, dass es ewig schade wäre, wenn diese Produktion ungespielt in der Versenkung verschwindet, denn sie ist verdammt gut, und ich wünsche mir wirklich sehr, dass sie nun doch noch zur Aufführung kommt.«

Erneut klatschten alle laut und begeistert Beifall.

»Darf ich eurer Reaktion entnehmen, dass ihr mit diesem Vorschlag einverstanden seid?«, fragte Lars höchst überflüssigerweise und mit einem entsprechenden Zwinkern in den Augen – und provozierte dadurch prompt einen weiteren tosenden Applaus.

»Schön«, sagte er lächelnd. »Ich danke euch. Dann ist die nächste Frage, ob uns alle wieder zur Verfügung stehen oder ob wir neben Don Pedro und Hero noch weitere Rollen neu besetzen müssen. Weiß irgendjemand jetzt schon, dass er für diese Sommerspielzeit nicht zur Verfügung steht?«

Niemand meldete sich, und Lars atmete innerlich auf. Das war schon mal ein gutes Zeichen.

»Das heißt, wir sind komplett«, bestätigte neben ihm Regisseur Valentin Zeus, der die ganze Zeit eifrig Notizen auf seinem Kollegblock gemacht hatte. »Alle, die auf meiner Besetzungsliste stehen, sind anwesend. Wir haben also keinen weiteren Ausfall. Wunderbar. Ich hab mir natürlich schon Gedanken über die beiden Neubesetzungen gemacht – und du, lieber Lars, hast die Ehre, unser neuer Don Pedro zu werden!«

Die gesamte Belegschaft johlte beifällig, einige verstiegen sich sogar zu regelrechten Anfeuerungsrufen wie in einem Fußballstadion. Lars selbst jedoch fühlte sich wie vor den Kopf gestoßen.

»Wieso ich?«, fragte er Valentin. »Du hast doch gesagt, dass der Hannes das macht!«

»So war's auch gedacht«, erwiderte Valentin. »Aber heute früh hat Hannes mir abgesagt. Seine Tochter, die nach Kanada ausgewandert ist, heiratet im Juli, und er will die Gelegenheit nutzen und mit seiner Frau eine ausgedehnte Rundreise durch Kanada und die USA mitsamt Alaska machen. Und da können wir ihm ja schlecht Steine in den Weg legen, oder?«

»Natürlich nicht«, stimmte Lars ihm zu. »Zwingen können wir sowieso niemanden, bei allem professionellen Anspruch machen wir das hier nach wie vor alle ehrenamtlich. Aber fällt dir denn sonst kein anderer ein für den Pedro?«

»Mach einen Vorschlag, wenn du jemanden weißt«, entgegnete Valentin. »Meiner Ansicht nach ist sonst niemand da, der die Rolle spielen kann.«

»Und was ist mit dir?«, fragte Lars herausfordernd. »Du bist als Schauspieler genauso gut zu gebrauchen wie ich.«

»Nicht, wenn ich Regie führe«, widersprach Valentin mit hörbarem Unmut. »Das weißt du ganz genau, Lars. Ich kann nicht gleichzeitig inszenieren und spielen – das hab ich *einmal* versucht und bin beinahe kirre geworden dabei. Das tu ich mir nicht noch mal an, und euch auch nicht.«

»Jetzt komm, Lars, stell dich doch nicht so an!«, meinte Bernd gutmütig. Er war Lars' älterer Bruder und mit seinem biergerundeten Bauch die Paradebesetzung für den Mönch in dem Stück. »Es wird höchste Zeit, dass du auch mal wieder auf der Bühne stehst. Das packst du schon.«

Lars wusste nicht, wem er in diesem Moment lieber einen Tritt verpassen wollte: seinem Bruder oder Valentin, der ihn weiß Gott hätte vorwarnen können, anstatt ihn hier vor versammelter Mannschaft derart zu überfahren. Andererseits – woher sollten die beiden wissen, dass er schon seit Wochen Reiseprospekte studierte, weil er sich in diesem Jahr endlich seinen langgehegten Traum von einer ausgedehnten Kreuzfahrt erfüllen wollte, und dass er sich erst vor zwei Tagen für die perfekte Reise entschieden hatte: vier Wochen Karibik von Mitte Juli bis Mitte August, eine Außenkabine für sich allein, und das Ganze auch noch zu einem erschwinglichen Preis. Er hatte bereits sämtliche Buchungsunterlagen ausgefüllt und losgeschickt und eine Anzahlung geleistet. Und dieser Traum sollte nun zerplatzen, nur weil irgendwo in den kanadischen Wäldern jemand ausgerechnet im Juli heiraten musste und Valentin Zeus nicht multitaskingfähig war?

»Komm schon, gib dir einen Ruck!« Bernd klopfte ihm grinsend auf die Schulter. »Schließlich bist du unser Vorstand, da kannst du das Theater nicht hängen lassen, wenn es dich braucht! Also: *Lars for Pedro! Lars for Pedro!*« Er unterstrich seinen in perfektem Stakkato angestimmten Schlachtruf mit passendem rhythmischem Händeklatschen und warf dabei auffordernde Blicke in die Runde, bis immer mehr einstimmten und schließlich fast die gesamte Halle lautstark und einhellig »Lars for Pedro!« forderte. *Keine*

Chance, dachte Lars resignierend, *aus der Nummer komm ich nicht mehr raus.*

»Also gut, also gut!«, schrie er schließlich, um den Lärm zu übertönen, und wedelte ergeben mit beiden Händen. »Ich mach's. Wenn's gar nicht anders geht.«

»Tut es nicht«, erwiderte Valentin höchst zufrieden. »Und vielleicht mach ich dir die Rolle ja noch ein bisschen schmackhafter, wenn ich dir verrate, dass du dabei die Ehre haben wirst, zusammen mit deiner Tochter auf der Bühne zu stehen. Denn ich möchte, dass Selina die Rolle der Hero übernimmt.«

Die Reaktionen auf diesen Vorschlag waren eindeutig gemischter als die auf die Erhebung von Lars zum Prinzen von Aragon. In Selinas beglückten Jubelschrei und die begeisterte Zustimmung ihrer Freundinnen mischte sich neben freundlichem Beifall auch unwilliges und ungehaltenes Gemurmel. Vor allem Finn Forstberger machte aus seiner Ablehnung keinen Hehl.

»Wenn *die* die Hero spielt, dann leg *ich* den Claudio nieder«, verkündete er wild entschlossen. »Ich knutsch doch mit dieser blöden Kuh nicht auf der Bühne rum!«

»Glaub bloß nicht, dass ich scharf auf *dich* bin«, schoss Selina sofort angriffslustig zurück.

»Dann sind wir uns ja wenigstens *einmal* einig«, schnappte Finn. »Lieber Himmel, wie soll ich bei *der* denn den schmachtenden Liebhaber geben, kann mir das mal ein Mensch verraten?«

»Als Schauspieler muss man das können«, grinste Thilo und versetzte ihm einen freundschaftlichen Rippenstoß. »Und denk dran, dass du sie in der Anklageszene ja auch ordentlich zusammenfalten darfst.«

»Dafür muss ich dann hinterher vor ihr auf den Knien herumrutschen«, knurrte Finn. »Ach Mensch – mit Oxana hat das alles richtig Spaß gemacht, wir waren genial aufeinander eingespielt. Und jetzt soll ich … Nein. Nicht mit mir.«

»Reiß dich zusammen, Junge«, meldete sich ein gesetzter älterer Herr zu Wort. Es war Andreas Forstberger, Finns Vater und der Darsteller des Leonato. »Thilo hat recht, man muss auf der Bühne auch mal unangenehme Dinge tun, und wenn man Liebesszenen immer nur mit Menschen spielen dürfte, die man auch privat gut leiden kann, dann hätte es eine Menge großer Hollywood-Klassiker nie gegeben. Der Claudio ist deine Rolle, du hast sie dir im vorigen Jahr toll erarbeitet, und du wirst auch diesmal wieder großartig sein, egal wen du ›anschmachten‹ musst.«

»Seh ich genauso«, sagte Valentin. »Komm mal her, Finn!«

Er winkte den jungen Mann zu sich und flüsterte ihm etwas ins Ohr. Finns Miene hellte sich sichtlich auf, und schließlich hob er den Daumen.

»Okay«, sagte er. »Ich bleib an Bord.«

»Gott sei Dank«, sagte Lars trocken. »Also, dann wäre das Wichtigste geklärt. Gebt uns möglichst bald eure Sperrtermine bekannt, wenn ihr welche habt, damit Valentin, Noah und ich die Pläne für die musikalischen und szenischen Proben ausarbeiten können. Sobald sie fertig sind, schicken wir sie euch über unsere WhatsApp-Gruppe zu. Noch irgendwelche Fragen?«

Allgemeines verneinendes Kopfschütteln, während die ersten Spieler bereits ihre mitgebrachten Sektflaschen und Pappbecherstapel auspackten und damit ganz klar signalisierten, dass man nun zum geselligen Teil überzugehen gedachte.

»Dann beende ich hiermit die Versammlung«, erklärte Lars denn auch wunschgemäß. »Vielen Dank euch allen, und schönen Abend noch!«

Er suchte seine Notizen zusammen, packte sie ein und überlegte, ob er kurz zu seiner Tochter gehen sollte, um ihr zu ihrer ersten Hauptrolle zu gratulieren. Aber er ließ es bleiben, bedankte sich stattdessen noch einmal bei Finn dafür, dass der über seinen Schatten gesprungen war, und gesellte sich dann zu Valentin, der sich gerade von Bianca zwei Becher Sekt geben ließ und einen davon ihm reichte.

»Prost!«, sagte Valentin lächelnd. »Das war ein hartes Stück Arbeit. Auch mit dir.«

»Du hättest mich aber auch wirklich vorwarnen können«, grummelte Lars und trank seinen Becher auf einen Zug halb leer.

»Ich liebe nun mal Überraschungen«, erklärte Valentin. »Deshalb hab ich dir auch vorher nicht verraten, dass ich mich nun doch für Selina als Hero entschieden habe und nicht für Lena. Die bleibt bei der Schreiberin und übernimmt zusätzlich noch die Rolle der Botin von Selina.«

»Du bist der Regisseur, du musst wissen, was du tust.« Lars trank den restlichen Sekt aus und musterte Valentin prüfend. »In dem Zusammenhang: Was hast du da eigentlich Finn vorhin im wahrsten Sinne des Wortes geflüstert? Hast du ihm etwa eine Gage versprochen, die wir uns nicht leisten können?«

Valentin schüttelte den Kopf und grinste breit. »Viel besser. Ich hab ihm versprochen, dass er in der großen Anklageszene als ›schwer gekränkter Claudio‹ Selina nicht nur textbuchgemäß beschimpfen, sondern ihr zudem auch noch eine runterhauen darf. Jede Wette, der freut sich jetzt richtig auf die Proben.«

2

Die Freilichtbühne lag etwas außerhalb des Luftkurorts, deren Namen sie trug. Hinter einem schlichten Portal, auf dem mit grünen Buchstaben »Naturtheater Hayingen« geschrieben stand, führte ein schmaler Fußweg in steilem Zickzack nach unten in das Tal, wo das Theatergelände jetzt, Anfang April, noch quasi im Winterschlaf lag. Zwar war der Schnee mittlerweile geschmolzen, aber die Bäume waren noch überwiegend kahl, die Wiesen an den Hängen traurig braun, und überall auf den Spielflächen lagen dicke dunkle Teppiche aus dem welken Laub vom Vorjahr.

Deshalb versammelte sich dort an einem kalten, sonnigen Samstagvormittag ein kleines Kommando von Freiwilligen, um die Bühne für die bevorstehenden szenischen Proben einsatzfähig zu machen. Mit großen Rechen, Reisigbesen und Gartensäcken bewaffnet rückten sie dem Laub zu Leibe, räumten sämtliche Wege und Treppen frei und überprüften bei der Gelegenheit auch, wie die festgebauten Kulissenteile den Winter überstanden hatten.

Auch Thilo Matt hatte sich bereiterklärt, bei diesem Frühjahrsputz mitzuhelfen. Er war, wie sein Freund Finn Forstberger, zweiundzwanzig und von Kindesbeinen an mit der Naturbühne vertraut. Seine Eltern, die ebenfalls aktiv waren, hatten ihn und seine beiden jüngeren Schwestern Lena und Sabrina mitgenommen, kaum dass sie laufen konnten, und zu den Kinderdarstellern gesteckt. Es hatte ihm von Anfang an Spaß gemacht, mit neun hatte er seine erste richtige Rolle mit Text bekommen, und von da an hatte er sich zu einem

Stammspieler hochgearbeitet, den Valentin Zeus anerkennend seine »Allzweckwaffe« nannte. *Der Junge kann alles spielen,* pflegte er zu sagen, und in »Mordsg'schiss wega nix« hatte er ihm die, wie Thilo fand, beste der Rollen anvertraut, nämlich den so zynischen wie sympathischen Benedikt, der sich mit Heros Cousine Beatrice (die nicht minder spitzzüngig war als er) ein funkensprühendes Wortduell nach dem anderen lieferte. Bianca und er hatten diese Szenen im vergangenen Jahr nicht nur auf der Bühne, sondern zusätzlich auch noch privat so ausgiebig geprobt, dass sie ihre Wortfeuerwerke zuletzt nahezu im Schlaf abbrennen konnten, und sie waren bitter enttäuscht gewesen, als sie danach nicht zeigen durften, wie perfekt sie einander die Bälle zuwarfen. Nun bekamen sie eine zweite Chance, und er freute sich darauf wie verrückt.

Er kam mit etwas Verspätung, als alle schon bei der Arbeit waren – aber das lag an Lars Lege, der ihn angerufen hatte, als er gerade losfahren wollte: Das neue Werbematerial sei soeben aus der Druckerei angekommen, und ob er Thilo einen Packen Flyer und das Plakat für den Schaukasten mitgeben könne? Natürlich hatte Thilo daraufhin noch den Umweg zu ihm gemacht, Flyer und Plakat in den Kofferraum seines Fiat geladen und sich von Lars den Schlüssel zum Schaukasten geben lassen. Nun lenkte er den Wagen über den kleinen Schleichweg hinunter zu dem Mitwirkendenparkplatz hinter der Bühne, ging mit dem Flyerpaket unter dem Arm an seinen fleißig rechenden und fegenden Kollegen vorbei und wedelte mit dem zusammengerollten Plakat, um ihnen zu zeigen, dass sein Zuspätkommen einen Grund hatte. Noch dazu einen, gegen den niemand etwas sagen konnte.

Vor der sogenannten Kantine, wo im Sommer Butterbrezeln, Saitenwürste und Albkäseweckla an die hungrigen Theaterbesucher verkauft wurden, stand ein großer, aus dunklem Holz gezimmerter Ständer, den Thilo nun mit den neuen Flyern bestückte. Der breite Weg, der von hier aus die gesamte Bühne entlangführte und sie von der Zuschauertribüne trennte, war Teil eines beliebten Wanderweges durch das Tiefental, den sowohl Fußgänger als auch Radfahrer gerne nutzten, und wenn nur ein Bruchteil von ihnen kurz anhielt und sich einen der Flyer mitnahm, dann hatte sich diese Werbemaßnahme bereits gelohnt.

Danach ging Thilo hinüber zu dem Schaukasten am Fuß des Zickzackweges, der vom Eingangsportal und dem Kassenhäuschen aus hier herabführte. Die Fotos, Zeitungsausschnitte und diversen Mitteilungen, die kunterbunt durcheinander darin hingen, stammten samt und sonders noch aus dem Vorjahr. Es war also höchste Zeit, zumindest schon mal das Stückplakat zu erneuern.

Während Thilo in seiner Jackentasche nach dem Schlüssel kramte, bemerkte er plötzlich rund um das Schloss mehrere unschöne Kratzer im Rahmen. Als er die Schadspuren daraufhin genauer begutachtete, wurde ihm klar, dass jemand das Schloss aufgebrochen haben musste.

Und erst jetzt fiel ihm die übergroße Todesanzeige auf, die jemand in dem Schaukasten quer über dem alten Stückplakat angebracht hatte. Ein dünnes schwarzes Rechteck umrahmte ein Kreuz und den darunter in Großbuchstaben gedruckten Text:

WIR TRAUERN UM PETER MÜLLER
UND UM DEN NÄCHSTEN DON PEDRO
DER DIE PREMIERE EBENFALLS
NICHT ÜBERLEBEN WIRD

Stumm und wie betäubt starrte Thilo auf die drei Zeilen, bis die Buchstaben vor seinen Augen zu tanzen begannen. Dann riss er sich zusammen und rannte auf die Bühne.

»He!«, schrie er und winkte wie wild mit beiden Armen. »Kommt mal her – das müsst ihr euch ansehen!«

* * *

Eine halbe Stunde später traf eine Polizeistreife aus Münsingen ein. Die beiden Beamten, die sich als Ronald Moosberger und Kirsten Weninger vorstellten, begannen sofort routiniert, den Fall aufzunehmen, machten Fotos von dem aufgebrochenen Schloss und der Todesanzeige und befragten sämtliche Anwesenden, ob ihnen während ihrer Arbeit oder vielleicht auch schon vorher irgendetwas Verdächtiges aufgefallen war. Im Übrigen, wer war eigentlich dieser »nächste Don Pedro«, von dem hier die Rede war?

»Der bin ich«, meldete sich Lars Lege, den Thilo als Allerersten angerufen hatte und der nun schon seit zehn Minuten sichtlich geschockt und fassungslos neben dem Schaukasten stand.

»Und Sie sind?«, fragte Kirsten Weninger mit gezücktem Stift.

»Lars Lege. Ich bin der Leiter des Theaters hier.«

»Und Sie spielen den Don Pedro?«

Lars' Lippen pressten sich zu einem dünnen, geraden Strich zusammen.

»Jetzt ganz bestimmt nicht mehr«, antwortete er verbissen. »Soll ich mir vielleicht genauso wie Peter den Hals brechen? Fällt mir ja gar nicht ein.«

»Aber das geht doch nicht, Lars!«, protestierte Valentin Zeus, der ebenfalls sofort gekommen war, nachdem jemand aus dem Aufräumkommando ihn telefonisch über die ominöse Todesanzeige informiert hatte. »Du weißt doch genau, dass es ohne dich nicht geht!«

»Weißt du was?«, schnappte Lars. »Das ist mir scheißegal. Ich hab sowieso von Anfang an keine Lust auf die Rolle gehabt, das weißt du – und jetzt soll ich auch noch riskieren, dass ich dabei draufgehe? Das erwartest du doch wohl nicht allen Ernstes von mir!«

»Aber was wird dann aus dem Stück?« Valentin war sichtlich der Verzweiflung nahe. »Wir können es doch nicht schon wieder ausfallen lassen! Das wäre das Ende!«

»Nun mal langsam!«, ging der Polizeibeamte Ronald Moosberger dazwischen. »Noch ist gar nicht klar, ob es sich hier wirklich um eine ernstzunehmende Drohung handelt. Womöglich ist es ja auch nur ein schlechter Scherz, der Ihnen Angst einjagen soll. Wir werden den Fall der Kripo Reutlingen melden, die wird die notwendigen Ermittlungen einleiten, und bis zu Ihrer Premiere im Juli haben wir ja noch ein paar Monate Zeit, um herauszufinden, wer oder was hinter dieser Sache steckt. Ich bin jedenfalls sicher, Sie werden Ihr Stück aufführen können, ohne dabei Leib und Leben Ihrer Schauspieler zu gefährden.«

»Trotzdem: Nicht mit mir!«, erklärte Lars entschlossen. »Ich meine – es hat sich mit Sicherheit herumgesprochen, dass ich der nächste Don Pedro werden soll, und wenn der Verfasser von diesem Wisch nicht einfach nur eine Aversion gegen diesen Namen hat, dann gilt seine Drohung womöglich explizit mir. Wenn jetzt ein anderer die Rolle übernimmt, dann verliert der Kerl seine Zielperson, und das Problem ist erledigt.«

»Und wer sollte etwas gegen Sie haben?«, erkundigte sich Kirsten Weninger sachlich.

»Keine Ahnung.« Lars zuckte die Schultern, und sein Tonfall wurde ironisch. »Vielleicht das Reisebüro, bei dem ich meine bereits gebuchte Kreuzfahrt wieder storniert habe, nachdem man mir den Pedro aufs Auge gedrückt hat. Die waren da bestimmt nicht glücklich drüber. Sonst fällt mir spontan niemand ein.«

»Denken Sie in Ruhe nach«, sagte Ronald Moosberger. »Die Kollegen von der Kripo werden sich sicher in den nächsten Tagen bei Ihnen melden. Vielleicht haben Sie bis dahin ja eine Idee, wo man bei den Ermittlungen ansetzen könnte.«

»Hoffen wir's.« Lars zückte eine Visitenkarte. »Hier – damit die Kollegen wissen, wo und wie sie mich erreichen.«

»Besten Dank.« Ronald Moosberger steckte die Karte ein. »Gut. Dann werden wir den Schaukasten jetzt noch mit Flatterband absichern, und ich darf Sie alle bitten, ihn nicht zu berühren und schon gar nicht diese Anzeige zu entfernen, bevor die Spurensicherung sich damit befasst hat.«

Die Umstehenden nickten gehorsam. Eine Weile blieben sie unschlüssig stehen und sahen einander fragend an, während die beiden Beamten das rot-weiße Plastikband aus ihrem Wagen holten und sich an die Arbeit machten. Dann gingen sie hinüber zur Zuschauertribüne, um dort über diese unangenehme Geschichte und ihre möglichen Folgen zu debattieren. Nur Lars Lege schien keine sonderliche Lust darauf zu haben, verabschiedete sich mit einem lapidaren »Man sieht sich!« und zog von dannen. Valentin Zeus jedoch lief ihm nach und hielt ihn am Arm fest.

»Warte, Lars! Du kannst doch jetzt nicht weggehen, wir müssen noch einmal darüber reden und …«

»Da gibt's nichts mehr zu reden«, schnitt Lars ihm das Wort ab und sah ihn an. »Ich lege die Rolle nieder, und entweder findest du jemanden, der sie übernimmt, oder du musst sie eben doch selbst spielen. Mir egal. Schönen Tag noch allerseits!«

Damit ging er davon und ließ seine Kollegen konsterniert und ratlos zurück.

***

Drei Tage später beorderte im Reutlinger Polizeipräsidium Kriminalhauptkommissarin Dorothea Kaiser um elf Uhr vormittags ihre beiden engsten Mitarbeiter zu sich in ihr Büro. Vor ihr auf dem Schreibtisch lag die Fallakte *Todesdrohung Naturtheater Hayingen*.

Kriminalkommissarin Leonie Lexer erschien als Erste, ungestüm und energiegeladen wie immer. Sie war zweiunddreißig, klein, dünn und mit ihren feuerroten Haaren und dem sommersprossigen Gesicht daran gewöhnt, dass in ihrer Gegenwart die Rede früher oder später unweigerlich auf Pippi Langstrumpf kam. Was sie nicht störte, solange man nicht anfing, sie »Pippi« zu nennen. Dann konnte sie nämlich ausgesprochen ungemütlich werden. Ihr drei Jahre älterer Kollege Jakob Kratz, vor Kurzem zum Kriminaloberkommissar befördert, konnte davon bereits mehrere Lieder singen.

»Voilà!«, sagte Leonie und ließ sich auf einen der beiden Stühle vor dem Schreibtisch plumpsen. »Ich bin da. Wo ist Jakob?«

»Kommt sicher gleich«, antwortete Dorothea. »Wenn du einen Kaffee willst, nutz die Gelegenheit, um dir schnell noch einen zu holen. Jakob bringt bestimmt keinen mit.«

Leonie prustete. »Der weiß doch nicht mal, wo die Kaffeemaschine überhaupt steht! Aber du hast recht. Ich beeil mich.«

Sie fegte hinaus. Wenige Minuten später betrat Jakob Kratz das Büro, wie immer in schwarzen Jeans und einem Sweatshirt aus seiner schier unerschöpflichen Hard-Rock-Café-Kollektion. Heute war das aus London dran. Er war mittelgroß und drahtig, trug das rotblonde Haar zu einem Hipsterknoten am Hinterkopf zusammengebunden und verstärkte den Nerd-Eindruck, den er durch diese Aufmachung zweifelsfrei erwecken wollte, durch eine knallrote eckige Hornbrille.

»Nanu, bin ich der Erste?«, fragte er. »Ist Pippi Langstrumpf noch nicht da?«

»Du meinst *Leonie*«, mahnte Dorothea milde. »Sie holt sich nur noch schnell – ah, da ist sie ja!« Sie nickte Leonie zu, die in diesem Moment mit einem dampfenden Becher in der Hand im Türrahmen auftauchte und giftige Blicke in Richtung Jakob Kratz abfeuerte. »Keine Diskussionen über gewisse starke Mädchen, bitte!«, fügte Dorothea daher hastig hinzu, bevor Leonie zur verbalen Attacke übergehen konnte. »Wir haben Wichtigeres zu tun. Setzt euch, damit wir anfangen können.«

Sie wartete, bis Leonie sich wieder abgeregt und beide Kollegen Platz genommen hatten. Mit ihren siebenundfünfzig Jahren war Dorothea Kaiser derzeit die erfahrenste Ermittlerin bei der Kripo Reutlingen und nahm deshalb, obwohl sie erst vor zwei Jahren hierher versetzt worden war, eine gewisse Führungsposition ein. Die hatte ihr bei der gesamten Belegschaft den Spitznamen »die Kaiserin« eingebracht, den man, wie sie sehr genau wusste, hinter ihrem Rücken auch unverhohlen verwendete. Aber solange sie davon ausgehen konnte, dass es zumindest freundlich und nicht despektierlich gemeint war, hatte sie damit kein Problem.

Sie strich sich eine kastanienbraune Haarsträhne aus dem Gesicht und schlug die Fallakte auf.

»Ich möchte, dass wir uns einen Überblick verschaffen, was wir in dieser Sache schon alles zusammengetragen haben«, sagte sie. »Zuerst diese seltsame Todesanzeige. Leonie, damit hast du dich befasst.«

»Ja.« Leonie stellte ihren Kaffeebecher auf dem Schreibtisch ab, damit sie zur Untermalung ihrer Ausführungen zusätzlich auch mit beiden Händen reden konnte. »Es handelt sich um einen Papierbogen der Größe DIN A2. Glanzpapier, ziemlich edel. Der schwarze Rahmen ist ebenso wie das Kreuz mit einem dicken Filzstift und mit Hilfe eines Lineals gezeichnet worden – offensichtlich ein 30-Zentimeter-Lineal, denn auf jeder Rahmenlinie ist zwischendurch einmal neu angesetzt worden. Der Text wurde auf einem Computer geschrieben und auf einem DIN-A4-Blatt ausgedruckt, diesmal normales Kopierpapier. Das hat man dann unter dem Kreuz auf den großen Bogen geklebt, mit einem Klebestift – Pritt oder eine andere vergleichbare Marke. Leider, leider kein einziger Fingerabdruck oder sonst irgendeine verwertbare Spur, die uns auf direktem Weg zu dem Bastler führen könnte.«

»Das war zu befürchten«, erwiderte Dorothea. »Wer sich solche Mühe macht, eine anonyme Drohung zu erstellen und öffentlich auszuhängen, der vergisst bestimmt nicht, dabei Handschuhe anzuziehen. Auch auf dem Schaukasten hat der Täter ja keine Spuren hinterlassen, außer die von dem Werkzeug, das er zum Aufbrechen benutzt hat.«

Sie ersparte sich den Zusatz, dass es sich selbstverständlich auch um eine Täterin handeln konnte. In ihrem Büro galt das ungeschriebene Gesetz, dass die Formulierung »der Täter« – sofern nicht ausdrücklich anders angegeben – automatisch auch für jede weitere potenzielle Variante galt, von einer Täterin bis zu einer ganzen Horde von Tätern, seien sie nun männlich, weiblich oder queer.

»Wie sieht's aus, Jakob«, wandte sie sich an den anderen Kollegen und ignorierte gepflegt, dass sein Gesicht sich fast unmerklich verzog. An sich legte er nämlich sehr viel Wert auf die Anrede *Herr Kratz*. Aber da biss er bei Dorothea auf

Granit. Sie hatte die Erfahrung gemacht, dass man unter Ermittlerkollegen viel ungezwungener reden und besser zusammenarbeiten konnte, wenn man auf dieses lästige *Sie* verzichtete. Damit musste sich auch ein Herr Kratz abfinden. *Beziehungsweise »die Kratzbürste«, wie ein guter alter Bekannter von ihr ihn zu nennen pflegte.*

»Du wolltest dir den Todesfall vom vorigen Jahr noch einmal vornehmen«, sagte sie. »Hast du etwas gefunden, was mit dieser Drohung zusammenhängen könnte?«

Jakob Kratz nahm sein Tablet zur Hand, aktivierte das Display und räusperte sich.

»Der Mann, der sich voriges Jahr bei dem Sturz von der Brücke das Genick gebrochen hat, hieß Peter Müller«, begann er. »Kurz zuvor hat es mit ihm mehrere Zusammenstöße hinter den Kulissen gegeben: Eine Oxana Wadejewa hat ihm vorgeworfen, sie geschwängert und dann sitzengelassen zu haben, und eine Bianca Weißgerber hat sich während der Generalprobe beschwert, dass er sie auf offener Bühne betatscht und gegen ihren Willen geküsst hat. Die Stimmung war so aufgeheizt, dass die Premiere drauf und dran war, ins Wasser zu fallen. Aber dann hat man sich doch noch rechtzeitig zusammengerauft.«

»Pech für Peter Müller«, stellte Leonie trocken fest. »Noch ein Streit mehr, und er würde wahrscheinlich immer noch leben.«

Jakob Kratz warf ihr einen bitterbösen Blick zu. Er hasste es, unterbrochen zu werden, und das wusste diese Pippi ganz genau.

»Lars Lege dagegen, der in diesem Jahr für den Don Pedro vorgesehen war, führt ein absolut grundsolides Leben, wenn man davon absieht, dass er seit fünf Jahren geschieden ist«, fuhr er fort. »Er hat eine Tochter, Selina – und wenn, dann ist eher sie es, die sich Feinde macht. Ich habe mit ein paar

Ensemblemitgliedern gesprochen, und die haben übereinstimmend ausgesagt, dass sie ziemlich arrogant ist und sich nur ungern etwas sagen lässt. Vor allem soll sie nach Peter Müllers Tod so ausgiebig gegen diese Oxana Wadejewa gehetzt haben, dass die dem Theater den Rücken gekehrt hat.«

»Inwiefern gehetzt?«, fragte Dorothea.

»Indem sie unablässig ihre höchst eigene Theorie verbreitet hat, dass Oxana hinter dem Sabotageakt steckt, dem Peter Müller zum Opfer gefallen ist«, erklärte Jakob Kratz. »Was Frau Wadejewa rundheraus bestreitet, wenn man den Befragungsprotokollen vom vorigen Jahr glauben darf. Riecht ein bisschen nach Zickenkrieg, wenn man mich fragt.«

»Möglich«, erwiderte Dorothea. »Eine Parallele zu Lars Lege findet sich also nicht? Oder sonst eine Erklärung, warum man nach Peter Müller nun auch ihm ans Leder will?«

»Nicht im Geringsten.« Jakob Kratz schüttelte den Kopf. »Es sei denn, Lars Lege ist der Schuldige an Peter Müllers Tod, und irgendjemand hat das herausgefunden und will nun diesen Peter rächen. Aber das kommt mir doch ziemlich weit hergeholt vor, zumal auch da in der alten Akte nicht der kleinste Anhaltspunkt dafür zu finden ist. Peter Müller hat wohl mit einer ganzen Menge Menschen im Theater Streit gehabt, aber, soweit bekannt, nicht mit dem Theaterleiter.«

»Ich glaube sowieso nicht, dass die Drohung tatsächlich Lars Lege persönlich gilt«, meinte Leonie und stellte ihre Tasse ab. »Sonst hätte der Täter doch sicher gleich diesen Namen in die Todesanzeige gesetzt und nicht umständlich etwas von dem ›nächsten Don Pedro‹ gefaselt.«

»Aber was sollte er gegen einen Don Pedro an sich haben?«, gab Dorothea zu bedenken. »Meinst du, er hat einen solchen

Hass gegen diese fiktive Rollenfigur entwickelt, dass er sie umbringen will, egal, wer hinter der Maske steckt?«

»Klingt natürlich auch bescheuert«, räumte Leonie ein. »Nicht, was du sagst, sondern diese Vorstellung. So was wäre vielleicht noch bei historischen Figuren denkbar, zum Beispiel, wenn jemand einen Hitler auf der Bühne sieht und ihm mit Recht die Pest an den Hals wünscht. Aber ein shakespeare'scher Prinz, den es nie gegeben hat?«

»Eben«, versetzte Jakob Kratz. »Was dann doch wieder vermuten lässt, dass der Täter ausdrücklich Lars Lege im Visier hat. Und mit seiner schwammigen Formulierung will er uns lediglich verwirren. Was ihm bei dir ja offenbar prächtig gelungen ist.«

»Ich beleuchte lediglich die Fakten von allen Seiten, damit mir nichts entgeht«, schnappte Leonie bissig zurück. »Solltest du dir vielleicht auch allmählich mal angewöhnen.«

»Ruhe!«, sagte Dorothea – nicht laut, aber mit genügend Autorität, um Jakob Kratz von der Erwiderung abzuhalten, die ihm sehr eindeutig bereits auf der Zunge gelegen hatte. »Hier bei mir wird nicht gestritten – das heißt, über ermittlungstechnische Fragen und Theorien jederzeit gerne, aber persönliche Animositäten tragt ihr bitte woanders aus. Verstanden?«

»Verstanden«, antwortete Leonie friedfertig und mit einem belustigten Funkeln in den Augen, während Jakob Kratz lediglich einen undeutlich grummelnden Laut von sich gab.

»Gut«, meinte Dorothea. »Ich habe mich gestern Abend noch ausgiebig mit Lars Lege unterhalten. Er kann sich beim besten Willen nicht vorstellen, wer es auf ihn abgesehen haben könnte und ihn ums Leben bringen will, noch dazu bei laufender Vorstellung. Er hat dafür eine andere Theorie, und die sollten wir unbedingt genauer ins Auge fassen.«

Sie hielt kurz inne und trank einen Schluck aus dem Wasserglas, das auf ihrem Schreibtisch bereitstand, bevor sie weiterredete.

»Der Tod von Peter Müller im vorigen Jahr hat das Theater in große finanzielle Schwierigkeiten gebracht. Die Einnahmen einer gesamten Spielzeit sind weggebrochen, und man ist auf den ganzen Ausgaben für Bühnenbild, Kostüme, Technik, Werbung, Stückbearbeitung und Musikkomposition et cetera sitzengeblieben. Das bedeutet knallrote Zahlen, und die einzige Chance, da wieder rauszukommen, ist eine erfolgreiche Spielsaison in diesem Jahr. Was sich die Verantwortlichen natürlich abschminken können, wenn es wieder einen Todesfall bei der Premiere gibt und danach womöglich erneut die komplette Spielzeit ausfällt. Das könnte im ungünstigsten Fall das Aus für das Theater bedeuten. Und vielleicht ist es genau das, worauf der Täter es abgesehen hat.«

»Das ganze Theater zu killen?« Ungläubig riss Leonie die Augen auf. »Aber warum denn, um alles in der Welt?«

»Das ist es, worüber wir uns Gedanken machen müssen«, antwortete Dorothea. »Wer könnte ein Interesse daran haben, dieses Theater so sehr zu ruinieren, dass es sozusagen von der Landkarte verschwindet. Lars Lege hat da spontan auch keine Idee gehabt, aber er hat mir versprochen, innerhalb von Hayingen die Augen und Ohren offenzuhalten.«

»Kann nicht schaden«, stellte Leonie fest und leerte ihren Kaffeebecher. »Das klingt nach einem ordentlichen Stück Arbeit für uns. Und noch dazu unter Zeitdruck, wenn wir verhindern wollen, dass es noch einmal eine Leiche zur Premiere gibt. Oder gar keine Premiere.«

»Richtig«, sagte Dorothea. »Verlieren wir also keine Zeit und gehen wieder an die Arbeit. Jakob, du suchst alles zusammen, was du über die Geschichte und finanzielle Situation des Theaters in den letzten … sagen wir, erst mal fünf

Jahren auftreiben kannst. Leonie, du unterhältst dich mal mit dieser Selina. Pass dabei vor allem auf, was sie alles über ihren Vater zu sagen hat. Und schnapp dir auch die andere Frau, die sich bei der Generalprobe mit Peter Müller gestritten hat, diese Bianca ... wie hieß sie doch gleich? Weißgerber, danke. Ich werde mir Oxana Wadejewa vornehmen. Papier ist geduldig, und sie kann von mir aus hundertmal beteuert haben, dass sie nichts mit Müllers Tod zu tun hat – ich will es selbst von ihr hören und ihr vor allem dabei in die Augen sehen, wenn sie es sagt.«

Sie schloss die Fallakte.

»Haltet mich auf dem Laufenden. Danke. Ade.«

Mehr war nicht nötig, um den beiden Kollegen zu signalisieren, dass das Meeting zu Ende war. Beide standen auf, murmelten eine schnelle Grußfloskel und verließen das Büro. Dorothea trank ihr Wasserglas leer, warf einen Blick auf ihre Armbanduhr und überlegte, ob sie sich in der Kantine einen schnellen Lunch genehmigen sollte, bevor sie sich wieder in ihre Arbeit stürzte.

In diesem Moment klingelte ihr Smartphone. Bei dem Namen, den das Display ihr anzeigte, musste sie unwillkürlich grinsen: An den Mann hatte sie gerade vorhin erst gedacht. *Im Zusammenhang mit der »Kratzbürste«.*

»Hallo, Frank!«, sagte sie, nachdem sie das Gespräch angenommen hatte. »Das ist ja eine Überraschung! Was verschafft mir die Ehre?«

»Hallo, Dorothea«, antwortete eine sympathische ältere Männerstimme. »Ich hab heute in Reutlingen zu tun und dachte, ich frag mal bei der Kaiserin an, ob sie Hof hält und ich sie vielleicht auf einen Kaffee einladen kann. Ist ja doch schon eine Weile her, seit wir uns das letzte Mal gesehen haben.«

»Stimmt«, antwortete sie. »Allerdings wollte ich eigentlich gerade in die Kantine gehen, ich hab heute nämlich außer einer schlappen Butterbrezel zum Frühstück noch nichts im Magen. Magst du dazukommen? Du musst nichts essen, wenn du nicht willst, und die haben auf jeden Fall einen ausgesprochen trinkbaren Kaffee.«

»Klingt gut«, sagte er. »Nimmst du mich am Eingang in Empfang? Falls nicht gerade ein Dinosaurier aus alten Zeiten an der Pforte sitzt, der sich noch an mich erinnert, lässt man mich wohl nicht ohne Weiteres bei euch rein.«

»Steht zu befürchten«, lachte sie. »Bis wann bist du da?«

»In ungefähr einer Viertelstunde.«

»Alles klar.«

***

Eine halbe Stunde später saß Dorothea Kaiser in der Kantine, vor sich einen Teller Spaghetti mit veganer Bolognese und ein großes Glas Mineralwasser. Auf der anderen Seite des Tisches saß ein Mann Anfang siebzig, mit silbergrauem kurz geschnittenem Haar, einem würdevoll gealterten Gesicht und hellwachen, humorvoll blitzenden Augen. Sie hatte zwar nie mit ihm zusammengearbeitet, ihn jedoch über ältere Kollegen kennengelernt, die ihn aus ihrer gemeinsamen Zeit bei der Kripo Reutlingen kannten: Es war Frank Hasemann, Kriminalhauptkommissar im Ruhestand und bei besagten Kollegen fast so etwas wie eine Legende.

Er hatte sich für ein alkoholfreies Bier entschieden (»schließlich muss ich nachher noch zurück nach Hechingen fahren«) und trank es langsam, während er ihr Zeit ließ, ihre Spaghetti in Ruhe zu genießen. Erst als sie sich danach beide eine große Tasse Kaffee geholt hatten, gingen sie zur ausgiebigeren Konversation über.

»Und, wie läuft's so?«, fragte Frank. »Dasselbe Theater wie üblich?«

Ihre Mundwinkel hoben sich leicht.

»Theater im wahrsten Sinne des Wortes. Droben auf der Alb haben wir das Naturtheater Hayingen, ich weiß nicht, ob du es kennst ...«

»Aber sicher!«, fiel er ihr ins Wort. »Ich war da schon oft, die sind richtig gut. Voriges Jahr hat es leider nicht geklappt – ich hatte zwar schon mein Ticket, aber dann wurde die Vorstellung abgesagt, wegen diesem tragischen Unglücksfall bei der Premiere. Hast du mit *der* Sache zu tun, ermittelt ihr da immer noch?«

»Das auch«, antwortete sie. »Aber inzwischen ist noch was dazugekommen: Im Schaukasten der Bühne ist vor ein paar Tagen eine Todesdrohung aufgetaucht. Hier ...« Sie tippte ein paarmal auf das Display ihres Smartphones und hielt es ihm entgegen. »Lies!«

Mit zusammengezogenen Brauen studierte er das Bild, das sie ihm zeigte. Dann hob er den Kopf und sah sie verblüfft an.

»Das ist ja ein Facebook-Post!«

»Natürlich – denkst du, ich speichere so was in meiner privaten Fotosammlung ab?« Sie gab ein leises Schnauben von sich und betrachtete nun ihrerseits das Display. »Das ist eine Reutlinger Small-Talk-Gruppe. Ich les da ganz gern mit, ist manchmal ausgesprochen informativ. Aber das Bild findest du inzwischen quasi überall. Wer immer es in dem Schaukasten abfotografiert und dann gepostet hat, er kann sich gratulieren: Das Bild geht gerade viral und sammelt Klicks und Likes ohne Ende.«

»Wäre eine tolle Reklame für das Theater, wenn der Anlass nicht so ernst wäre«, konstatierte Frank. »Irgendwelche Anhaltspunkte, wer oder was dahintersteckt?«

»Keine«, seufzte sie. »Nur einen vagen Verdacht, dass da jemand das Theater von Grund auf sabotieren und kaltstellen will. Noch eine Spielzeit, die ins Wasser fällt, können die sich nicht leisten.«

»Verstehe«, meinte Frank nachdenklich. »Habt ihr denn schon mal in Erwägung gezogen, einen Kollegen undercover in das Ensemble zu schleusen, damit der sich mal unauffällig direkt vor Ort umhört? Mitten im Geschehen entdeckt man oft mehr, als wenn man das Ganze nur von außen betrachtet.«

Dorothea hätte um ein Haar ihren Kaffee verschüttet. *Was für eine Idee!*

»Mensch, Frank«, sagte sie langsam. »Du bist genial. Darauf wäre ich mit Sicherheit nie gekommen!«

»Dann ist es ja gut, dass der alte Opa ab und zu vorbeischaut«, erwiderte Frank mit einem breiten Grinsen. »Aber so was muss sorgfältig geplant und vorbereitet werden. Ihr müsst ganz genau überlegen, ob ihr überhaupt jemanden vom Theater einweiht, und wenn ja, wen – und natürlich müsst ihr den richtigen Mann beziehungsweise die richtige Frau für den Job finden. Im Idealfall holt ihr euch jemanden von auswärts, denn bei deinen Kollegen hier in Reutlingen besteht immer die Gefahr, dass sie da droben erkannt und enttarnt werden. Und dann ist der ganze schöne Plan im Eimer.«

»Das ist wahr«, nickte Dorothea. »Die Frage ist ja auch, *wo* wir ihn oder sie einschleusen – bei den Schauspielern, oder besser hinter den Kulissen, beim Bühnenbau oder bei der Technik. Alles nicht so leicht.«

Eine Weile hingen beide ihren Gedanken nach. Dorothea fuhr mit der Spitze ihres Zeigefingers immer wieder den Rand ihrer Kaffeetasse entlang.

»Ich überlege gerade …«, sagte Frank plötzlich, »dieser Don Pedro, von dem in der Drohung die Rede ist – wer spielt den denn jetzt?«

»Eigentlich sollte der Theaterleiter Lars Lege das machen«, antwortete Dorothea. »Aber beim Anblick der Todesanzeige hat er den Schwanz eingezogen und die Rolle abgegeben. Und jetzt wird wohl der Regisseur sie spielen müssen, auch wenn er nicht sonderlich begeistert davon ist.«

Franks Gesicht leuchtete auf. »Na, dann ist doch *die* Frage schon mal geklärt. Du brauchst einen neuen Don Pedro. Den nehmen sie dir da droben bei diesen Voraussetzungen mit Handkuss, und er merkt im Idealfall bereits frühzeitig, wer dem ›nächsten Don Pedro‹ an den Kragen will.«

»Toll!« Sie konnte nicht verhindern, dass sich ein wenig Ironie in ihren Tonfall schlich. »Dann musst du mir jetzt nur noch verraten, wo ich den hernehmen soll. Backen kann ich mir den Mann ja wohl schlecht!«

»Musst du auch nicht.« Franks Augen funkelten heiter. »Frag einfach Opa Frank. Ich hab genau den richtigen Mann für diesen Job.«

»Wirklich?«, fragte sie misstrauisch, obwohl sie ihn eigentlich gut genug zu kennen glaubte, um zu wissen, dass er in einer solchen Situation keine Scherze machte.

»Wirklich«, bestätigte er. »Ich hab jahrelang mit dem Mann zusammengearbeitet, er ist ein erstklassiger Ermittler und hört, wenn es sein muss, sogar das Gras wachsen. Er hat nie in Reutlingen gewohnt, lediglich eine Zeit lang in Hechingen und danach noch ein paar Monate irgendwo außerhalb von Balingen. Und seit über einem Jahr hat er sich überhaupt nicht mehr hier blicken lassen. Es ist also kaum vorstellbar, dass ihn da oben im Dunstkreis dieses Naturtheaters jemand kennt. Und als Krönung sieht er auch noch tatsächlich aus wie ein Prinz. Die Leute in Hayingen werden begeistert sein.«

Er hatte, während er redete, sein Smartphone hervorgezogen und darin herumgesucht. Nun reichte er es ihr über den Tisch.

»Hier – den meine ich.«

Dorothea nahm das Smartphone entgegen und bemühte sich, nicht allzu hörbar nach Luft zu schnappen. Sie sah in das ausgesprochen attraktive Gesicht eines Mannes, der etwa vierzig Jahre alt sein mochte und sie spontan an einen Araber oder Inder denken ließ. Seine Haut war von einem warmen Bronzeton, seine Haare und sein gepflegter Fünftagebart dunkelbraun, fast schwarz. Seine schönen braunen Augen blickten ernst, aber freundlich in die Kamera – und irgendwo in ihnen glaubte Dorothea auch eine Spur von Traurigkeit zu erkennen. Selten hatte ein Gesicht sie derart fasziniert.

»Wer ist das?«, fragte sie, ohne aufzublicken. Frank Hasemann lächelte.

»Das«, antwortete er, »ist mein ehemaliger Kollege und mein bester Freund: Surendra Sinha.«

3

Gut 5.700 Kilometer Luftlinie von Frank Hasemann und Dorothea Kaiser entfernt saß zur gleichen Zeit Surendra Sinha am Rand des Amrit Sarovar, eines künstlich angelegten quadratischen Sees in der nordindischen Millionenstadt Amritsar, und hatte nicht die leiseste Ahnung, was man im fernen Reutlingen gerade über seinen Kopf hinweg mit ihm plante.

Vor seinen Augen erhob sich auf einer Insel im See der prächtige Harmandir Sahib – der heiligste Ort aller gläubigen Sikhs, aus Marmor errichtet, über und über mit Blattgold belegt und daher auch als der Goldene Tempel bekannt und berühmt. Unzählige Pilger und Touristen strömten über die Verbindungsbrücke, um den Tempel zu besichtigen oder darin zu beten, aber Surendra hatte nicht die Absicht, sich ihnen anzuschließen. Er kannte den Harmandir Sahib seit frühester Kindheit und hatte ihn oft genug von innen gesehen. Im Moment saß er lieber auf einer der Stufen, die den künstlichen See einfassten. Das Wasser erfrischte auf angenehme Weise die Luft und machte die heiße Nachmittagssonne erträglich.

Zurzeit kam er fast täglich hierher. Hier fand er die Ruhe, die er im Haus seiner Verwandtschaft, wo er vorübergehend logierte, meist vergeblich suchte – zu viel Lärm, Gewusel und vor allem Aufhebens, das man ständig um ihn machte. Auch wenn er seine indische Familie wirklich mochte und ihre schier grenzenlose Gastfreundschaft jedes nur denkbare Lob verdiente … aber er war von Natur aus eher ein

Einzelgänger und brauchte zwischendurch einfach auch Zeit für sich. Derzeit mehr denn je.

Und so verabschiedete er sich üblicherweise nach dem Frühstück, verließ das Haus und tauchte ein in die Menschenmengen von Amritsar, um allein zu sein – so paradox das klingen mochte. Aber zumindest ließ man ihn hier, anders als zu Hause, selbst im dichtesten Gedränge in Ruhe und kümmerte sich nicht um ihn.

Dann streifte er durch die Straßen, schlenderte über Märkte und Bazare, besuchte zwischendurch einen der zahlreichen Hindu-Tempel in der Stadt, um zu beten, und landete am Ende fast immer beim Harmandir Sahib und der ihn umgebenden Palastanlage. Oft ging er dort in das Langar, den Ort der kostenlosen Pilgerspeisung, wo täglich für Tausende von Menschen Linsen und Gemüse in riesigen Kesseln über offenem Feuer gekocht wurden. Zuerst schloss er sich den unzähligen Freiwilligen an, die auf dem Fußboden saßen und als ihren Beitrag zur Essenszubereitung Berge von Gemüse schälten, putzten und klein schnitten. Danach bat er um eine Portion und ein kleines Fladenbrot, ließ sich damit erneut auf den Teppichen nieder und genoss neben der Mahlzeit auch die in jeder Hinsicht bunte Gesellschaft um ihn herum: Bei den Sikhs waren alle Menschen willkommen, egal welcher Herkunft und Religion.

Auch heute hatte er wieder mehrere Stunden im Langar zugebracht, bevor er schließlich an seinen Lieblingsplatz auf den Stufen des Amrit Sarovar zurückgekehrt war. Hier wollte er noch eine Weile sitzen bleiben und nachdenken … beziehungsweise die Zeit totschlagen, bevor er später nach Hause ging, zu einer der so üppigen wie köstlichen Abendmahlzeiten seiner Mutter und ihrer Schwestern. Das musste sein, es wäre in höchstem Grade unhöflich, sie zu versetzen und nicht zu erscheinen. Hinterher dann ein wenig Fernsehen – wenn er Glück hatte, fand er auf einem der vielen Kanäle einen anständigen Filmklassiker – und danach ins Bett. Und am nächsten Tag the same procedure as every day.

Kein Idealzustand, das wussten die Götter. Aber noch suchte er vergebens nach einer Alternative, die seinem Leben wieder Sinn und Zweck gab.

Bis vor wenigen Jahren war er noch mit Leib und Seele Kriminalkommissar gewesen – in Deutschland, wo er geboren worden war, weshalb er auch die deutsche Staatsbürgerschaft besaß. Sein Vater Praveer Sinha, ein hoch qualifizierter Ingenieur aus dem nordindischen Bundesstaat Punjab, hatte seinerzeit in Stuttgart Arbeit gefunden und war mit seiner Frau Zenobia ins Schwabenländle gezogen, wo die beiden wenig später ihren ersten (und wie sich erweisen sollte, einzigen) Sohn bekommen hatten. Dadurch war Surendra in zwei Kulturen aufgewachsen und fühlte sich beiden zugehörig, der deutschen ebenso wie der indischen. Er sprach fließend und akzentfrei Deutsch, Hindi und Punjabi, dazu sehr gut Englisch, und er war wie seine Eltern Hindu. Was ihn nicht daran hinderte, sämtlichen anderen Religionen mit Offenheit und Respekt zu begegnen. In diesem Punkt fühlte er sich den Sikhs sehr verwandt.

Er lebte gerne in Deutschland. Gar keine Frage. Er hatte fast sein gesamtes Leben dort verbracht, während er Indien nur von gelegentlichen Familienbesuchen und Kurzurlauben kannte. Aber zwei eindeutige Vorteile hatte der Subkontinent für ihn auf jeden Fall: zum einen die entschieden bessere, gesündere und vielfältigere Küche – und zum anderen stufte ihn hier niemand nahezu automatisch als *Ausländer* oder *Mensch mit Migrationshintergrund* ein. Wenn er noch dazu, so wie jetzt, nicht in westlicher Kleidung herumlief, sondern in einer knielangen Kurta mit dazu passenden leichten Stoffhosen, dann fiel er unter den Einheimischen erst recht kaum noch auf, und niemand kam auf die Idee, ihn wegen seines Aussehens misstrauisch zu beäugen, geschweige denn ihn verbal oder gar körperlich zu attackieren. Was ihm in Deutschland leider schon mehr als einmal passiert war.

Dennoch hätte er es bis vor etwa drei Jahren nie für möglich gehalten, dass er eines Tages alles hinschmeißen, aussteigen und danach ohne jede Perspektive in Indien herumhängen würde. Nicht einmal in den knapp zwei Jahren, in denen bei der K1 Friedrichshafen intern gegen ihn wegen Verdachts der Strafvereitelung im Amt ermittelt worden und er deshalb vom Dienst suspendiert gewesen war – nicht einmal da war er mürbe genug für einen derartigen Schritt geworden, obwohl er damals oft mehr als pessimistisch in die Zukunft geblickt hatte. Aber er hatte tapfer durchgehalten, bis Anfang 2020 die Ermittlungen aus Mangel an Beweisen endlich eingestellt worden waren. Allerdings hatte das Vertrauensverhältnis zu einem Großteil seiner ehemaligen Kollegen bei der K1 aufgrund der schwelenden Verdachtsmomente derart gelitten, dass er sich nicht wirklich darauf freuen konnte, nun wieder mit ihnen zusammenzuarbeiten.

Als Retter in der Not hatte sich in dieser Stunde sein Freund Frank Hasemann erwiesen, dem es dank seiner Beziehungen gelang, ihm eine Stelle bei der Kripo in Balingen zu vermitteln. Erleichtert kündigte Surendra Job und Wohnung in Friedrichshafen und zog nach Balingen – beziehungsweise in das dreizehn Kilometer entfernte Hechingen, wo die verwitwete Bauunternehmerin Natalia Gruber lebte, die er im November des Vorjahres auf der Burg Hohenzollern kennengelernt hatte. Sie nahm ihn gern in ihrem Haus auf, ebenso wie ihre kleine Tochter Linnea, die in Surendra längst eine Art Ersatzpapa sah – und das nicht erst, seit er unter dem Weihnachtsbaum eine Beziehung mit ihrer Mama begonnen hatte. Schließlich hatte er ihr zuvor durch seine liebevolle Zuwendung sehr geholfen, ihre Angst zu überwinden, die sie nach der Ermordung ihres Vaters vor ihren Augen mehrere Jahre lang hatte verstummen lassen.

Doch das Glück hielt nicht lange an. Kurz nachdem Surendra sich an seinem neuen Arbeitsplatz eingerichtet hatte, wurde der erste Corona-Lockdown verhängt, und nur zwei Tage später wurden er, Natalia und Linnea positiv auf das Virus getestet. Wer genau von ihnen den ungebetenen Gast eingeschleppt hatte, ließ sich nicht mehr mit Sicherheit rekonstruieren. Fakt allerdings war, dass Natalia fast gar keine Symptome von Covid-19 zeigte und Linnea mit einem vergleichsweise milden Verlauf davonkam, während er selbst ernsthaft erkrankte und mehrere Monate brauchte, bis er wieder so weit bei Kräften war, dass er sich zum Dienst zurückmelden konnte.

An die darauffolgende Zeit erinnerte er sich noch weniger gern als an die Erkrankung selbst. Nach der langen Genesungsphase fand er nur schwer ins Berufsleben zurück – zumal es in Balingen zwei Kollegen gab, die zu den Zeitgenossen zählten, bei denen Surendra auch sein deutscher Pass mitsamt deutscher Geburtsurkunde nichts nützte: Für sie war er ein Ausländer, der bei ihnen nichts verloren und folglich auch nichts zu suchen hatte. Dass sein Vorgesetzter, Kriminalhauptkommissar Herbert Vollmer, große Stücke auf ihn hielt und das auch bei jeder Gelegenheit öffentlich bekundete, war angesichts des so unauffälligen wie penetranten und verletzenden Mobbings durch die beiden Kollegen Schramm und Sonnenberg nur ein schwacher Trost.

Auch in seiner Beziehung mit Natalia Gruber begann es in dieser Zeit immer mehr zu kriseln. In vielen Punkten waren sie doch zu verschieden, als dass sich das durch ihre gegenseitige Zuneigung ausgleichen ließ, und schließlich sahen sie beide ein, dass es mit ihnen nicht funktionierte. Mitte 2021 trennten sie sich, und Surendra zog in ein möbliertes Ein-Zimmer-Appartement in Dormettingen, wenige Kilometer außerhalb von Balingen. Linnea war zwar schrecklich enttäuscht, tröstete sich jedoch mit der kleinen grauen Katze Saleti, die Surendra ihr geschenkt hatte, und mit seinem Versprechen, sie regelmäßig zu besuchen. Was Natalia, als Linnea es nicht hören konnte, mit der lapidaren Prophezeiung kommentierte: *Keine Sorge, demnächst kommt sie in das Teenager-Alter, dann lässt ihre Sehnsucht nach dem Ersatzpapa ganz von selbst nach.*

Er konnte nur hoffen, dass das stimmte – denn gut ein halbes Jahr später geschah etwas, das ihn dazu veranlasste, sämtliche Brücken in Balingen und Hechingen hinter sich abzubrechen: Sein Vater Praveer Sinha erkrankte schwer an Krebs. Surendra merkte schnell, dass seine *maaji* Zenobia mit dieser Situation heillos überfordert war und dringend Hilfe brauchte. Er entwarf bereits sein Urlaubsgesuch an die Kripo Balingen, als ihm plötzlich bewusst wurde, dass das Schicksal ihm hier eine Gelegenheit bot, sich auf einigermaßen saubere Weise von einem Job zu verabschieden, der ihm aus mehreren Gründen längst keinen Spaß mehr machte. *Lieber arbeitslos als noch einen Tag länger mit den beiden »braunen« Kollegen … und in einem Beruf, von dem du dich zuletzt doch regelrecht entfremdet hast,* dachte er, während er das Urlaubsgesuch in eine Kündigung umformulierte und danach gleich auch noch ein weiteres Kündigungsschreiben an seinen Vermieter in Dormettingen verfasste.

Er lud sein Hab und Gut in den Wagen, fuhr nach Waiblingen-Neustadt und bezog das Gästezimmer im Haus seiner Eltern, um ihnen mit allen seinen Kräften beizustehen. Monatelang fuhr er seinen Vater zur Chemotherapie und zurück, stärkte seiner Mutter den Rücken, erledigte sämtliche Einkäufe und vor allem den ganzen Papierkram, den

Zenobia immer ihrem Mann überlassen und von dem sie keine Ahnung hatte. Zuletzt, als Praveer das Krankenhaus nicht mehr verlassen konnte und die Ärzte ihm nur noch wenige Wochen gaben, weil der Krebs stark gestreut hatte, war Surendra nahezu rund um die Uhr im Einsatz. Er wachte am Bett seines Vaters, tröstete seine Mutter, die der Verzweiflung nahe war, und wünschte sich sehnlichst, an zwei Orten gleichzeitig sein zu können und nicht mehr als zehn Minuten Schlaf am Tag zu brauchen.

Als Praveer Sinha kurz vor Jahresende seinem Krebsleiden schließlich erlag, starb mit ihm auch der letzte Funke von Zenobias Lebensfreude. In dem Haus, das ihr Mann und sie sich einst durch Fleiß und Ausdauer erarbeitet und innen mit viel Liebe zu einem veritablen indischen Palast ausgestaltet hatten, hielt sie es nun nicht mehr länger aus. *Zwanzig Jahre lang haben wir sehr, sehr glücklich hier gelebt,* sagte sie mit versteinertem Gesicht. *Ohne Praveerji will ich es nicht mehr haben. Ohne ihn will ich überhaupt nicht mehr hier bleiben.* Sie ließ ihren Worten Taten folgen, überschrieb ihren Anteil an dem Haus auf ihren Sohn und machte ihn dadurch zum Alleineigentümer. Danach packte sie ihre Koffer und zog zurück nach Indien zu ihren Schwestern, die sie bereitwillig in ihrem großen Familienhaus in einem Vorort von Amritsar aufnahmen.

Surendra begleitete sie dabei, die Urne mit der Asche seines Vaters im Gepäck. Er blieb so lange, bis sie Praveer Sinhas sterbliche Überreste in einer feierlichen Zeremonie dem nahe verlaufenden Fluss Beas übergeben hatten und er sicher sein konnte, dass seine Mutter an ihrem neuen Wohnort gut untergebracht und versorgt war. Dann flog er zurück – zu dem Haus, das er eigentlich auch nicht haben wollte. So sehr er das *Little India* liebte, das sich seine Eltern hier geschaffen hatten, aber es war einfach zu groß für ihn und er verspürte kein Verlangen, dauerhaft hier zu wohnen. Als er schließlich einsah, dass das Haus trotz aller schönen Erinnerungen nur ein Klotz am Bein für ihn war, suchte er einen Immobilienmakler auf. Die Aussicht, ein gepflegtes Einfamilienhaus in der Ringstraße in Waiblingen-Neustadt verkaufen zu dürfen, versetzte den Mann in euphorische Begeisterung, und es dauerte auch nicht lange, bis er einen Käufer gefunden hatte, der bereit und willens war, eine Summe zu zahlen, bei der Surendra schwindelig wurde und die ihn voraussichtlich für den Rest seines Lebens aller finanziellen Sorgen enthob.

Ausgewählte Teile des indischen Inventars hatte er bereits vorerst einlagern lassen. Alles Übrige veräußerte er nun und fuhr mit seinen verbliebenen Habseligkeiten zu Frank Hasemann, in dessen Haus im Hechinger Stadtteil Boll er immer willkommen war. In einer langen, durchzechten Nacht gelang es ihm, Frank zu überreden, ihm sein Gästezimmer nominell zu vermieten, damit er fürs Erste wieder eine offizielle Meldeadresse hatte, ohne die es in diesem Land nun einmal nicht ging. Nachdem er sämtliche dafür notwendigen Behördengänge erledigt hatte, flog er erneut nach Indien, und diesmal auf unbestimmte Zeit. Er brauchte Abstand, um sich darüber klar zu werden, was er nun aus seinem Leben machen wollte – und ob er vielleicht sogar wie seine Mutter (der es bereits wieder deutlich besser ging) Deutschland endgültig hinter sich lassen sollte, um hier im Land seiner Vorfahren noch einmal ganz neu anzufangen. Vielleicht in der Tourismusbranche, wo er mit seinen Sprachkenntnissen sicherlich Perspektiven hatte …

Er hielt in seinem Gedankengang inne und schaute zu der Menschenmenge hinüber, die sich rund um den Goldenen Tempel drängelte. Bei der Vorstellung, Tag für Tag Touristengruppen als Fremdenführer durch die Gegend zu schleusen und dabei die immer gleichen Geschichten herunterzuleiern, verabschiedete er sich sehr schnell wieder von dieser Idee. *Das war dann wohl doch eher nicht sein Ding.*

Und in diesem Moment klingelte das Handy in seiner Hosentasche. Er las den Namen *Frank Hasemann* auf dem Display und runzelte die Stirn. Frank wusste verdammt gut, wie viel ein Mobiltelefonat nach Indien kostete – da musste schon etwas ausgesprochen Wichtiges passiert sein, dass er sich nicht damit aufhielt, ihm eine SMS oder eine Mail zu schreiben. Kurz entschlossen nahm er das Gespräch an.

»Hallo, Surendra – gut, dass ich dich erreiche«, hörte er die Stimme seines Freundes. »Wo steckst du denn gerade?«

»In Amritsar.«

»Sehr schön, da hat's wenigstens gleich einen Flughafen. Nimm die nächste Maschine und komm hierher. Ich hab einen Job für dich.«

»*Was* hast du?«

»Einen Job. Genau das Richtige für dich, du wirst begeistert sein.«

Darauf fiel Surendra erst mal gar nichts ein. Vorsichtshalber nahm er das Smartphone vom Ohr und warf noch einmal einen kontrollierenden Blick auf das Display, ob er nicht etwa gerade einem Scherzbold aufsaß. Aber dort leuchtete nach wie vor der Name *Frank Hasemann*, und der gehörte zu einem durchaus seriösen Kommissar im Ruhestand, der zwar jederzeit für einen Spaß zu haben war, aber üblicherweise keine dummen Spielchen spielte, und schon gar nicht mit ihm.

»Hallo? Hallo, Surendra, bist du noch dran?«

»Ja … ja, natürlich, aber sag mir doch erst mal, um was es geht!«

»Bist du wahnsinnig? Das kostet ein Vermögen, und ich bin nicht so schweinereich wie du heutzutage. Setz dich einfach in den Flieger und komm. Ich hol dich in Stuttgart ab.«

»Aber …«

»Kein Aber. Vertraust du mir?«

»Ja.«

»Dann komm. Guten Flug. Ich freu mich auf dich!«

Und damit wurde das Gespräch beendet, noch bevor Surendra zu einer Antwort oder gar zu einem weiteren Einwand ansetzen konnte.

Er ließ das Smartphone sinken, wartete ein paar Sekunden und wählte dann die Nummer von Frank, die auf seinem Gerät eingespeichert war.

»Ja, Surendra, was ist denn noch?«, meldete sich die vertraute Stimme.

»Nur eine Frage«, erwiderte Surendra. »Hast *du* mich eben angerufen?«

»Ja, natürlich – was dachtest du denn, wer das war, der Weihnachtsmann? Oder rauchst du gerade irgendwas Unanständiges?«

Surendra verzog das Gesicht zu einem schrägen Grinsen.

»Ich wollte nur sicher gehen, dass das tatsächlich du gewesen bist«, sagte er. »Und dass hier nicht irgendeine dämliche Versteckte-Kamera-Aktion läuft.«

»Keine Gefahr«, entgegnete Frank. »Funk mir durch, mit welcher Maschine du ankommst. Und liebe Grüße an deine Mutter!«

Wieder wurde das Gespräch ohne größeres Zeremoniell beendet. Surendra schob das Smartphone zurück in die Hosentasche und schaute nachdenklich auf die Wellen, die sanft vor seinen Füßen plätscherten. Er konnte sich nur zwei Gründe vorstellen, warum sein Freund so wortkarg gewesen war: Entweder war der Job, um den es hier ging, zu kompliziert, um ihn lang und breit am Telefon zu erörtern – oder Frank befürchtete ernsthaft, dass Surendra auf der Stelle ablehnte und sich gar nicht erst auf den Weg zu ihm machte, wenn er ihm vorab bereits verriet, worum es ging.

Andererseits: Frank wusste genau, wie sehr er sich nach einer neuen Aufgabe sehnte, die seinem Leben wieder einen Sinn gab. Würde er ihn da wirklich heimtückisch dazu ermuntern, fünfzehn, sechzehn Stunden lang durch die Weltgeschichte zu fliegen, nur damit er dann eine absolut voraussagbare Enttäuschung erlebte? Nein. Nicht Frank.

Er spürte, wie zum ersten Mal seit Langem wieder hoffnungsvoller Optimismus in ihm aufkeimte, und er beschloss, auf der Stelle nach Hause zu gehen und an seinem Laptop nach verfügbaren Flugverbindungen zu suchen. Wegen der Kosten musste er sich ja dank seines reichen Erbes zum Glück keine Gedanken mehr machen. Auch wenn sich das für ihn immer noch mehr als seltsam anfühlte.

* * *

»Ich soll *was??*«

Ungläubig schaute Surendra Sinha abwechselnd Frank Hasemann und Dorothea Kaiser an, die ihm im Büro der Kriminalhauptkommissarin in Reutlingen gegenübersaßen und ihn soeben darüber in Kenntnis gesetzt hatten, welchen Job sie aktuell zu vergeben hatten – und dass sie ihn als die Idealbesetzung dafür betrachteten. Im wahrsten Sinne des Wortes.

»Welchen Teil hast du nicht verstanden?«, fragte Frank in schönster Unschuld zurück.

Surendra schüttelte fassungslos den Kopf. Offenbar hatte er sich geirrt, und sein Freund hatte tatsächlich keine Skrupel gehabt, ihn für einen … einen *Witz* von Indien nach Reutlingen zu zitieren.

Er trank einen Schluck von dem aromatischen schwarzen Kaffee, den Dorothea Kaiser ihm dankenswerterweise serviert hatte. Zum Glück hatte er vorhin in Frankfurt am Main knapp zwei Stunden Aufenthalt vor dem Weiterflug nach Stuttgart gehabt und die Gelegenheit zu einem Frühstück genutzt, aber das änderte nichts an der Tatsache, dass ihm insgesamt fast fünfzehn Flugstunden in den Knochen steckten. Vielleicht hätte er doch auf Frank hören sollen, der, als er ihn um Viertel nach zehn am Flughafen Echterdingen abgeholt hatte, eigentlich mit ihm nach Boll hatte fahren wollen, damit er sich nach der langen Reise erst mal ausruhen konnte. Aber seine Neugier war zu groß gewesen, er wollte endlich wissen, was Sache war. Also hatte Frank die »Kaiserin«, wie er sie nannte, angerufen und ihn dann auf direktem Weg zu ihr ins Polizeipräsidium Reutlingen gebracht. Und hier saß er nun und durfte sich den Kopf darüber zerbrechen, wie er das Angebot, als Undercover-Ermittler in einem Freilichttheater auf der Alb mitzuwirken, möglichst höflich ausschlagen konnte.

»Ich meine … das ist doch jetzt ein Scherz, oder?«, sagte er. »Ich soll mich in eine Theatertruppe einschleusen und herumschnüffeln wie weiland Miss Marple in *Vier Frauen und ein Mord*?«

»Nicht ganz.« In Franks Augen funkelte ein lebhafter Schalk. »Du brauchst keinen Rock anzuziehen, und Miss Marples schaurig-schöne Ballade von der *Lady mit Namen Lou* musst du auch nicht auswendig lernen.«

»Dafür vermutlich jede Menge anderen Text«, erwiderte Surendra trocken. »In dem Zusammenhang möchte ich übrigens auf ein winziges Detail hinweisen, das dir und der werten Frau Kollegin seltsamerweise völlig entgangen zu sein scheint: Ich habe noch nie in meinem Leben Theater gespielt!«

»Doch«, entgegnete Frank und grinste breit. »Mit mir ständig. Oder hast du die Scharaden vergessen, die wir bei jeder Gelegenheit aufgeführt haben, als wir noch im Team zusammengearbeitet haben?«

»Das ist ganz was anderes«, widersprach Surendra hitzig. »Das war Schmierentheater im Dienst, um verdächtige Subjekte abzulenken oder um uns unauffällig abzusprechen, wenn der Feind zugehört hat. Wir haben da jedes Mal wild drauflos improvisiert. Das kannst du doch nicht damit vergleichen, dass ich jetzt höchst offiziell eine Hauptrolle in einem Shakespeare-Stück spielen soll!«

»Ach komm, das kannst du doch«, schmunzelte Frank. »Wenn ich dran denke, wie du seinerzeit immer mit Linnea gesungen und getanzt hast – damit könntest du in jedem Bollywood-Film auftreten. Und das bisschen Spielen kriegst du auch noch hin.«

»Na klar.« Surendra gab ein sarkastisches Schnauben von sich. »*Bollywood*. Bin ich Shah Rukh Khan?«

»Aber nein!« Der Schalk in Franks Augen blitzte vor Übermut. »Du siehst viel besser aus. Typ Arjun Rampal, würde ich sagen. Hübsches Kerlchen.«

Surendra bedachte seinen Freund mit einem vernichtenden Blick und wandte sich dann hilfesuchend an Dorothea Kaiser.

»Hören Sie – ich weiß ja nicht, was für einen Clown der Herr Kollege heute gefrühstückt hat, aber vielleicht kann man wenigstens mit Ihnen vernünftig reden. Ich meine es ernst: Ich habe noch nie auf einer Bühne gestanden. Es würde doch keine zwei Minuten dauern, bis die Herrschaften in dem Theater merken, dass ich von dem Metier keine Ahnung habe! Abgesehen davon – Sie haben doch vorhin erwähnt, dass man auf dieser Naturbühne in schwäbischer Mundart spielt. Und das würde ich nur mit einem verdammt guten Sprachcoach hinkriegen: Ich verstehe Schwäbisch zwar, aber ich spreche es nicht.«

»Das ist das geringste aller Probleme«, versicherte Dorothea Kaiser. »Dass Schwäbisch sozusagen die ›Amtssprache‹

ist, bedeutet ja nicht, dass alle anderen Sprachen streng verboten sind. Und meiner Ansicht nach kann ein edler Prinz wie Don Pedro ohne Weiteres feinstes Hochdeutsch sprechen. Das setzen wir schon durch.«

»Mag sein«, meinte Surendra. »Aber das Stichwort ›Don Pedro‹ führt uns gleich zum nächsten Problem: Was, wenn es uns bis zur Premiere *nicht* gelingt, herauszufinden, was es mit dieser Todesanzeige auf sich hat? Fällt die Premiere dann aus – oder findet sie trotz der Drohung statt, und ich darf meine Haut riskieren und sehenden Auges ins offene Messer rennen? Womöglich sogar buchstäblich?«

»Das ist natürlich ein Argument, das ich voll und ganz verstehe«, gab Dorothea Kaiser zu. »Ich möchte mich da allerdings im Moment noch nicht festlegen. Bis Anfang Juli kann noch viel passieren, und wir müssen die Situation neu bewerten, wenn es so weit ist. Sollte sich tatsächlich abzeichnen, dass wir den Fall nicht rechtzeitig lösen – was ich nicht hoffe –, dann werden wir überprüfen, ob wir mit starker Polizeipräsenz vor, auf und hinter der Bühne für genügend Sicherheit sorgen können, dass weitgehend sorgenfrei gespielt werden kann und das Theater nicht noch mehr finanzielle Verluste erleidet. Aber das würden wir selbstverständlich nur in Absprache mit Ihnen entscheiden, auf keinen Fall über Ihren Kopf hinweg.«

»Wobei ich mir sicher bin, dass das nicht nötig werden wird«, warf Frank ein, der inzwischen sehr ernst geworden war. »Schließlich habe ich dich nicht nur deshalb für diesen Job empfohlen, weil du mit deinem aristokratischen Aussehen geradezu prädestiniert bist für einen Prinzen von Aragon, Surendra. Du bist ein hervorragender Ermittler, und du hast mit Sicherheit nichts verlernt, auch wenn du jetzt eine ganze Weile nicht mehr aktiv gewesen bist. Du warst immer offen für Neues und hast nie vor irgendwelchen

Herausforderungen zurückgeschreckt. Und du kannst gut mit Menschen umgehen, du hörst ihnen zu und bringst sie dadurch zum Reden. Meiner Ansicht nach bist du der perfekte Mann für diesen Undercover-Job. Wenn du das anders siehst – gut, dann akzeptiere ich das, aber ganz ehrlich: mit zwei weinenden Augen.«

Er sah Surendra an und hob auf indische Art bittend die gefalteten Hände. Unwillkürlich musste Surendra lächeln. Ihm wurde warm ums Herz, auch dank der kleinen Laudatio, die sein Freund gerade auf ihn gehalten und die ihm unendlich gutgetan hatte. Zum ersten Mal nach all den Monaten voller Trauer, Antriebslosigkeit und Ausstiegsgedanken verspürte er wieder so etwas wie echten Tatendrang.

Er schloss die Augen und kehrte in Gedanken kurz zu dem Tempel in Amritsar zurück, in dem er vor seiner Abreise noch einmal zu Ganesha gebetet hatte, dem elefantenköpfigen Gott, der Hindernisse beseitigte und bei jeglichem Neubeginn half, wenn man auf ihn vertraute. *Danke,* dachte er. *Danke für diese Chance. Ich werde dich nicht enttäuschen.*

Dann hob er den Blick zu den beiden Kollegen, die ihn voll unruhiger Spannung ansahen, und atmete tief durch.

»Also schön«, sagte er. »Worum geht es in dem Stück?«

Es dauerte genau eine Sekunde, bis die Botschaft angekommen war. Dann verwandelte sich die Anspannung in Dorothea Kaisers Gesicht in ein erleichtertes Strahlen, und Frank ballte mit einem erfreuten »Ja!!« die Hand zur Siegerfaust.

»Das erzähl ich dir nachher in aller Ausführlichkeit, wenn wir zuhause sind«, versprach er. »Wenn du magst, können wir uns auch die Verfilmung des Stücks von Kenneth Branagh anschauen, die ist klasse, und ich hab die DVD. Und dazu gibt's einen schönen Trollinger. Ich hab extra für dich eine Ladung gebunkert.«

»Klingt vielversprechend«, sagte Surendra, der sich plötzlich richtig gut fühlte. Er wandte sich an Dorothea Kaiser. »Und wann soll's losgehen?«

»So schnell wie möglich«, antwortete sie. »Wir mussten ja erst noch Ihre Zusage abwarten, aber jetzt können wir loslegen. Wir werden den Leiter des Theaters kontaktieren und ihn in unsere Pläne einweihen – natürlich unter der Voraussetzung, dass er eisernes Schweigen gelobt. Er wird der Einzige sein, der Bescheid weiß. Sobald wir alles Notwendige mit ihm abgesprochen haben, melde ich mich bei Ihnen. Bis dahin« – sie nahm einen Schnellhefter von ihrem Schreibtisch – »können Sie sich schon mal in den Fall einlesen, ich habe Ihnen die wichtigsten Berichte und Gesprächsprotokolle kopiert. Rufen Sie mich jederzeit an, wenn Sie Fragen haben. Meine Nummer steht vorne auf der ersten Seite.«

Sie reichte Surendra die Mappe.

»Danke«, fügte sie mit einem kleinen Lächeln hinzu. »Vielen Dank, dass Sie bereit sind, uns zu helfen, Herr Sinha. Trotz Ihrer Skrupel. Glauben Sie mir, ich kann Sie verstehen. Aber ich bin sicher: Sie schaffen das.«

Surendra lächelte zurück.

»Ich danke Ihnen«, sagte er. »Für Ihr Vertrauen.«

4

Zehn Tage später stand Surendra Sinha in dem hübschen kleinen Holzhaus, das für die nächsten Wochen, wenn nicht Monate sein Zuhause sein würde, und sah sich um. Ein gemütliches Wohnzimmer mit offenem Kamin, eine komplett ausgestattete Küche, ein Bad und sogar zwei Schlafzimmer mit frisch bezogenen Betten standen ihm zur Verfügung. Alles war hell und freundlich, auf den Dielenböden lagen Flickenteppiche und überall duftete es schwach und angenehm nach Holz. Es gab einen Fernseher, kostenloses WLAN und vor der Eingangstür eine überdachte kleine Veranda mit einem Tisch und mehreren Klappstühlen. Surendra legte eine Hand auf das helle Holz, mit dem Wände und Decken verkleidet waren, und spürte, wie ein erster kleiner Teil seiner Anspannung von ihm abfiel. Hier würde er es aushalten.

Er befand sich im »Lauterdörfle«, einer ganzjährig geöffneten Ferienanlage am Rande von Hayingen und direkt oberhalb des schmalen Tals, in dem die Naturbühne und damit sein künftiger Einsatzort lag. Der Theaterleiter Lars Lege hatte ihm diese Adresse empfohlen, nachdem Surendra sein Angebot, ihn in seinem Gästezimmer zu beherbergen, höflich abgelehnt hatte. Bei der Aufgabe, die vor ihm lag, brauchte er unbedingt einen Rückzugsort ganz für sich allein, wo er zwischendurch auch mal mit Frank oder der Kaiserin (wie er Dorothea Kaiser mittlerweile ebenso für sich nannte, wie Frank es tat) telefonieren konnte, ohne befürchten zu müssen, dass jemand – und sei es ungewollt – etwas davon mitbekam. Und da er sich gerne selbst versorgte, war eine Ferienwohnung genau das Richtige für ihn.

Er stellte seinen Koffer in einem der beiden Schlafzimmer ab. Keines der über hundert Holzhäuschen in dem Lauterdörfle war für weniger als vier Gäste angelegt, aber Frank hatte ihm bereits vorab signalisiert, dass er für das zweite Schlafzimmer mit Sicherheit noch Verwendung finden würde. *Wenn du hoffnungslos feststeckst oder auch einfach nur Sehnsucht nach mir hast – Anruf genügt, und ich schau vorbei,* hatte er gesagt, als sie sich an diesem Morgen in Boll voneinander verabschiedet hatten. *Ist ja nur eine Stunde mit dem Auto. Und sollte es wirklich notwendig werden, dann komme ich auf jeden Fall zur Premiere, lass mir ein Kostüm verpassen und geh als dein Leibwächter mit dir auf die Bühne.*

Surendra schnitt eine sarkastische Grimasse. So reizvoll die Vorstellung auch sein mochte, Frank in irgendeiner Schildknappenmontur mit Helm und gezückter Hellebarde zu sehen – aber angesichts der für ihn potenziell tödlichen Begleitumstände konnte er sehr gut darauf verzichten.

Er ging noch einmal nach draußen zu dem kleinen Handwagen, mit dem er sein Gepäck von dem Parkplatz bei der Rezeption aus über die autofreien Wege des Feriendorfes transportiert hatte. Darin standen noch die beiden großen Taschen voller Lebensmittel, die er auf dem Weg hierher eingekauft hatte. Er trug sie ins Haus und verstaute den Inhalt in Kühl- und Küchenschrank. Dann befüllte er die Kaffeemaschine mit Wasser, löffelte Kaffeepulver in den Filter, gab nach alter Gewohnheit noch eine ordentliche Prise Zimt und Kardamom dazu und betätigte den Schalter.

Während der Kaffee durchlief, begab er sich in das Wohnzimmer und begann, seinen Tagesrucksack auszupacken. Er stellte seinen Laptop auf den Tisch, daneben legte er den

Schnellhefter, den er von der Kaiserin bekommen und in den vergangenen Tagen gründlich durchstudiert hatte. Besonders sorgfältig hatte er sich Leonie Lexers Protokolle von ihren Gesprächen mit Selina Lege und Bianca Weißgerber eingeprägt. Sollte während der Proben irgendwann einmal die Rede auf die entsprechenden Vorfälle kommen, dann würde es ihm hoffentlich sofort auffallen, wenn die beiden Damen plötzlich andere Details zum Besten gaben als gegenüber der Reutlinger Kriminalkommissarin.

Er verzog das Gesicht, als ihm bewusst wurde, dass er geistig bereits voll in seine Mission eingestiegen war, noch bevor sie überhaupt richtig begonnen hatte. Der eigentliche Startschuss würde in ein paar Stunden fallen – im Haus von Lars Lege, wenn er sich dem Theaterleiter als der von der Reutlinger Kripo angekündigte Don-Pedro-Retter in der Not namens Arjun Sahani präsentierte.

Arjun Sahani.

Ein winziges Lächeln umspielte Surendras Lippen, als er in die Küche ging, um sich einen Kaffee zu holen. Er hatte darauf bestanden, dass sein wahrer Name selbst Lars Lege gegenüber unter Verschluss gehalten wurde, damit jedes Risiko, dass der Mann sich versehentlich verplapperte, von vornherein ausgeschlossen wurde. *Auch wenn mich in Hayingen wohl kaum jemand persönlich kennt,* hatte er Frank und der Kaiserin gegenüber argumentiert, *aber mein Name ist doch schon in so manchen Zeitungsartikeln aufgetaucht, und wenn jemand auf die Idee kommt, ›Surendra Sinha‹ zu googeln, dann findet er die gesamte Palette vom Kriminalkommissar bis zu der verfluchten Kinderschänder-Anzeige in Hechingen, bei der ihm im ungünstigsten Fall auch noch entgeht, dass die völlig an den Haaren herbeigezogen war und entsprechend mit Pauken und Trompeten abgeschmettert worden ist. Und das sollten wir doch tunlichst verhindern.*

Das hatte beiden eingeleuchtet, und Frank war prompt wieder mit seinem *Arjun Rampal* dahergekommen – natürlich nicht im Ernst, denn ihm war ebenso klar wie Surendra selbst: Sollte sich jemand in dem Theaterensemble für indische Filme interessieren, was ja ohne Weiteres sein konnte, dann würde dem der Name dieses bekannten und vielbeschäftigten Schauspielers sofort auffallen. *Aber zumindest den Vornamen können wir verwenden,* hatte Frank vorgeschlagen, *vielleicht ist es ja sogar ein gutes Omen, wenn du so heißt wie der siegreiche Held in dem Mahabharata-Epos.* Dieses Argument war Surendra zwar ziemlich gleichgültig gewesen, dennoch hatte er sich mit *Arjun* einverstanden erklärt, kurz entschlossen den Geburtsnamen seiner Mutter drangehängt und den eigenen Namen in seinem Smartphone entsprechend geändert. Wer immer ihn fortan anrief oder per WhatsApp kontaktierte, würde nun *Arjun Sahani* angezeigt bekommen.

Er goss Kaffee in eine große Tasse, sog genießerisch den dezenten Gewürzduft ein und trank einen ersten Schluck. Dann kehrte er zurück in das Wohnzimmer, um noch zwei weitere wichtige Teile aus seinem Tagesrucksack herauszuholen: den Beutel mit den Räucherstäbchen – und die sorgfältig in ein rotes, mit Pailletten besticktes Tuch eingewickelte kleine goldene Ganesha-Skulptur, die ihn, seit er sie als Kind bei einem Indien-Besuch von seinem Vater geschenkt bekommen hatte, durch sein Leben begleitete und von der er sich niemals trennte. Er breitete das Tuch auf einer Kommode aus, stellte den Ganesha darauf, zündete ein paar Räucherstäbchen an und faltete vor seinem improvisierten Mandir die Hände, um sich den Segen des Gottes für die vor ihm liegende Mission zu erbitten. Vielleicht wurde sie für ihn ja tatsächlich zu dem so sehr ersehnten Neubeginn.

* * *

Der Weg zum Haus von Lars Lege führte Surendra durch die Altstadt von Hayingen. Sie war klein und übersichtlich, so wie der gesamte Ort, der mit seinen gerade mal gut zweitausend Einwohnern eher wie ein ruhiges, vielleicht etwas groß geratenes Dorf wirkte als wie eine Stadt. Allerdings hatte Surendra sich im Vorfeld informiert und wusste daher, dass Hayingen bereits seit Mitte des 13. Jahrhunderts als Handwerkerort eine bedeutende Rolle für die südliche Alb gespielt hatte. Davon zeugten unter anderem zahlreiche große und schöne Fachwerkbauten, mehrere Jahrhunderte alt und bestens erhalten, an denen er nun bewundernd vorüberging.

Er passierte die Stadtkirche St. Vitus, googelte aus alter Gewohnheit den Namen des Heiligen und stellte nicht ohne leises Amüsement fest, dass Vitus beziehungsweise *Veit* unter anderem als Schutzpatron der Tänzer und Schauspieler galt. *Passt,* dachte er und erinnerte sich zugleich daran, wie er Frank vor ein paar Tagen ein wenig *Mahabharata*-Nachhilfe gegeben hatte, da sein Freund dieses indische Epos nur in groben Zügen kannte und von einer sehr speziellen Episode im Leben des Arjuna, Sohn des Himmelsgottes Indra, nichts wusste. Der musste nämlich nach zwölf Jahren Verbannung in den Wäldern das dreizehnte Jahr unter Menschen verbringen, wobei ihn niemand erkennen durfte, sonst hätte die Zeit der Verbannung noch einmal von vorne begonnen. Diese kritischen Monate verbrachte Arjuna am Königshof, wo er tatsächlich unerkannt blieb und den Frauen Unterricht in Tanz, Gesang und im Spiel von Musikinstrumenten erteilte. *Na siehst du,* hatte Frank festgestellt, *dann hab ich dir ja genau den richtigen Namen verpasst: Arjun, der Krieger, der sich undercover als Künstler betätigt. – Nicht ganz,* hatte Surendra trocken erwidert. *Als Mann hätte Arjuna die Frauen bei Hofe nämlich wohl kaum unterrichten dürfen, deshalb hat er ein Jahr lang Frauenkleider getragen und sich als*

Eunuch ausgegeben. Und darauf kann ich ehrlich gesagt sehr gut verzichten. Sie hatten beide schallend gelacht, und Frank hatte grinsend eine weitere Flasche Trollinger aus seinem gut bestückten Weinkeller geholt.

Surendra schmunzelte noch immer in sich hinein, als er in die Seitenstraße einbog, in der Lars Lege wohnte. Schnell fand er das richtige Haus, setzte eine sachliche Berufsmiene auf und klingelte.

Der Mann, der ihm öffnete, war hochgewachsen – etwa ebenso groß wie er selbst –, kräftig gebaut und dunkelblond. Surendra schätzte ihn auf Anfang fünfzig.

»Herr Lege?«, fragte er sicherheitshalber.

»Ja, der bin ich«, antwortete der Mann. »Und Sie sind …«

»Arjun Sahani«, sagte Surendra, faltete die Hände vor der Brust und neigte grüßend den Kopf. »Namaste … ich meine, guten Tag!«

»Guten Tag, und immer herein mit Ihnen!« Lars Leges Gesicht hellte sich auf, und er machte eine einladende Handbewegung in den Flur hinein. »Sie machen sich keinen Begriff, *wie* willkommen Sie mir sind! Seit ich weiß, dass Sie kommen, kann ich wieder ruhiger schlafen. Jetzt muss ich mir um unsere Premiere keine Sorgen mehr machen, und um die Pedro-Rolle erst recht nicht.«

»Vorsicht!« Surendra lächelte schief, während er seine Jacke auszog und an der Garderobe aufhängte. »Ich kann weder dafür garantieren, dass ich das Rätsel um diese Todesanzeige rechtzeitig löse, noch dafür, dass ich schauspielerisch mit Ihrem Ensemble mithalten kann. Aber ich werde in beiden Punkten mein Bestes geben.«

»Und mehr kann niemand von Ihnen verlangen«, erwiderte Lars Lege. »Nein, lassen Sie Ihre Schuhe ruhig an – kommen Sie, hier geht's ins Wohnzimmer. Darf ich Ihnen etwas anbieten? Kaffee, oder etwas Kaltes zu trinken?«

»Gerne einen Kaffee. Schwarz.«

Surendra folgte dem Theaterleiter in ein Wohnzimmer, das sehr modern eingerichtet war und auf ihn eher kühl wirkte. Aber immerhin standen auf einem Beistelltisch bereits eine große Thermoskanne und eine Wasserkaraffe sowie Tassen und Gläser parat, sodass Lars Lege ihm den gewünschten Kaffee servieren konnte, kaum dass Surendra in einem der dunkelgrauen Sessel versunken war.

»Bitte sehr«, sagte er. »Und danke übrigens, dass Sie sich selbst vorgestellt und mir damit bestätigt haben, dass man Ihren Namen ›Ardschún‹ ausspricht. Ich hätte mich da nur ausgesprochen ungern blamiert.«

»Kein Thema«, erwiderte Surendra lächelnd. »Wenn Sie wüssten, wie oft ich das schon falsch gehört habe. Ich sage den Leuten dann immer, sie sollen an das Taj Mahal denken, das wird ja auch allgemein mit j geschrieben. Oder an den Maharaja.«

»Jetzt vergesse ich es bestimmt nicht mehr.« Lars Lege schenkte sich ebenfalls einen Kaffee ein. »Haben Sie etwas dagegen, wenn wir gleich zum Vornamen übergehen? Spätestens im Theater müssen wir das sowieso, da sagen alle Du zueinander.«

»Damit habe ich kein Problem«, versetzte Surendra. »Von mir aus können wir auch sofort damit anfangen.«

»Wunderbar.« Lars Lege ließ sich auf dem Sofa nieder und hob seine Tasse. »In diesem Sinne: Noch mal herzlich willkommen, Arjun!«

»Danke, Lars.«

Beide tranken gleichzeitig. Der Kaffee war für Surendras Geschmack entschieden zu dünn, aber er verzog keine Miene. Das hatte er sich während seiner langjährigen Laufbahn als Kriminalkommissar angeeignet, und da waren ihm bisweilen noch ganz andere Gebräue serviert worden als dieses hier, über das Frank Hasemann sicher gnadenlos geurteilt hätte: *Dieser Kaffee hat ja wohl vor Schwäche kaum aus der Kanne kriechen können.*

»Ich muss gestehen, ich bin sehr neugierig«, sagte Lars und stellte seine Tasse ab. »Ich hab deinen Namen mal bei Google eingegeben, und da gab es auch ein paar Treffer, allen voran einen Politiker in Bihar. Aber der bist wohl eher *nicht* du, oder?«

»Um Himmels willen!« Surendra schnitt eine Grimasse. »Keine Gefahr, mit Politik hab ich nicht allzu viel am Hut. Ich weiß auch nicht, ob ich überhaupt groß im Netz zu finden bin. Auf diesen ganzen sozialen Plattformen bin ich jedenfalls nicht unterwegs.«

»Aber landet man als Ermittler nicht früher oder später automatisch mal in den Nachrichten oder in irgendwelchen Zeitungsreportagen?«, hakte Lars nach.

Aber sicher doch, dachte Surendra sarkastisch. *Was meinst du, warum ich mir für diesen Auftrag einen ›Künstlernamen‹ zugelegt habe. War doch klar, dass ihr nach mir googeln würdet.* Er schmunzelte innerlich. *Hätte ich an eurer Stelle ja auch getan.*

»Möglich«, antwortete er ausweichend und nippte erneut an seinem Kaffee. »Allerdings arbeite ich üblicherweise verdeckt und überlasse das Rampenlicht der Öffentlichkeit meinen Vorgesetzten. Oder anderen Kollegen, die ein mir schleierhaftes Faible für Pressekonferenzen und ähnlichen Zirkus haben.«

Lars grinste breit. »Nun, diesmal wirst du um diesen ›Zirkus‹ wohl nicht herumkommen. Die Presse wird sich mit Begeisterung auf dich stürzen – den mutigen Helden, der furchtlos einer Todesdrohung trotzt und unsere Sommerspielzeit rettet!«

Surendra betrachtete ihn nachdenklich und beschloss

nach kurzer Überlegung, sich die Frage, die sich ihm bei diesem Statement geradezu aufdrängte, nicht zu verkneifen.

»Hätte dir das denn nicht auch gefallen? Als mutiger Held und Retter der Saison gefeiert zu werden?«

Für einen Moment wurde Lars' Miene ziemlich verlegen. Er wandte den Blick ab und schaute zum Fenster hinaus. Dann holte er tief Luft, sah Surendra wieder an und bemühte sich dabei sichtlich um ein ungezwungenes Lächeln.

»Es kann nicht jeder ein tapferer Ritter sein«, sagte er und zuckte die Achseln. »Ich bin offensichtlich keiner. Aber ich denke, damit kann ich leben.«

»Und wenn ich hier von einem anderen Posten aus die Augen offen halte?«, schlug Surendra vor. »Dann kannst du den Pedro wieder übernehmen.«

»Um Himmels willen, nein!« Jetzt wirkte Lars' Lächeln absolut echt. »Ich war von Anfang an nicht scharf auf die Rolle. Ich bin heilfroh, dass ich sie auf gute Weise losgeworden bin.«

»*Gute*?« Surendra schüttelte den Kopf. »Haben alle Theaterleute so einen schrägen Humor?«

Lars stutzte kurz, dann begriff er und lachte laut. »Du meinst, weil ich einer Todesdrohung etwas Positives abgewinne? Nein, keine Sorge, das seh wohl wirklich nur ich so. Weil ich nämlich jetzt nicht den ganzen Sommer über bis Ende August hier festsitze und deshalb doch noch meine Kreuzfahrt antreten kann, die ich schon seit Ewigkeiten plane. Zum Glück hab ich sie noch einmal neu buchen können – ich hatte sie ja storniert, nachdem man mir den Don Pedro aufs Auge gedrückt hatte. Jetzt ist alles in Butter, und ich geb zu, ich freu mich auf die Reise.«

»Verstehe«, sagte Surendra. »Wo soll's denn hingehen?«

»In die Karibik«, antwortete Lars. »Mein erster Urlaub seit einer gefühlten Ewigkeit. Erst hat mich jahrelang das

Theater hier festgehalten, dann kam Corona, und um meine Tochter hab ich mich ja auch noch kümmern müssen, seit meine Frau uns verlassen hat. Aber jetzt ist sie neunzehn und braucht keine Rund-um-die-Uhr-Betreuung durch Papa mehr. Und ich komm endlich mal wieder raus hier und hab ein paar Wochen ganz für mich allein.«

»Und das braucht man einfach ab und zu«, erwiderte Surendra lächelnd. »Das kenne ich, und ich gönne es dir. Auch wenn das bedeutet, dass ich mich dafür jetzt sozusagen vor den Thespiskarren spannen lassen muss. Ich hoffe ja nur, dass ich gegenüber den ganzen Routiniers in eurem Theater nicht allzu sehr abfalle.«

»Bloß keine Panik«, meinte Lars gelassen. »Letzten Endes sind wir alle Amateurschauspieler, keiner von uns ist ein Profi. Natürlich bekommt man eine gewisse Routine, wenn man bereits zehn, zwanzig Jahre oder noch länger dabei ist, aber wir haben auch schon erlebt, dass Neulinge gleich bei ihrem Debüt voll eingeschlagen haben. Wie sieht's denn mit deiner Bühnenerfahrung aus?«

Zum Glück hatte Surendra mit dieser Frage gerechnet und sich bereits vorab eine Antwort zurechtgelegt, die es ihm mit etwas Glück ersparte, sich als komplett blutiger Anfänger outen zu müssen.

»Auf einer großen Freilichtbühne habe ich jedenfalls noch keine. Das ist absolutes Neuland für mich«, sagte er und hoffte inständig, dass das für sein Gegenüber *Anderswo habe ich durchaus schon so einiges gespielt* implizierte. Zu seiner Erleichterung gab sich Lars tatsächlich mit dieser vagen Auskunft zufrieden.

»Da gewöhnt man sich schnell dran«, erwiderte er gleichmütig. »Und ein gewisses Faible fürs Theater muss doch eigentlich sowieso jeder Ermittler haben, oder? Ich meine, ihr müsst euch sicher öfter mal verstellen, wenn ihr was rausfinden wollt. Verhöre haben was von improvisierten Bühnendialogen, zumal wenn der Verdächtige euch dabei etwas *vorspielt*. Und am Ende wird's dann so richtig dramatisch, wenn ihr dem Täter endlich auf die Spur kommt und ihn schnappt!«

»Du hast eindeutig zu viele Fernsehkrimis gesehen«, entgegnete Surendra belustigt. »Ich erzähl dir gelegentlich gerne, wie es bei der Kripo wirklich zugeht, aber jetzt sollten wir uns auf unser aktuelles Projekt konzentrieren. Ich nehme an, du hast dir bereits eine Strategie zurechtgelegt, wie du mich vor deinem Ensemble als den ›Neuen‹ aus dem Hut zaubern willst?«

»Hab ich«, versetzte Lars. »Ich werde dich als einen alten Bekannten ausgeben, den ich vor Jahren mal bei einem Theaterworkshop kennengelernt habe. Wir sind danach in unregelmäßigem Kontakt geblieben, jetzt hast du von unserer Notlage erfahren und dich spontan bereiterklärt, uns zu helfen. Vielleicht sogar, weil du schon immer mal Shakespeare spielen wolltest, oder auf einer Freilichtbühne. Aber das überlasse ich natürlich dir.«

»Aha.« Surendra nickte bedächtig. »Und was für ein Theaterworkshop war das? Wann, wo, hat es den wirklich gegeben?«

Lars schnalzte anerkennend mit der Zunge. »Ich sehe schon, du denkst mit. Aber alles andere hätte mich auch gewundert. Also: Ja, den hat es gegeben, und zwar vor exakt zehn Jahren in Stuttgart. Da hab ich an einem Workshop für Improvisationstheater teilgenommen, den Jannik Schäfer geleitet hat. Der hatte im Jahr davor Regie bei uns geführt und uns alle explizit zu diesem Workshop eingeladen. Und weil von den anderen keiner an dem Wochenende Zeit gehabt hat, bin eben ich allein hingefahren. Hat sich aber gelohnt, hat richtig Spaß gemacht.«

In Surendras Kopf begann prompt sein altbewährtes Und-was-wenn-Programm zu rattern, das neue Informationen immer sofort nach eventuellen Fehlern oder Unstimmigkeiten abklopfte.

»Außer dir war also keiner von dem Ensemble dabei«, konstatierte er. »Das passt schon mal. Allerdings – was, wenn dieser Jannik auf die Idee kommt, mal wieder an seiner alten Wirkungsstätte vorbeizuschauen, und dann vor aller Welt verkündet, dass er mich noch nie gesehen hat?«

»Kann er nicht«, erwiderte Lars. »Er ist vor ein paar Jahren bei einem Autounfall ums Leben gekommen. Und die anderen Workshop-Teilnehmer habe ich samt und sonders nie wiedergesehen, ich weiß nicht mal mehr ihre Namen. Das wäre schon ein ausgesprochen unglücklicher Zufall, wenn einer von denen sich ausgerechnet jetzt zu uns verirren würde und dann auch noch unsere Begegnung vor zehn Jahren im Kopf hat.«

Surendra nickte zustimmend. »Ja, das klingt nach einer einigermaßen sicheren Lösung. Und danach haben wir immer mal wieder voneinander hören lassen?«

»Ja, weil wir uns ganz gut verstanden haben«, antwortete Lars. »Und wenn du dich zuletzt überwiegend weit jenseits der Alb oder besser gleich direkt in Indien aufgehalten hast, dann wird sich auch keiner wundern, warum du mich bislang noch nie besucht hast und folglich auch das Naturtheater noch nicht kennst.«

»Okay«, meinte Surendra, während er im Geist seine bislang nur rudimentär angelegte Alias-Biografie ausbaute. »Dann würde ich sagen … ich bin ein Sohn reicher indischer Eltern; das erklärt, warum ich keinen Beruf ausübe. Den einzigen, den ich gelernt habe, kann ich ja nicht nennen, und bei jedem anderen würde ich riskieren, dass irgendwann auffliegt, dass ich keine Ahnung davon habe. Ich bin in

Deutschland aufgewachsen, daher meine Sprachkenntnisse, aber mittlerweile lebe ich wieder überwiegend in Indien. Fürs Theater hatte ich immer schon ein Faible – deshalb der Workshop –, aktiv war ich aber auch da in erster Linie in *good old India*. Vor ein paar Jahren habe ich mich zu Hause in Amritsar mit einem deutschen Kriminalkommissar namens Frank Hasemann angefreundet, der dort Urlaub gemacht hat. In diesem Jahr wollte ich ihn in Hechingen besuchen, habe bei der Gelegenheit von eurem Problem erfahren … und dann dachte ich, ich frag mal bei dir nach, ob ich euch aus der Patsche helfen kann, denn – da greif ich jetzt tatsächlich deinen Vorschlag auf, der ist gut – ich wollte immer schon mal eine Shakespeare-Rolle spielen.« Er grinste ironisch. »Außerdem bin ich abenteuerlustig und ein bisschen verrückt, deshalb juckt mich auch diese Todesdrohung nicht.«

»Nun, da können wir ja guten Gewissens hinzufügen, dass die Premiere garantiert unter starker Polizeipräsenz stattfinden wird, dann wirkst du auf die anderen nicht mehr ganz so lebensmüde«, schmunzelte Lars. »Insgesamt klingt diese Vita durchaus glaubhaft – nur, warum baust du diesen Kommissar mit ein?«

»Damit ich ihn gegebenenfalls als Verbindungsmann zwischen den Kripo-Kollegen in Reutlingen und mir einsetzen kann«, erklärte Surendra. »Außerdem brauche ich einen glaubwürdigen Anlass, warum ich ausgerechnet jetzt auf der Schwäbischen Alb auftauche und dann auch noch mitkriege, dass hier dringend ein Don Pedro gebraucht wird. Frank kennt euer Theater, er war schon einige Male dort, also kann er mir ohne Weiteres davon erzählt haben. Und, dass ich mit einem ehemaligen Kriminaler befreundet bin, heißt ja nicht, dass ich selber auch einer bin.«

»Das klingt einleuchtend«, sagte Lars. »Übrigens, ich habe hier etwas für dich.«

Er stand auf, zog aus einer Schublade einen dicken Schnellhefter heraus und reichte ihn Surendra.

»Dein Textbuch. Valentin – also, der Regisseur – hat deine Rolle bereits auf Hochdeutsch umgeschrieben. Und die vom Don Juan gleich mit dazu. Er meint, wenn der Prinz Hochdeutsch redet, dann muss sein Halbbruder es auch. Sandro war natürlich alles andere als begeistert davon, dass er seinen kompletten Text jetzt umlernen muss.«

»Sandro?«, fragte Surendra, während er das Textbuch von Lars entgegennahm und interessiert darin zu blättern begann.

»Sandro Hoffmann«, erklärte Lars. »Ebenso schwul wie Valentin, aber ganz bestimmt nicht in ihn verliebt – im Gegenteil, die beiden fetzen sich ständig, und dass Valentin ihn jetzt dazu verdonnert hat, seinen Text noch mal neu zu lernen, macht die Sache nicht besser.« Er zwinkerte Surendra zu. »Dich wird er deshalb wahrscheinlich auch nicht lieben, jedenfalls nicht sofort. Schließlich hast du ihm das eingebrockt.«

»Damit kann ich leben«, meinte Surendra gelassen. »Lieben muss er mich ja auch gar nicht. Hauptsache, er reitet keine Attacken gegen mich und macht mir das Leben nicht unnötig schwer. Solange er mich in Ruhe meine Arbeit machen lässt, ist mir egal, was er von mir hält.«

»Keine Sorge«, erwiderte Lars. »Man kann über Sandro sagen, was man will, aber hinterhältig ist er nicht. Wenn ihm etwas nicht passt, sagt er das ganz offen. Das ist zwar nicht immer angenehm, aber wenigstens weiß man dann, woran man mit ihm ist. Abgesehen davon: Es ist ja keineswegs ausgemacht, dass Sandro mit dir irgendein Problem haben wird. Das hab ich nur so dahingesagt. Insgesamt ist der Mann durchaus umgänglich – und der perfekte Mann für aalglatte Schurkenrollen wie die des Don Juan.«

»Verstehe«, sagte Surendra, der während Lars' Ausführungen weitergeblättert hatte und nun am Ende des Textbuchs ankam. »Sag mal, hier sind ja auch noch ein paar Notenblätter – heißt das etwa, dass ich auch singen muss?«

Auf diese Frage reagierte Lars mit einem derart breiten Grinsen, dass Surendra sich leicht ausmalen konnte, wie entsetzt er gerade dreinschaute.

»Ja – aber keine Angst, nur in Ensemblenummern«, versicherte Lars amüsiert. »Ein Solo hat der Don Pedro nicht. Was eigentlich schade ist, denn du hast schon beim Sprechen einen ausgesprochen schönen Bariton. Singst du nicht gern, oder gehörst du zu den Leuten, die überzeugt sind, dass sie gar nicht singen *können*?«

»Nein, das nicht«, erwiderte Surendra. »Aber ob's für ein Solo reichen würde, wage ich stark zu bezweifeln. Insofern ist es mir sehr recht, wenn ich nur im Chor mitmachen muss.«

»Du wirst sehen, es ist alles halb so wild, wie es jetzt auf den ersten Blick vielleicht auf dich wirkt.« Lars trank seine Kaffeetasse leer. »Hast du spontan noch irgendwelche Fragen? Sonst würde ich sagen, wir fahren jetzt runter zur Bühne, damit du dich schon mal ein bisschen mit ihr vertraut machen kannst. Und unterwegs gibst du mir noch einmal die wichtigsten Details deiner Vita, zum Beispiel, wo genau in Indien du lebst – damit ich keinen Unsinn erzähle, wenn mich jemand danach fragt.«

* * *

Sie fuhren in Lars' dunkelblauem Mercedes über einen Schleichweg kurz hinter dem Ortsausgangsschild von Hayingen in das Tal hinunter und durch ein Waldstück, das jetzt noch kahl und unfreundlich wirkte, in wenigen Wochen aber mit Sicherheit wunderbar maigrün und voller Leben sein würde. Nach ein paar Hundert Metern hielt Lars auf einer kleinen Freifläche an.

»Das hier ist unser Parkplatz«, erklärte er. »Hast du einen Wagen?«

»Ja.«

»Den kannst du hier abstellen, bei den Proben und auch bei den Vorstellungen«, sagte Lars und öffnete mit Schwung die Fahrertür. »Komm, von hier aus sind es nur noch ein paar Schritte.«

Sie gingen den Waldpfad entlang, vorbei an einem alten Verschlag (»falls mal wieder Schafe oder andere Tiere bei unseren Aufführungen mitwirken«, erklärte Lars). Dann machte der Weg einen sanft geschwungenen Bogen, und mit einem Mal tauchte vor Surendras Augen eine riesige Zuschauertribüne auf, während er zu seiner Rechten ein paar kleine Gebäude auf einem niedrigen Hügel wahrnahm. Sein Herz begann schneller zu pochen. *Es wurde ernst.*

Aus einem plötzlichen Impuls heraus löste er sich aus dem Schatten von Lars Lege, stieg entschlossen die Stufen der Zuschauertribüne bis etwa zur halben Höhe empor und ging die Sitzreihe entlang bis zur Mitte, wo ein großes Regiepult angebracht worden war, an dem gerade niemand saß. Dort blieb er stehen, atmete tief durch und ließ seine Blicke über das Gelände schweifen.

Vor ihm lag ein flacher, sehr breiter Hügel am Fuß eines hohen, dicht bewaldeten Abhangs. Ganz rechts auf diesem Hügel standen zwei kleine Häuser, vor denen mit Holzplanken eine ebene Spielfläche gezimmert worden war. Ansonsten war der Hügel naturbelassen und überwiegend kiesbedeckt, in seiner Mitte wuchs ein Baum mit einem schlanken Stamm in die Höhe. Ringsherum war die Bühne teils durch Holzpalisaden eingefasst und begrenzt, teils durch wohl künstlich angelegte Mauerreste, die Surendra an die Zinnen alter Burgruinen denken ließen. Zwei geschwungene Steintreppen führten von dem Hauptweg vor der Tribüne aus auf den Bühnenhügel und zu einer kleinen Bretterplattform, die ganz vorne in der Mitte auf dem hellen felsigen Untergrund thronte. Auch sonst entdeckte Surendra viele verschiedene Möglichkeiten für Auftritte und Abgänge, und er ertappte sich zu seiner Verblüffung bei dem Gedanken, dass es wohl tatsächlich Spaß machen musste, auf einem so reizvollen Naturgelände Theater zu spielen.

Und dann blieb sein Blick an der überdachten Holzbrücke hängen, die links von der Tribüne über den Hauptweg zum Bühnenhügel hinüberführte und hinter einer kleinen Palisadenwand endete. Vermutlich, so kombinierte Surendra, führte dort eine für das Publikum unsichtbare Leiter oder steile Treppe wieder zurück auf den Boden.

Lange betrachtete er die filigrane Brückenkonstruktion mit dem mittlerweile wieder intakten Geländer und versuchte, sich vorstellen, wie Peter Müller dort im Jahr zuvor in den Tod gestürzt war. Die Brücke war weniger hoch, als er gedacht hatte – etwa fünf Meter, schätzte er –, aber wenn der Sturz unglücklich verlaufen und Müller womöglich mit dem Kopf aufgeschlagen war, dann reichten auch diese paar Meter ohne Weiteres für ein gebrochenes Genick.

Er hörte hinter sich Schritte, wandte sich um und sah Lars, der ihm auf die Zuschauertribüne gefolgt war. Er wartete, bis der Theaterleiter ihn erreicht hatte, und zeigte dann auf die Brücke.

»Da ist es passiert, nicht wahr?«

»Ja.« Ein Schatten glitt über Lars' Gesicht. »Ich selbst hab es gar nicht mitgekriegt, ich hab ja nicht mitgespielt und war hinter den Kulissen zugange. Ich hab nur plötzlich diesen entsetzlichen Aufschrei gehört, aus Hunderten von Kehlen gleichzeitig – den krieg ich wahrscheinlich nie wieder aus meinem Kopf raus. Ich bin dann mit den Sanitätern nach vorne gerannt, aber da war alles schon zu spät, und Peter war tot.«

»Das muss furchtbar gewesen sein«, sagte Surendra mit belegter Stimme. »Ich frag mich, wie ich mich fühlen werde, wenn ich da oben stehe.«

»Musst du gar nicht zwangsläufig«, entgegnete Lars lächelnd. Sein Moment der Betroffenheit war genauso schnell wieder verschwunden, wie er gekommen war. »Peter hat seinen Auftritt nur deshalb auf der Brücke gehabt, weil er panische Angst vor Pferden hatte und sich kategorisch geweigert hat, zusammen mit Don Juan, Benedikt und Claudio hoch zu Ross in die Arena zu reiten. Aber dir macht es doch sicher nichts aus, dich auf ein Hottehü zu setzen, oder?«

Surendra starrte ihn an, als habe der Theaterleiter sich gerade vor seinen Augen selbst in ein Schlachtross verwandelt.

»Reiten. Ich.« Er schnaubte ironisch. »Davon war in der Jobausschreibung aber nicht die Rede. Im Ernst, Lars: Das lassen wir wohl besser bleiben. Ich habe noch nie in meinem Leben auf einem Pferd gesessen, und ich bezweifle, dass ich in so kurzer Zeit reiten lernen kann.«

»Gar nicht nötig«, versicherte Lars. »Ein Pferdepfleger führt das Tier am Zügel, du musst lediglich stolz und hoheitsvoll im Sattel sitzen und deinen Text deklamieren. Und ich verspreche dir, wir suchen dir den ruhigsten Pfalz-Ardenner aus, den unsere Daniela in ihrem Stall hat. Das sind ausgesprochen gutmütige Kaltblutpferde, die bringt so schnell nichts aus der Fassung.«

»Hoffentlich«, versetzte Surendra. »Schließlich kann man sich bei einem Sturz vom Pferd ebenso den Hals brechen wie bei einem Sturz von der Brücke da unten. Und ich hab weder auf das eine noch auf das andere Lust.«

Lars grinste breit. »Ach komm, sieh's positiv: Sterben wirst du sowieso erst bei der Premiere. Solange wir noch proben, kann dir überhaupt nichts passieren.«

Surendra schüttelte den Kopf. »Ich sag's ja: Ihr habt hier einen echt schrägen Humor.«

»Glaub mir, der ist im Theater manchmal ausgesprochen hilfreich.« Lars schlug Surendra auf die Schulter. »Na komm, Arjun – machen wir einen ausgiebigen Rundgang über deine neue Wirkungsstätte!«

5

Eines wurde Surendra Sinha bereits nach wenigen Tagen klar: Er hatte sich viel zu viele Sorgen gemacht. Jedenfalls, was den schauspielerischen Teil seiner Mission betraf.

Das Lernen seines Textes fiel ihm überraschend leicht. Noah Sandmann, der die Lieder komponiert hatte und dazu die Rolle von Don Pedros singendem Diener Balthasar spielte, fand das nicht weiter verwunderlich. »Du bist ausgesprochen musikalisch«, bescheinigte er ihm nach einer gemeinsamen Gesangsprobe, »du hast ein Gespür für Melodien und Rhythmen, und solche Menschen tun sich erfahrungsgemäß oft leicht beim Textlernen, weil auch Dialoge für sie letzten Endes Melodien sind und sich ihrem Gedächtnis einprägen wie Lieder, die man jederzeit aktivieren und absingen kann. Deshalb merken sie sich auch meistens sogar noch mühelos zusätzlich die Texte ihrer Mitspieler: Je öfter man sie bei den Proben hört, desto besser vereinen sie sich mit den eigenen Textmelodien im Kopf zu einer Art Oper, die man mehr und mehr auswendig kennt und von Anfang bis Ende mitsingen kann, je öfter man sie hört.«

Surendra hatte keine Ahnung, ob das nun seriöse Theaterwissenschaft oder doch nur Noah Sandmanns höchst eigene Theorie war, aber in jedem Fall war er dankbar für diese Gabe, die ihm offensichtlich in die Wiege gelegt worden war. Denn jede Minute, die er *nicht* dafür verwenden musste, um Textzeilen zu pauken, blieb ihm für seine eigentliche Aufgabe: seine Mitmenschen zu beobachten und im doppelten Sinne des Wortes hinter die Fassaden dieses Theaters zu schauen.

Die Spielerinnen und Spieler des Ensembles hatten ihn ausgesprochen herzlich in ihren Reihen aufgenommen – was nichts daran geändert hatte, dass er an seinem ersten Probentag nervös wie die Hölle gewesen war. In jeder Sekunde hatte er Dutzende von neugierig auf ihn gerichteten Blicken gespürt: *Was kann der Neue? Taugt er was? Kommt er auch nur annähernd an Peter Müller ran?* In seinem Drang, es allen zu beweisen, hatte er erst mal heftig übertrieben und sich von Regisseur Valentin Zeus unbarmherzig ermahnen lassen müssen, nicht zu viel »Drama« zu machen. Daraufhin hatte er ein paar Gänge zurückgeschaltet und die Probe einigermaßen mit Anstand hinter sich gebracht. Hinterher hatte Valentin ihn zu sich gewinkt, ihm einen Becher Kaffee aus seiner Thermosflasche angeboten und sich mit ihm auf der Zuschauertribüne niedergelassen.

»Also erst mal Respekt, wie viel Text du dir in der kurzen Zeit schon eingeprägt hast«, hatte er gesagt. »Und sorry, dass ich dich vorhin so angepflaumt habe. Ich hatte vergessen, dass du noch nie auf einer Freilichtbühne gespielt hast. So ein Ambiente verführt einen leicht dazu, viel mehr zu geben, als für die Figur und den Gesamteindruck gut ist – weil man befürchtet, dass man sonst nicht ›rüberkommt‹. Aber du brauchst überhaupt keine Angst zu haben, dass du verloren gehst. Du hast eine starke Bühnenpräsenz, und glaub mir: Das ist beim Schauspiel die halbe Miete. Wer sich bei Gestik und Mimik zurücknimmt, wirkt oft mehr und vor allem sehr viel angenehmer auf die Zuschauer als jemand, der wild herumfuchtelt und übertreibt. Weniger ist mehr, Arjun. Denk dran.«

Surendra hatte sich diese Worte zu Herzen genommen, in den nächsten Proben bewusst die Handbremse angezogen und zudem die Spielweise seiner Kollegen auf der Bühne studiert, um sich ihnen so weit wie möglich anzupassen. Zwar bezweifelte er, dass er sich jemals vollwertig in das Ensemble integrieren würde können – insgesamt funktionierte das Zusammenspiel mit den anderen bislang jedoch erfreulich gut. Und damit hatte er zumindest *ein* Ziel schon erreicht, nämlich nicht als der schauspielerische Blindgänger entlarvt zu werden, der er im Prinzip ja war.

Aber genau genommen war das absolut zweitrangig. Schließlich war er nicht hier, um die große Bühnenkarriere zu starten, sondern um den Verfasser einer ominösen Todesanzeige zu ermitteln und ein möglicherweise geplantes Kapitalverbrechen zu verhindern.

Leicht würde das nicht werden. Allein auf der Bühne wirkten neben ihm und einer Handvoll Kinder, die er wohl guten Gewissens als Tatverdächtige ausschließen konnte, gut zwei Dutzend Menschen aller Altersstufen mit, und dazu gab es auch noch zahlreiche Mitarbeiter hinter den Kulissen. Jede Menge potenzielle Täter oder zumindest Mitwisser also, die er alle möglichst beiläufig befragen und aushorchen musste, ohne dass sein Interesse irgendwann als penetrant und verdächtig auffiel. Und das würde, wie Surendra nicht ohne leise Ironie feststellte, wohl noch größere Schauspielkunst von ihm verlangen als der gute Don Pedro von Aragon.

Auf seine Bitte hin hatte Lars Lege ihm eine komplette Besetzungsliste des Stücks zukommen lassen, mit deren Hilfe er den vielen unbekannten Gesichtern um ihn herum wenigstens schon mal Namen zuordnen konnte. Nun galt es, sich unter all den fremden Menschen zurechtzufinden, eine Anfangsbasis des Vertrauens aufzubauen und eine Strategie für sein weiteres Vorgehen zu entwickeln. Unerwartete Hilfestellung leistete ihm dabei Dörte Weber, die den Kostümfundus des Theaters betreute und ihn an einem Samstagnachmittag eine Stunde vor Probenbeginn zu einer Kostümanprobe bat. Sie war eine energische Mittvierzigerin mit einem flotten dunkelblonden Kurzhaarschnitt und einer dünnrandigen eckigen Brille, hinter der blaugraue Augen ihn prüfend musterten.

»Ich seh schon, das Kostüm von Peter kann ich dir nicht ohne Weiteres anziehen«, stellte sie fest. »Der war zwar ein ähnlich langes Elend wie du, aber du bist noch schmaler als er, und noch dazu hast du Beine bis unter die Achselhöhlen. Peters Hose wird dir höchstens bis zu den Knöcheln reichen. Steig mal rein, mal sehen, ob ich noch was ändern kann.«

Ihre Voraussage bewahrheitete sich, als Surendra gehorsam in die dunkelgrauen Beinkleider schlüpfte, die sie ihm hinhielt.

»Hab ich's doch gewusst: eine Hochwasserhose wie aus dem Bilderbuch.« Sie schüttelte den Kopf und schloss eine Hand um seinen Hosenbund. »Und zu weit ist sie dir auch. Das könnte man vielleicht noch mit einem Gürtel hinkriegen, aber unten müsste ich was drannähen, einfach nur den Saum rauslassen reicht nicht. Hm. Besser, ich besorg dir gleich eine andere – oder besitzt du vielleicht zufällig selbst eine lange Hose in der Art?«

»In Schwarz könnte ich dir eine bieten«, antwortete Surendra zögernd. »In Dunkelgrau habe ich nur Churidars.«

»Churidars?«

»Einfache Stoffhosen mit Kordel oder Gummibund«, erklärte Surendra. »Meistens aus eher dünnem Stoff, um sie unter der Kurta zu tragen.«

»Verstehe.« Sie betrachtete ihn mit unverhohlener Faszination. »Schade, dass Don Pedro ein Prinz von Aragon ist und nicht von Agra, sonst würde ich sofort dafür plädieren, dass er als Maharaja in indischer Festkleidung auftritt. Nur, um dich einmal in einer Kurta zu sehen.«

»Das kannst du auch so haben«, lächelte Surendra. »Ich verspreche dir: Zur ersten Probe, bei der es warm genug ist, dass ich keine Jacke mehr brauche, komme ich in Kurta und Churidars. Extra für dich.«

»Ich fühle mich geehrt.« Dörte grinste. »So, dann testen wir mal den Rest des Kostüms. Obenrum sollten wir weniger Probleme haben als mit den Hosen.«

Auch damit behielt sie recht. Sowohl das helle Leinenhemd im mittelalterlichen Landsknechtstil als auch der lange, dunkelschimmernde Gehrock passten ihm erstaunlich gut, und Dörte musste nur wenige Stellen für notwendige Änderungen abstecken.

»Sehr schön«, sagte sie. »Hast du dunkle Schuhe oder Stiefel, mit denen du dich auf dem Bühnengelände gut bewegen kannst, oder brauchst du welche aus unserem Fundus?«

»Die hab ich selbst«, erwiderte Surendra.

»Gut. Bring sie nächstes Mal mit, zusammen mit deinen Hosen, dann stellen wir dir dein Outfit zusammen.«

»Alles klar.« Er streifte den Gehrock ab – vorsichtig, um keine der sorgfältig platzierten Stecknadeln zu verlieren – und reichte ihn Dörte. »Aber ich seh schon, ich werde mich darin wohlfühlen. Und ich bin positiv überrascht. Ich hatte schon befürchtet, dass ich in Strumpfhosen auftreten muss, oder in irgendeinem furchtbar steifen und unbequemen Wams mit Halskrause.«

Dörte lachte. »Keine Sorge, wir machen hier Theater und keine historische Modenschau. Valentin legt immer großen Wert darauf, dass die Kostüme möglichst schlicht und zeitlos sind. Natürlich muss man es dir ansehen, dass du sozusagen der Chef der Truppe bist, aber das erreichen wir mit so einer Kombination eher als mit einer Verkleidung, bei der man nicht weiß, ob du der Fürst oder dein eigener Hofnarr bist.«

Sie zwinkerte ihm vergnügt zu, ließ sich an einem Tisch nieder, auf dem eine Nähmaschine bereitstand, und begann routiniert, den Gehrock zu bearbeiten.

»Alle Achtung«, meinte Surendra anerkennend. »Bist du gelernte Schneiderin?«

»Nein«, antwortete Dörte, ohne die Augen von ihrer Näharbeit zu nehmen. »Ich bin eine ganz normale klassische Hausfrau und Mutter. Das Nähen ist bloß ein Hobby von mir. Heidrun ist die professionelle Schneiderin unter uns. Aber die ist mit ihrer Änderungsschneiderei in Riedlingen ziemlich ausgelastet und übernimmt, wenn's um unsere Kostüme geht, nur die wirklich komplizierten Fälle. Den Rest überlässt sie gerne mir, aber mir macht das ja Spaß.«

Surendra rief vor seinem inneren Auge die Besetzungsliste auf. »Heidrun ... ist das die Heidrun Matt, die die Ursula spielt?«

»Richtig«, erwiderte Dörte. »Sie ist einer der alten Hasen bei uns, ebenso wie ihr Mann Tom, der leitet die Abteilung Bühnenbau. Die Matts sind eine der alteingesessenen Familien, die dem Theater verbunden sind, seit es 1949 gegründet worden ist. Kein Wunder, dass auch alle drei Kinder von Heidrun und Tom mittlerweile auf der Bühne stehen.«

»Thilo und Lena«, wusste Surendra sofort, dann jedoch zögerte er. »Und wer ist Nummer drei?«

»Sabrina.« Dörte stoppte den Nähvorgang, betrachtete den geänderten Gehrockärmel prüfend und legte sich den anderen zurecht. »Die jüngste, sie ist bei der Brigade von Wachtmeister Holzapfel, zusammen mit meinen beiden Mädels Sina und Sonja.«

»Ah, okay, mit denen hatte ich noch keine Probe.« Surendra hatte inzwischen seine eigenen Kleider wieder angezogen und ließ sich nun nachdenklich auf einem Stuhl nieder. »Hier sind ja so einige Familien aktiv, nicht wahr? Das ist mir schon aufgefallen. Die Leges, die Forstbergers ...«

»Klar. Neuzugänge kommen eher selten von auswärts, meist werden sie aus dem unmittelbaren Umfeld der Spieler rekrutiert. Und das ist neben Nachbarn, Arbeitskollegen oder Mitschülern eben vor allem die Familie, die dazu animiert wird, zusammen mit Papa, Mama oder den Geschwistern mitzumachen. Marcel zum Beispiel, der den Antonio spielt – der hat irgendwann mal seine Schwester Martina mitgebracht, die nur mal ein bisschen reinschnuppern wollte. Und heute ist sie unsere genialste Komikerin, ohne sie könnten wir uns das Theater gar nicht mehr vorstellen. Wenn sie als vertrottelter Wachtmeister Holzapfel loslegt, dann bleibt kein Auge trocken.«

»Steckt da eigentlich irgendein künstlerischer Sinn dahinter, dass Frauen hier auch Männerrollen spielen?«, fragte Surendra.

Dörte schmunzelte. »Nein, das liegt eher an einem gewissen … *Damenüberschuss* in unserem Ensemble. Dabei sind wir im Moment männertechnisch sogar erfreulich gut aufgestellt – erst recht, seit Anfang vorigen Jahres die Riemann-Brüder zu uns gestoßen sind, Moritz und Philipp.«

»Borachio und Conrad«, warf Surendra ein, nachdem er erneut kurz die in seinem Gedächtnis abgespeicherte Besetzungsliste konsultiert hatte. »Die Begleiter von Don Juan.«

»Richtig«, bestätigte Dörte. »Allerdings hatten sie ihre Ehefrauen im Schlepptau, die prompt auch mitmachen wollten, also haben die beiden Herren unserem Damenüberschuss nicht wirklich abgeholfen. Nun, bei Gabi war das kein Problem, die ist witzig und ein echter Gewinn. Sie spielt den Gerichtsdiener Schlehwein, und sie und Martina ergänzen sich grandios. Aber auf Nora, die Frau vom Moritz, hätte ich gut verzichten können. Nicht dass sie schlecht spielt, bewahre – aber sie ist eine eingebildete Ziege und betrachtet sich selbst als den heimlichen Star des Theaters, weil sie doch so *hübsch* ist. Dass Valentin ihr nicht auf der Stelle eine der großen Hauptrollen gegeben hat, sondern

›nur‹ die Margareta, hat sie wahrscheinlich als persönliche Beleidigung empfunden. Und zwischen ihr und Oxana sind anfangs mehr als einmal die Fetzen geflogen.«

»Wieso das denn?«, fragte Surendra. »Oxana konnte doch nichts für Valentins Entscheidungen ... oder etwa doch?«

»Ach was!« Dörte schnaubte leise. »Jedenfalls nicht dass ich wüsste. Ich meine, selbst *wenn* der Valentin eine Casting-Couch hätte – dann würde darauf wohl kaum eine Oxana landen, oder?«

Sie grinste vielsagend, und Surendra grinste schief zurück. Dass Valentin Zeus kein Harvey Weinstein war, hätte er auch dann sofort bemerkt, wenn man ihn im Vorfeld *nicht* über die Homosexualität des Regisseurs informiert hätte. Die Blicke, die der Mann mit den veilchenblauen Augen und den schulterlangen, stets im Nacken zusammengebundenen goldenen Locken ihm bei den bisherigen Proben mehr als einmal verstohlen zugeworfen hatte, waren kaum misszuverstehen, und Surendra wappnete sich innerlich bereits für den Moment, an dem Valentin womöglich *ihn* dazu einlud, es sich auf seiner Couch gemütlich zu machen.

Hatte eigentlich irgendjemand schon einmal Homophobie als mögliches Motiv für den Anschlag auf Peter Müller in Erwägung gezogen? Völlig undenkbar wäre das schließlich nicht. Er musste unbedingt bei der nächstbesten Gelegenheit die Kaiserin danach befragen.

»Wohl wahr«, antwortete er. »Aber das hätte Nora doch auch klar sein müssen, oder? Wieso gab es dann zwischen ihr und Oxana Streit?«

»Na, was denkst du denn? Zickenkrieg!« Dörte hielt mit ihrer Näharbeit inne und verdrehte die Augen. »Nora muss sich vorgekommen sein wie die böse Königin, die sich tagtäglich vor ihrem Spiegel vergewissert, dass sie die Schönste im Land ist – bis dann plötzlich so ein schwarzhaariges

Schneewittchen namens Oxana um die Ecke kommt, die noch schöner ist als sie und die große Hauptrolle kriegt, während sie lediglich Schneewittchens Kammerzofe spielen darf. Und eine Nora knickst nicht einfach nur demütig vor ihrer Rivalin und gibt sich geschlagen. Sie hat anfangs alles versucht, um sich auf Oxanas Kosten in den Vordergrund zu spielen. Bis der Peter ihr das gründlich ausgetrieben hat.«

»Wieso Peter?« Surendra spitzte interessiert die Ohren. »Wäre das nicht Sache des Regisseurs gewesen?«

Erneut verzog sich Dörtes Gesicht zu einem Grinsen, das diesmal reichlich schief ausfiel.

»Ach, weißt du – Peter galt allgemein sowieso als Valentins rechte Hand, schließlich waren die beiden zusammen. Außerdem hat er schon seit ewigen Zeiten zum Theater gehört, er war Publikumsliebling. Wenn der sich irgendwo einmischen wollte, dann hat er es getan, egal ob es seine Angelegenheit war oder nicht. Abgesehen davon, dass Valentin der Nora durchaus auch ein paarmal ins Gewissen geredet hat. Nur eben leider umsonst. Und dann ist dem Peter irgendwann mal der Geduldsfaden gerissen, und er hat während einer Probe vor versammelter Mannschaft laut trompetet: ›Wer wirklich schön ist und vor allem Charisma hat, der hat es nicht nötig, sich wie eine Diva zur Schau zu stellen – der wirkt auch, wenn er stumm im Hintergrund steht.‹ Es war allen völlig klar, dass das auf Nora gemünzt war.«

»Und das hat gewirkt?«, fragte Surendra zweifelnd.

»Nicht sofort«, gab Dörte zu. »Aber ein, zwei Wochen später hat Nora tatsächlich angefangen, sich am Riemen zu reißen, auch wenn's ihr sichtlich schwergefallen ist. Ich bin ja bis heute der Überzeugung, dass sie damals zumindest vorübergehend etwas mit Peter gehabt hat und deshalb plötzlich so handzahm geworden ist. Aber das darf man nicht laut sagen, sonst dreht der Moritz am Rad.«

»Eifersüchtig?«

»Und wie!« Dörte gluckste. »Sollte der jemals Othello spielen und Nora seine Desdemona, dann würde ich keine Garantie dafür übernehmen, dass er seine Frau am Schluss nicht tatsächlich erdrosselt.«

»Mord auf offener Bühne?«, entfuhr es Surendra unwillkürlich – und ohne Zweifel fiel auch Dörte ebenso wie ihm sofort eine gewisse Parallelität auf.

»Du meinst … nein, nein, das glaube ich nicht«, erwiderte Dörte nach ein paar Sekunden unbehaglichen Schweigens und setzte ihre Nähmaschine wieder in Gang. »Erstens hätten wir es mit Sicherheit mitbekommen, wenn der Moritz Nora ernsthaft eines Fehltritts verdächtigt hätte, denn das hätte er wohl kaum stillschweigend in sich hineingefressen. Und zweitens: Selbst *wenn*, dann wäre es für ihn doch wesentlich naheliegender gewesen, ihr eine zu scheuern oder dem Peter eine Tracht Prügel zu verpassen. Aber ihn gleich umbringen? Noch dazu auf so heimtückische Art und während der Premiere? Das kann ich mir einfach nicht vorstellen.«

Surendra verkniff sich ein sarkastisches Schnauben. Nach zwanzig Jahren bei der Polizei, davon vierzehn bei der Kripo, gab es kaum noch etwas, das er sich in Sachen Vergehen und Verbrechen *nicht* vorstellen konnte. Aber hier war er nicht Kriminalkommissar Surendra Sinha, sondern Arjun Sahani und als solcher besser grundsätzlich für alles offen.

»Wahrscheinlich hast du recht«, lenkte er ein. »Aber wer könnte sonst einen solchen Hass auf Peter gehabt haben, dass er ihm auf diese Weise ans Leder wollte?«

»Ich hab nicht die leiseste Ahnung«, sagte Dörte kurz und schnitt einen Faden ab. »Keiner von uns begreift das. Ich meine, jeder hat irgendwann mal auf die eine oder andere Weise Zoff mit Peter gehabt. Aber deswegen kommt man doch noch lange nicht auf die Idee, ihn im wahrsten Sinne des Wortes abzusägen!«

Sie hielt den Gehrock hoch und musterte ihn prüfend.

»Schlüpf mal rein, ob er jetzt besser passt!«

Surendra gehorchte, und Dörte nickte zufrieden: Das Kleidungsstück saß, als wäre es für ihn maßgeschneidert worden.

»Perfekt«, sagte sie. »Häng ihn hier auf den Bügel, und wie gesagt: Bring beim nächsten Mal deine Sachen mit, dann vervollständigen wir dein Outfit.«

»Geht klar. Danke.«

Während Surendra den Gehrock sorgfältig zu einer Reihe anderer Kostümteile auf eine lange Kleiderstange hängte, überflog er die geistigen Notizen, die er sich während seiner Unterhaltung mit Dörte gemacht hatte: *Homophobie als mögliches Tatmotiv? Oder Eifersucht? Gab es tatsächlich eine Affäre zwischen Nora und Peter, und Noras Ehemann sägte deswegen wie sein Namensvetter bei Wilhelm Busch »ritzeratze, voller Tücke, in die Brücke eine Lücke«? Oder nahm Nora Peter die öffentliche Zurechtweisung beziehungsweise seine Parteinahme für Oxana derart übel, dass sie sich auf diese perfide Weise an ihm rächte? Und an ihr gleich mit, indem sie den Verdacht auf die verhasste Rivalin lenkte? Selina war ja angeblich nicht die einzige, für die Oxana als zumindest tatbeteiligt galt.*

»Eines würde mich ja noch interessieren«, bemerkte er beiläufig und griff nach seiner Jacke. »Hat Nora sich mittlerweile damit abgefunden, nur die zweite Geige zu spielen? Immerhin ist Oxanas Rolle jetzt neu besetzt worden, und da hat sie sich doch mit Sicherheit wieder Hoffnungen gemacht, oder?«

»Kaum.« Dörte grinste diabolisch. »Sie hat nämlich inzwischen gemerkt, dass die Hero eine ganze Menge Text hat, und sie tut sich schon schwer genug damit, die paar Zeilen von Margareta auswendig zu lernen. Außerdem versteht sie sich mit Selina sehr gut, der gönnt sie die Rolle sicher sehr viel leichter als der Oxana.«

Surendra nickte bedächtig. *Nora und Selina, die an einem Strang zogen. Das passte.*

»Dann herrscht also an dieser Front schon mal Frieden«, stellte er fest, holte sein Smartphone hervor und kontrollierte die Uhrzeit. »Ich muss los, in fünf Minuten beginnt die Probe. Vielen Dank, Dörte, bis zum nächsten Mal!«

Er nickte ihr grüßend zu, zog seine Jacke an und ging.

* * *

Die Probe verlief ohne sonderliche Zwischenfälle, allerdings zogen gegen Abend dichte Wolken auf, und ein rauer Wind pfiff kalt und ungemütlich über das Bühnengelände, sodass Valentin Zeus etwas früher abbrach als eigentlich geplant. Surendra war das durchaus recht, denn nicht nur, dass der Regisseur ihn auch diesmal wieder mit seinen Blicken beinahe ausgezogen hätte – er sehnte sich vor allem danach, sich endlich in sein kleines Haus im Lauterdörfle zurückzuziehen, seine geistigen Notizen in den Laptop zu hämmern und ein mehr oder weniger langes Telefonat mit Dorothea Kaiser oder Frank Hasemann zu führen. Am liebsten mit beiden.

Er hatte mittlerweile gelernt, dass die meisten Ensemblemitglieder nach Beendigung einer Probe gern noch eine Weile blieben, um etwas zu trinken und sich miteinander zu unterhalten. Umso verwunderter war er, dass sich an diesem Abend fast alle sofort verabschiedeten – sogar Valentin, aber auch Andreas Forstberger und Marcel Schröder, beide Anfang sechzig und sonst einem Nach-der-Probe-Bier üblicherweise nicht abgeneigt, und Andreas' Sohn Finn, der den

Claudio spielte und den Surendra inzwischen schon ganz gut kennengelernt hatte, weil er gerade mit diesem Jungen viele gemeinsame Szenen hatte. Finn war Anfang zwanzig, athletisch gebaut und blond, er absolvierte derzeit eine Ausbildung zum Automechaniker und war auf der Bühne ein ausgesprochen angenehmer Partner für Surendra. Allerdings war ihm bereits aufgefallen, dass es zwischen Finn und einigen anderen Ensemblemitgliedern Spannungen gab. Vor allem Selina Lege konnte er sehr offensichtlich nicht ausstehen, und innerlich bewunderte Surendra den jungen Mann dafür, wie er es trotzdem schaffte, sie auf der Bühne, wenn sie als Hero vor ihm stand, stückgemäß anzuhimmeln.

Wobei ihm das an diesem Tag erspart geblieben war, denn Selina hatte probenfrei gehabt, ebenso wie Nora. Surendra bedauerte das insgeheim, denn gerade mit diesen beiden Damen hätte er sich – mit Dörtes Informationen noch frisch im Hinterkopf – gerne ein wenig ausgetauscht. So aber hatte Valentin nun lediglich verschiedene Szenen mit Don Pedro, Don Juan, Claudio, Leonato und Antonio geprobt, sodass, als Finn sich ebenso wie die anderen Herren Richtung Parkplatz in Bewegung setzte, nur noch Sandro Hoffmann neben Surendra stehen blieb.

»Na, sag mal, was ist denn heute los?«, meinte Sandro kopfschüttelnd. »Gibt's oben in Hayingen was umsonst, oder läuft ein Fußballspiel im Fernsehen?«

»Keine Ahnung.« Surendra zuckte die Achseln.

»Bleibst dann wenigstens du noch ein bisschen?«, bat Sandro. »Ich freu mich schon die ganze Zeit auf mein Bierchen.«

»Bei der Kälte?« Unwillkürlich schauderte Surendra noch mehr zusammen als angesichts der heftigen Windböen ohnehin schon.

»Nicht hier unten.« Sandro lächelte. »Oben im Theaterstüble, ich hab mir von Valentin den Schlüssel geben lassen.

Da ist zwar nicht geheizt, aber wenigstens haben wir unsere Ruhe vor dem Sturm. Also, was ist – kommst du mit, oder lässt du mich da droben alleine Trübsal blasen?«

Für ein paar Sekunden zögerte Surendra. Wahrscheinlich war es das während seines Plauschs mit Dörte Weber entstandene Bild einer Casting-Couch für Männer, das jetzt bei der Vorstellung, sich allein mit Sandro Hoffmann in das Theaterstüble zurückzuziehen, völlig unerwartet ein leises und ungutes Magengrummeln in ihm auslöste. Und was ihm in diesem Zusammenhang spontan zum Thema »blasen« einfiel, machte die Sache nicht besser.

Andererseits hatte Sandro bislang, ganz anders als Valentin, noch kein einziges Mal irgendwelche Signale in Surendras Richtung ausgesandt. Sie kamen sowohl auf als auch hinter der Bühne gut miteinander klar. Und die Gelegenheit, sich mit einem der Spieler allein zu unterhalten und ihn vielleicht über das eine oder das andere aushorchen zu können, war zu günstig, um sie nicht zu ergreifen.

»Na schön«, sagte er. »Aber nur *ein* Bier. Ich hab keine Lust, mir den Hintern abzufrieren.«

Sandro hob erfreut den Daumen und stieg ihm voraus mehrere steinerne Stufen hoch zu einem kleinen Haus rechts neben der Zuschauertribüne. Darin gab es neben einer winzigen Küche einen großen Raum, der mit ein paar Tischen, drei Kleiderständern und einem halben Dutzend Requisitenkisten ziemlich vollgestellt war. Sandro sah sich mit versiertem Blick um, befreite einen alten Lehnsessel und einen Hocker von den darauf abgelegten Textilien und wies Surendra den Sessel an. Dann verschwand er in die Küche und kam gleich darauf mit zwei geöffneten Bierflaschen zurück.

»Brauchst du ein Glas?«, fragte er, während er Surendra eine Flasche reichte.

»Ist nicht notwendig.«

»Seh ich auch so.« Sandro grinste und ließ sich auf dem Hocker nieder. »Ich bin ein Flaschenkind, immer schon gewesen. Prost, Arjun!«

Surendra erwiderte Sandros Toast, nahm einen tiefen Zug und stellte überrascht fest, dass das Bier ihm trotz der niedrigen Temperaturen in dem Theaterstüble erstaunlich guttat.

»Du machst dich übrigens«, sagte Sandro plötzlich. »Bei deiner ersten Probe hab ich noch gedacht: *Großer Gott, was ist denn das für eine Drama-Queen!* Aber inzwischen hast du den Dreh raus. Macht richtig Spaß mit dir.«

»Das erleichtert mich ungemein«, erwiderte Surendra und grinste vorsichtig. »Dann nimmst du es mir auch nicht mehr übel, dass du wegen mir deinen Text noch mal komplett neu hast lernen müssen?«

Schlagartig verfinsterte sich Sandros Gesicht. »Machst du Witze?«, schoss er scharf zurück. »Das verzeih ich dir *nie!*«

Während Surendra noch ganz perplex nach einer Antwort auf diesen unerwarteten Anraunzer suchte, brach Sandro in schallendes Gelächter aus.

»War nur 'n Scherz, dreh deinen Pulsschlag wieder runter«, sagte er grinsend. »Zugegeben, ich hab nicht gerade Hurra geschrien, als Valentin mit dem neuen Textbuch dahergekommen ist, aber hey – das war eine Herausforderung, und das mögen wir doch als Schauspieler, oder? Und inzwischen finde ich es sogar richtig gut, dass der Don Juan sich sprachlich von den anderen abhebt. Das unterstreicht noch mehr seine Position als Außenseiter in der Gesellschaft – das schwarze Schaf, das sich ausgeschlossen und unfair behandelt fühlt und darauf mit gemeinen Intrigen und Schurkenstücken reagiert.«

Diese philosophischen Anwandlungen kamen für Surendra völlig überraschend. Mit neu erwachtem Interesse musterte er Sandro, der aufrecht auf dem Hocker saß wie auf einem noblen Designerstuhl: eine schlanke, elegante Erscheinung – irgendwo Anfang dreißig, schätzte er – mit faszinierend grünen Augen, braunem Haar, fließenden, manchmal geradezu tänzerischen Gesten und einer Stimme wie dunkler Samt. Dass dieser Mann sich über den Hintergrund und die Psyche der Figur, die er verkörpern sollte, so konkrete Gedanken machte, beeindruckte ihn. Er selbst war noch keine Sekunde auf die Idee gekommen, die Persönlichkeit des Don Pedro in irgendeiner Form zu hinterfragen. Aber er war ja auch kein Schauspieler. Nicht in dem Sinne jedenfalls.

»Mag sein«, sinnierte er. »Aber wie passt deine Theorie dann zu dem Pedro? Der hebt sich sprachlich genauso von den anderen ab, jedenfalls bei mir, und wird deshalb trotzdem nicht gleich zum Außenseiter und Schurken.«

»Oh doch, wenn auch auf andere Art«, widersprach Sandro. »Als Fürst steht er im Rang über allen anderen und dadurch in manchen Situationen durchaus auch ein wenig abseits. Und wenn er auf Juans Intrige hereinfällt und zusammen mit Claudio die arme Hero in aller Öffentlichkeit als Hure beschimpft, dann verlässt er zumindest vorübergehend das Lager der ›Guten‹ und steht zusammen mit Claudio als gemeiner Mistkerl da. Beziehungsweise als Außenseiter und Schurke. *Quod erat demonstrandum.*«

Er prostete ihm zu und trank einen Schluck. Surendra folgte seinem Beispiel und betrachtete danach eine Weile nachdenklich das Etikett auf seiner Bierflasche, ohne die Aufschrift wirklich wahrzunehmen. *Don Pedro, Fürst, Außenseiter in der Gesellschaft und dazu ein Schurke aufgrund eines an einer unschuldigen Frau begangenen Unrechts.* Verbarg sich hinter dieser Charakterisierung möglicherweise das Motiv des Täters, nach dem er suchte? Galten seine Anschläge exakt solchen Männern, die er, warum auch immer, bestrafen wollte? Bei Peter Müller würde es passen – der Mann war bisexuell, kontrovers, hatte nach allem, was Surendra inzwischen über ihn wusste, nach seinen eigenen Regeln gelebt und Oxana erst geschwängert und dann im Stich gelassen. Warum jedoch sollte nun noch ein weiterer Pedro-Darsteller dran glauben? Hatte der Täter vielleicht tatsächlich explizit Lars Lege im Visier gehabt? Als Theaterleiter hatte der zumindest schon mal eine herausgehobene Position … aber trafen auch die Attribute *Außenseiter* und *Schurke* auf ihn zu, und wenn ja, inwiefern? Er erweiterte die Liste seiner geistigen Notizen um den Zusatz *Mehr über Lars Lege erfahren*, während er sich zugleich fragte, ob diese Überlegung nicht völlig an den Haaren herbeigezogen und entsprechend unsinnig war.

Aber ein interessanter Denkansatz war es allemal – und angesichts der Tatsache, dass er insgesamt noch ziemlich in der Luft hing, immerhin etwas.

»Ich lern hier wirklich eine ganze Menge über das Schauspiel«, begann er langsam und überlegte dabei fieberhaft, wie er die Unterhaltung möglichst unauffällig auf das Thema *Lars Lege* lenken konnte.

»Gut!« Ein leichtes Lächeln umspielte Sandros Lippen. »Dann brauchst du auch irgendwann nicht mehr Denzel Washington zu imitieren.« Das Lächeln verbreitete sich zu einem amüsierten Grinsen. »Schau nicht so erschrocken drein, das merkt man wirklich nur, wenn man den Film so gut kennt wie ich. Du hast ihn dir offenbar auch mehr als einmal reingezogen, ja?«

Surendra nickte stumm. Frank hatte ihm die DVD geschenkt, nachdem sie sich die Branagh-Verfilmung von »Viel Lärm um nichts« gemeinsam als Vorbereitung für seine Mission angeschaut hatten – und er hatte sie hier in Hayingen bereits ein paarmal auf seinem Laptop abgespielt, um mit dem Stück vertraut zu werden und sich vielleicht tatsächlich den einen oder anderen darstellerischen Kniff abzuschauen.

»Dachte ich mir«, meinte Sandro selbstzufrieden. »Nun, Denzel ist beileibe nicht das schlechteste Vorbild, das du dir nehmen kannst. Hat immerhin zwei Oscars, der Mann. Übrigens, der hebt sich als Don Pedro auch vom Rest des Ensembles ab – nicht durch seine Sprache, aber durch seine Hautfarbe. Ähnlich wie du, wenn man's genau nimmt.«

Unwillkürlich fuhr Surendra leicht zusammen, wie er es fast immer automatisch tat, wenn Menschen, die er nicht oder nur wenig kannte, Bemerkungen über sein Aussehen machten. Zu oft hatte er schon erlebt, dass damit Herablassung, Misstrauen, rassistische Kommentare oder gar körperliche Attacken einhergingen. Andererseits – Sandro Hoffmann war definitiv kein *alter weißer Hetero-Mann*, und er machte auch nicht den Eindruck, als hätte er ihn mit seiner Bemerkung beleidigen wollen, sodass Surendra sich schnell wieder entspannte.

»Ich verrat dir mal was«, fuhr Sandro fort. Surendras kurzzeitige Anspannung war ihm offenbar gar nicht aufgefallen. »Als Valentin mir damals vor einem Jahr die Rolle des Don Juan gegeben hat, hab ich als Erstes auch den Film in den Player geworfen, und natürlich hab ich dabei ganz besonders die Szenen mit Keanu Reeves studiert. So was ist völlig in Ordnung, solange man sich lediglich Inspirationen holt. Auf der Bühne muss man dann aber sein eigenes Ding machen. Ist doch auch viel spannender als einfach nur jemanden nachzuahmen.«

»Da hast du sicher recht«, gab Surendra zu. »Sieh's mir nach, ich hab einfach noch nicht so viel Erfahrung wie du.«

»Mach dir deswegen keinen Kopf, Arjun«, erwiderte Sandro lächelnd. »Du kriegst das schon hin. Schau dir Valentin an, der ist doch jetzt schon hell begeistert von dir!«

Surendra gab ein ironisches Schnauben von sich.

»Du willst doch nicht allen Ernstes versuchen, mir weiszumachen, dass seine Begeisterung meiner ›Schauspielkunst‹ gilt«, sagte er, trank sein restliches Bier in einem Zug aus und stellte die leere Flasche neben sich auf den Boden.

Sandro lachte laut. »Ah, du hast also schon gemerkt, dass du ausgesprochen gefährlich für Valentins Herzensfrieden bist?«

»Um das *nicht* zu merken, müsste ich entweder blind oder extrem begriffsstutzig sein«, versetzte Surendra trocken. »Aber ihm sollte doch eigentlich klar sein, dass ich der falsche Fisch für seine Angel bin. Oder komm ich etwa irgendwie schwul rüber?«

»Unsinn, dir strahlt der Hetero aus jedem Knopfloch«, entgegnete Sandro gelassen und zwinkerte ihm zu. »Sonst hätte ich sicherlich auch schon längst meine Angel nach dir ausgeworfen. Du bist genauso ein hübsches Kerlchen wie Peter.«

»Peter?«

»Ja.« Sandro stand auf und hob seine leere Bierflasche ein wenig in die Höhe. »Willst du auch noch eins?«

»Gerne.«

Surendra reichte ihm seine Flasche und sah zu, wie er in Richtung Küche ging. An sich hatte er von dem einen Bier bereits genug, aber er musste es unbedingt ausnutzen, dass Sandro gerade in Plauderstimmung war. Und sollte sich die Unterhaltung mehr um Peter Müller und Valentin Zeus drehen als um Lars Lege, dann war ihm das auch recht. Jedes einzelne Puzzleteil konnte am Ende entscheidend sein.

Sandro kam zurück, reichte ihm eine geöffnete Bierflasche und ließ sich wieder auf seinem Hocker nieder.

»Diesen Peter hätte ich gerne kennengelernt«, wagte Surendra einen Vorstoß, nachdem sie einander zugeprostet und einen ersten Schluck getrunken hatten. »Er muss ein interessanter Mensch gewesen sein, und ein toller Schauspieler.«

»Das stimmt«, nickte Sandro. »Und dazu noch ein fantastischer Liebhaber. Wenn er bei den Frauen genauso gut war, dann kann ich verstehen, dass sie alle scharf auf ihn waren.«

»Du hast also auch mal was mit ihm gehabt?«, fragte Surendra unverblümt.

»Klar, wer nicht?« Sandro ließ seine Augenbrauen ein paarmal vielsagend auf und nieder steigen. »Aber das mit uns war nur eine kurze Affäre. Zumal er sich danach dann an Valentin drangehängt hat. Und ich dräng mich aus Prinzip nicht in feste Beziehungen.«

»Im Gegensatz zu anderen«, meinte Surendra. »Diese Oxana hatte da offenbar weniger Skrupel.«

»Na, Peter aber auch nicht«, betonte Sandro. »Glaub bloß nicht, dass Oxana die einzige war, an die er sich während seiner Beziehung zu Valentin herangemacht hat. Ich weiß noch gut, wie Tom getobt hat, als er während der technischen Probe seine Sabrina mit Peter in der Umkleide erwischt hat. *Diesen verfickten Schwulen sollte man samt und sonders die Schwänze abhacken*, hat er gesagt. Wörtlich.«

»Aber Peter war doch nicht schwul, sondern bisexuell«, warf Surendra ein.

»Als ob das einen Tom Matt jucken würde«, sagte Sandro mit hörbarer Verachtung in der Stimme. »Man muss sich geradezu wundern, dass er überhaupt Bühnenbilder für Valentin baut – so homophob, wie er ist.«

Inzwischen war der Groschen bei Surendra gefallen. *Tom Matt. Bühnenbildner. Ehemann der Schneiderin Heidrun und Vater dreier Kinder, die alle in dem Stück mitmachten.* Er erinnerte sich daran, wie Dörte Weber am Nachmittag bei der Anprobe erwähnt hatte, dass ihre beiden Töchter und Sabrina Matt das Wachtpostentrio spielten. Von einem

Abenteuer Sabrinas mit Peter Müller und Tom Matts Ansichten über Schwule und Konsorten hatte sie ihm nichts erzählt. Warum auch. Darum war es in ihrer Unterhaltung ja nicht gegangen.

Nun jedoch drängte sich ihm eine Assoziationskette geradezu auf: Tom Matt war also homophob (was als mögliches Tatmotiv auf Surendras Liste stand), hatte Peter Müller zusammen mit seiner jüngsten Tochter erwischt, war entsprechend wütend auf den Mann gewesen – und er war der Leiter der Abteilung Bühnenbau und wusste als solcher mit Sicherheit, wie man mit einer Säge umging. Möglicherweise besaß er sogar selbst eine oder zwei – bei sich zu Hause und damit außerhalb der Theaterwerkstätten, in denen die Polizei vergeblich nach dem Exemplar gesucht hatte, mit dem Peter Müller »abgesägt« worden war.

Tom Matt. Über diesen Mann musste er sich unbedingt mit der Kaiserin austauschen. Aber jetzt galt es erst mal, das Gespräch mit Sandro in Gang zu halten.

»Nun – wahrscheinlich ist dem Mann das Theater letzten Endes wichtiger als seine verschrobenen Ansichten über Schwule«, meinte er. »Aber es ist schon traurig, dass es heutzutage immer noch Menschen gibt, für die alles, was nicht stramm ›hetero‹ ist, gegen jegliche Natur und Ordnung verstößt und verachtet, wenn nicht sogar bekämpft werden muss. Ich hoffe ja bloß, dass dieser Tom mit *der* Einstellung hier einigermaßen allein auf weiter Flur steht.«

»Zumindest ist er der Einzige, der bei dem Thema kein Blatt vor den Mund nimmt«, entgegnete Sandro. »Jedenfalls, seit wir die Gesine los sind. Die war ja auch so eine von der Sorte, für die unsereins in die tiefste Hölle gehört.«

»Und wer bitte ist Gesine?«

»Na, die Ex von Lars!« Sandro verzog das Gesicht. »Eine selten dämliche Kuh, ich begreife nicht, was Lars an der gefunden hat. Und Selina gerät eindeutig nach ihr. Leider.«

Surendra führte die Flasche zum Mund und trank ein paar Schlucke, um sich nicht anmerken zu lassen, wie er innerlich jubilierte. Nun waren sie doch noch bei Lars Lege angekommen. *Perfekt*. Wenn er jetzt das richtige Stichwort fand, würde er hoffentlich noch mehr Dinge erfahren, die für ihn wichtig werden konnten.

»Lars hat mal erwähnt, dass seine Frau ihn verlassen hat«, startete er einen ersten Versuch.

»Das stimmt«, antwortete Sandro prompt. »Ist etwa fünf, sechs Jahre her. Sie hatte sich in einen Griechen verguckt, der auf der CMT-Messe in Stuttgart Werbung für das Land der Hellenen gemacht hat. Ein geradezu klassisch schöner Apollo übrigens, den hätte ich auch nicht von der Bettkante geschubst. Sie hat prompt die Scheidung eingereicht und überall offen herumposaunt, ihr werter Gatte habe sie schließlich auch mehr als einmal betrogen. Daraufhin hat Lars sehr schnell aufgehört, um seine Ehe oder zumindest um eine friedliche Trennung zu kämpfen, und in der Folge genauso schmutzige Wäsche in der Öffentlichkeit gewaschen wie sie. Es war ein verdammt unschöner Scheidungskrieg, das kann ich dir flüstern. Lars hat drei Kreuze geschlagen, als die Scheidung endlich durch war und Gesine mitsamt ihrem Apollo aus seinem Leben verschwunden ist. Aber sein Ruf war danach erst mal ordentlich angekratzt, und es hat bei einigen Herrschaften eine ganze Weile gedauert, bis sie in ihm nicht mehr zuvörderst den Ehebrecher und Schurken gesehen haben, als den seine Ex ihn ständig hingestellt hat.«

Eine zweite Assoziationskette blitzte in Surendras Kopf auf. Wie war das – *Don Pedro, Außenseiter in der Gesellschaft und dazu ein Schurke aufgrund eines an einer unschuldigen Frau begangenen Unrechts*. Auf Peter Müller hatte das zugetroffen, und so wie es aussah, passte es möglicherweise tatsächlich auch auf Lars Lege … jedenfalls aus der Sicht eines Menschen, für den Gesine der unschuldige Part in dem Lege'schen Scheidungskrieg war. Damit kam auch ein weiteres mögliches Tatmotiv, das für Surendra im Raum stand, wieder in Frage: War hier etwa ein Rächer oder eine Rächerin unterwegs, um Schurken für das Leid schuldloser Frauen zu bestrafen? Gab es möglicherweise sogar eine Verbindung zwischen den Fällen Peter/Oxana und Lars/Gesine?

Mit einem Mal wurde ihm schwindelig. Die vielen neugewonnenen Erkenntnisse, Namen und Spekulationen tanzten ungebremst und wild durch seinen Kopf, und dass er mittlerweile bereits zwei Flaschen Bier intus hatte, machte die Sache nicht besser. Er musste unbedingt nach Hause, um alles aufzuschreiben, zu sortieren und auszuwerten, bevor sich irgendwelche wichtigen Details aus seinem Gedächtnis davonstehlen konnten. Selbst wenn das bedeutete, auf weitere Informationen zu verzichten, die Sandro in seiner augenblicklichen Plauderlaune mit Sicherheit noch zum Besten gegeben hätte. Nur eines wollte er jetzt sofort noch erfahren.

»Und was ist aus dieser Gesine geworden?«, fragte er.

Sandro zuckte die Schultern. »Keine Ahnung. Seit der Scheidung von Lars habe ich sie nicht mehr gesehen. Ich vermute mal, dass sie mit ihrem Apollo das Leben unter der griechischen Sonne genießt. Aber ganz ehrlich: Mir ist es vollkommen gleich, was diese dämliche Kuh heute treibt. Wo immer sie ist: Möge sie dort bleiben, und zwar auf ewig.«

Routiniert verbarg Surendra seine Enttäuschung. Mit Gesine Lege, oder wie immer sie heutzutage mit Nachnamen heißen mochte, hätte er zu gerne ein paar Worte gewechselt – nur, um zu sehen, ob und wie ihre Antworten zu den diversen Theorien passten, die sich in den vergangenen Stunden in seinem Kopf geformt hatten. Er beschloss, gelegentlich bei

Selina Lege vorzufühlen, ob sie ihm etwas über den Aufenthaltsort ihrer Mutter sagen konnte … oder eventuell sogar bei Lars selbst. Aber das war jetzt endgültig die letzte geistige Notiz für heute. *Es reichte, verdammt noch mal.*

Er lehnte kurz und bestimmt ab, als Sandro ein drittes Bier vorschlug, verabschiedete sich und machte sich auf den Weg nach draußen. Kurz bevor er die Tür erreichte, erklang hinter ihm noch einmal die samtig-dunkle Stimme seines Bühnenkollegen:

»Übrigens, Arjun: Solltest du jemals Lust haben, herauszufinden, ob du nicht doch zumindest bisexuell bist – wir können das jederzeit gerne testen.«

Er war zu verblüfft, um diese Bemerkung zu ignorieren, und wandte sich um. Sandro hatte sich erhoben und lächelte ihn mit hochgezogenen Augenbrauen an. Surendra lächelte schräg zurück und schüttelte leicht, aber bestimmt den Kopf. Sandro breitete mit gespielter Resignation die Arme aus und grinste.

»War ja nur ein Vorschlag«, sagte er. »In aller Freundschaft. Gute Nacht, Arjun!«

»Gute Nacht.«

Surendra nickte Sandro zu und verließ das Theaterstüble. Draußen pfiff noch immer ein kalter Wind. Dazu war es stockfinster, und er aktivierte hastig die Licht-App in seinem Smartphone, um damit den Weg zu dem Mitwirkendenparkplatz auszuleuchten. Unterwegs wartete er jeden Moment voll unangenehmer Anspannung darauf, dass aus der Dunkelheit Sandro neben ihm auftauchte und er sich gegen einen unerwünschten Übergriff zur Wehr setzen musste. Doch nichts geschah. Unbehelligt erreichte er seinen Wagen und fuhr davon, hinaus aus dem Tiefental und zurück in sein Haus in dem friedlichen Lauterdörfle.

6

Dorothea Kaiser betrat ihr Büro im Polizeipräsidium Reutlingen mit so viel Schwung wie schon lange nicht mehr. Es war ein warmer, sonniger Maimorgen, sie hatte sich zur Abwechslung einmal ein ausgiebiges Frühstück in ihrem Lieblings-Café »Veit« in der Fußgängerzone gegönnt, und obwohl sie am Vorabend ganz gegen ihre Gewohnheit Alkohol getrunken hatte – noch dazu mehr als nur *ein* Glas –, verspürte sie erfreulicherweise nicht einmal den Ansatz eines unmutig miauenden Katers in ihrem Kopf.

An sich war es überhaupt nicht ihre Art, erfolgreich abgeschlossene Ermittlungen zu begießen, und schon gar nicht einsam und allein mit einer Flasche Prosecco. Aber dies war ein ganz spezieller Fall gewesen, nämlich ein Cold Case, der die Kripo Reutlingen seit fast zehn Jahren beschäftigt und den ihr Vorgänger, der mittlerweile pensionierte Kriminalhauptkommissar Götz Römer, ihr bei der Übergabe seines Büros an sie eindringlich ans Herz gelegt hatte. »Es tut mir in der Seele weh, dass ich diesen Fall nicht mehr aufklären konnte«, hatte er gesagt, »bitte lassen Sie nicht zu, dass er in irgendeinem Archiv landet und dort in Vergessenheit gerät.« Sie hatte es ihm versprochen, und von ihrem ersten Arbeitstag an hatte die Mappe mit den wichtigsten Informationen zu dem Fall stets auf ihrem Schreibtisch gelegen.

Immer wieder hatte sie sich in die Fakten vertieft – ein zehnjähriges Mädchen aus Pfullingen, das nach dem Spielen bei ihrer besten Freundin nicht nach Hause gekommen war. Zwei Jahre lang war sie spurlos verschwunden, dann entdeckten Wanderer in einem Wald bei der Nebelhöhle Leichenteile, die durch eine DNA-Analyse dem vermissten Mädchen zugeordnet werden konnten. Der Rest der Leiche wurde nie gefunden. Die Eltern des Mädchens waren an dem Schicksal ihres einzigen Kindes zerbrochen. Der Vater hatte Zuflucht zum Alkohol gesucht und war vor vier Jahren gestorben, woraufhin die Mutter endgültig keinen Sinn in ihrem Leben mehr gesehen und sich vor einen Zug geworfen hatte.

Man konnte der Soko »Pia« nicht vorwerfen, nicht alles versucht zu haben, um diesen Fall aufzuklären. Doch jede der wenigen Spuren, die sich ihnen auftaten, hatte frustrierenderweise in einer Sackgasse geendet. Wahrscheinlich wären sie auch weiterhin auf der Stelle getreten, wäre nicht vor einer Woche in Reutlingen ein Mann wegen Verdachts des Kindesmissbrauchs festgenommen worden. Dorothea hatte sich an der anschließenden Hausdurchsuchung beteiligt – und dabei ganz hinten in einer Schublade einen Schlüsselanhänger gefunden, an dem ein Plüschrabe mit Ringelsocke befestigt war. Sofort hatte sie sich daran erinnert, dass die kleine Pia am Tag ihres Verschwindens eine Tasche mit einem solchen Anhänger bei sich gehabt hatte. Sie hatte das Teil umgehend ins forensische Labor geschickt, und das Ergebnis hatte ihre leise Hoffnung bestätigt: Die DNA-Spuren, die man hatte sichern können, stammten zum einen von dem Hausherrn – und zum anderen ohne jeden Zweifel von Pia.

Mit diesem Beweis konfrontiert, hatte der Mann in der Untersuchungshaft schließlich gestanden, das kleine Mädchen vor knapp zehn Jahren verschleppt, missbraucht und ermordet zu haben. Darüber hinaus bekannte er sich zu einem halben Dutzend weiterer Vergehen an Kindern, einschließlich dem, das nun zu seiner Festnahme geführt hatte.

In dem Moment hatte Dorothea weder Triumph noch Befriedigung verspürt, sondern lediglich unsagbare Erleichterung – gepaart mit einer tiefen Traurigkeit beim Gedanken an Pias Eltern, die es nun nicht mehr miterleben konnten, wie der Mörder ihrer Tochter gefunden und zur Verantwortung gezogen wurde. Ein inständiges Bedürfnis, allein zu sein und für den Rest des Tages niemanden mehr zu sehen, hatte sie nach Hause getrieben, wo sie in ihrem wie immer nur ausgesprochen dürftig bestückten Kühlschrank eine einsame Prosecco-Flasche entdeckt hatte, die bei ihrem letzten Geburtstags-Umtrunk im Büro übriggeblieben war. Irgendwie hatte sie plötzlich das Gefühl gehabt, dass das genau das war, was sie jetzt brauchte … und dem Inhalt der Flasche ausgiebiger zugesprochen, als sie das von sich selbst gewohnt war.

Aber alles was recht war: Es hatte ihr gutgetan. Und jetzt konnte sie den Fall Pia endlich zu den Akten legen und ihre Aufmerksamkeit ganz und gar ihren derzeit laufenden Ermittlungen widmen. Ein Blick in ihren Terminkalender erinnerte sie daran, dass sich für diesen Vormittag Surendra Sinha bei ihr angesagt hatte – zu einer Zwischenberichterstattung und für ein Brainstorming, weswegen sie auch Leonie Lexer und Jakob Kratz zu diesem Meeting beordert hatte.

Sie schenkte sich ein Glas Mineralwasser ein – Kaffee würde sie nachher noch genügend trinken –, blätterte einmal kurz durch den Reutlinger General-Anzeiger und vertiefte sich danach in einen Bericht, den Jakob Kratz ihr am Vorabend auf den Schreibtisch gelegt hatte. Er hatte sich auftragsgemäß mit der aktuellen Situation des Naturtheaters in Hayingen befasst, und seinen übersichtlich angefertigten Tabellen war zu entnehmen, dass das Theater bis vor einem Jahr finanziell sehr gut dagestanden hatte, und das, obwohl wegen Corona die große Sommerspielzeit zweimal hatte ausfallen müssen.

Erst die Premierenkatastrophe des Vorjahres mit ihren fatalen Folgen hatte ein schmerzhaftes Loch in die Kasse gerissen. Sollte der Verfasser der Todesanzeige im Schaukasten es nicht einfach nur auf diverse Pedros abgesehen haben, sondern auf das Theater insgesamt, dann hatte er mit seiner Methode »Spielzeitausfall nach Premierensabotage« genau das richtige Mittel dafür gefunden, und es würde zweifellos auch in diesem Jahr zu dem gewünschten Erfolg führen.

Andererseits stand die Frage, wer sich ein Ende dieses Theaters wünschen konnte und warum, noch immer ohne auch nur den leisesten Ansatz einer Antwort im Raum. Es gab keinerlei Grabenkämpfe mit anderen Bühnen um das Publikum, also keine Konkurrenten mit Futterneid. Niemand in Hayingen konnte sich ernsthaft durch das Theater gestört fühlen, da es außerhalb des Ortes und zudem gut abgeschottet in dem Tiefental lag. Und es hatte, solange Jakob Kratz die Historie des Theaters zurückverfolgt hatte, niemals irgendwelche Kontroversen gegeben – keine provokanten Stücke oder modernen Inszenierungen, bei denen die friedlichen Älbler auf die Barrikaden gegangen wären, und keine bekannten Fälle von Korruption oder Misswirtschaft gleich welcher Art. Man arbeitete gut und vertrauensvoll sowohl mit der Stadt Hayingen als auch mit den ortsansässigen Vereinen zusammen – kurz: Es herrschte Friede, Freude, Eierkuchen.

So gesehen sprach eigentlich alles eher für ein Tatmotiv irgendwo im persönlichen Bereich. Und da setzte Dorothea Kaiser ihre Hoffnungen jetzt ganz auf den von ihr und Frank Hasemann gemeinschaftlich gebackenen Don Pedro alias Surendra Sinha.

* * *

Er erschien pünktlich, mit einer Laptoptasche bewaffnet und mit einem freundlichen Lächeln auf den Lippen, das kurzzeitig etwas schmal wurde, als er mit steifem Handschlag Jakob Kratz begrüßte. Dorothea, die die beiden sehr genau beobachtete, atmete innerlich auf, als Jakob Kratz den Gruß verbindlich und ohne sichtbare Zeichen einer Aversion erwiderte. Sie wusste mittlerweile, dass die beiden sich bereits kannten: Frank Hasemann hatte ihr erzählt, dass er und Sinha vor ein paar Jahren bei Jakob Kratz für eine Aussage erschienen waren, nachdem sie bei einem Ausflug zum Schönbergturm, der sogenannten Pfullinger Onderhos, die Leiche eines ermordeten Buchhalters gefunden hatten. Wenn man Frank glauben durfte – und sie hatte keinen Grund, es nicht zu tun –, dann hatte Jakob Kratz sich dabei ausgesprochen arrogant und Sinha gegenüber sogar derart beleidigend aufgeführt, dass Frank ihm offen mit einer gepfefferten Dienstaufsichtsbeschwerde gedroht hatte. Sie hatte deshalb der Wiederbegegnung von Sinha und Kratz mit ziemlichem Unbehagen entgegengesehen. Aber offenbar gedachte keiner der beiden, dort weiterzumachen, wo sie beim vorigen Mal aufgehört hatten.

»Bitte, nehmen Sie Platz!«, sagte sie zu Sinha und wies auf einen freien Stuhl. »Was dürfen wir Ihnen anbieten?«

»Gerne Kaffee, wenn er wieder so gut ist wie beim vorigen Mal«, antwortete Sinha.

»Da können Sie ganz beruhigt sein, unsere Leonie ist eine Meisterin im Kaffeekochen.« Dorothea nickte ihrer jungen Kollegin zu, die prompt nach einer bereitstehenden Thermoskanne griff und drei Tassen vollschenkte. »Was andere mit einem teuren Vollautomaten nicht hinkriegen, zaubert sie mit einer alten Kaffeemaschine vom Flohmarkt.«

»Keine Sorge, die vom Flohmarkt steht bei mir zu Hause«, sagte Leonie und zwinkerte Sinha zu. »Unsere Büromaschine habe ich höchst ordentlich im Media Markt besorgt. Nehmen Sie Milch und Zucker?«

»Weder noch, danke.«

Dorothea wartete, bis alle mit ihren Heißgetränken versorgt waren – Jakob Kratz hatte für sich einen Thermobecher mit grünem Tee mitgebracht – und ergriff dann erneut das Wort.

»Also erst mal: Vielen Dank, dass Sie heute zu uns gekommen sind, Herr Sinha. Ich freue mich zwar über jedes Telefonat, das wir miteinander führen, aber die ersetzen nun mal nicht Gespräche, die man gemeinsam an einem Tisch führt. Im Übrigen – in dieser Runde duzen wir uns üblicherweise. Wären Sie damit einverstanden?«

»Selbstverständlich«, erwiderte Sinha lächelnd. »Solange Sie meinen Vornamen nicht zu ›Suri‹ abkürzen – darauf reagiere ich nämlich allergisch.«

Dorothea lächelte ebenfalls. »Kann ich verstehen. Als Kind hat man oft eine ›Dorle‹ aus mir gemacht, und das fand ich immer ganz schrecklich. Mit ›Doro‹ komm ich eher klar, aber es darf auch sehr gerne der vollständige Name sein.«

»Also dann: Dorothea.« Sinha faltete die Hände und neigte leicht den Kopf. »Ich bin Surendra.«

»Und ich bin Leonie«, meldete sich Leonie zu Wort. »Nicht ›Pippi‹, auch wenn das für manche Zeitgenossen naheliegend erscheinen mag.«

Sie machte sich gar nicht erst die Mühe, sich einen vernichtenden Seitenblick auf Jakob Kratz zu verkneifen. Surendra schmunzelte.

»Freut mich sehr, Leonie«, sagte er und neigte auch vor ihr mit gefalteten Händen den Kopf. Dann wanderte sein Blick zu Jakob Kratz, der mit unbewegter Miene auf seinem Stuhl saß und lediglich für einen winzigen Moment beide Mundwinkel in die Höhe steigen ließ, was eher ironisch als freundlich wirkte. *Er lässt sich schon von mir nicht gerne mit*

Du anreden, dachte Dorothea, *bei Surendra wird ihm das erst recht nicht passen. Aber da muss er durch.*

»Schön«, sagte sie. »Dann leg los, Surendra! Wie läuft denn das Spielen?«

Surendra stutzte kurz, dann lächelte er und richtete sich hoch auf.

»*Teure Signora Dorothea, Ihr wisst, große Unruhe steht euch bevor*«, deklamierte er feierlich. »Du siehst, meinen Text kann ich, und bis jetzt hat auch noch niemand gefordert, mich wegen erwiesener künstlerischer Unfähigkeit von der Bühne zu jagen. Offenbar mache ich meine Sache zumindest akzeptabel.«

»Ich habe keine Sekunde bezweifelt, dass du das kannst«, erwiderte Dorothea. »Und sind dir schon ein paar Sachen zu Ohren gekommen oder hast du Beobachtungen gemacht, die für uns von Interesse sind?«

»Ich denke schon.« Surendra zog seinen Laptop aus der Tasche, stellte ihn vor sich auf den Tisch und klappte ihn auf. »Ich hab meine ganzen Notizen hier drin«, erklärte er. »Keine Sorge, zu Hause habe ich Sicherheitskopien, da kann nichts verlorengehen. Und nach unserer Besprechung werde ich alles noch einmal gründlich sortieren und euch per Mail eine Zusammenfassung schicken.«

»Wow, das nenn ich Service«, kam es anerkennend von Leonie. Erwartungsvoll sah sie zu, wie Surendra den Laptop hochfuhr und eine Datei aufrief.

»Man tut, was man kann«, entgegnete Surendra lächelnd. »*Nun kommt und lasst sogleich ans Werk uns gehen.*«

Dorothea grinste in sich hinein. Der letzte Satz war, Surendras Tonfall nach zu urteilen, ein weiteres Don-Pedro-Zitat gewesen. Der Mann schien sich tatsächlich mit der Bühne anzufreunden, gegen die er sich bei ihrer ersten Begegnung noch mit Händen und Füßen gewehrt hatte.

»Also«, begann Surendra, »so wie sich mir die Sache bislang darstellt, hat das Theater keinerlei Feinde, die ihm das Leben schwer machen. Niemand legt den Leuten bei ihrer Arbeit Steine in den Weg oder verbreitet irgendwelche rufschädigenden Fake News. Zumindest habe ich noch nichts dergleichen mitbekommen, und ich checke die lokalen Zeitungen und die sozialen Medien täglich. Persönliche Animositäten innerhalb der Truppe gibt es dagegen so einige, vor allem in Zusammenhang mit Peter Müller. Und ich habe auf der Basis dessen, was mir da zu Ohren gekommen ist, drei mögliche Tatmotive ausgemacht – jedenfalls für den Brückensäger und eventuell auch für den Schreiber der Todesanzeige.«

Er hielt kurz inne und warf einen Blick in die Runde.

»Ich gehe noch nicht automatisch davon aus, dass es sich dabei um ein und denselben Täter handelt«, erläuterte er. »Die Todesanzeige kann ebenso gut von einem Trittbrettfahrer stammen.«

»Schon klar«, versetzte Dorothea. »Drei Tatmotive also. Ich bin gespannt.«

Surendra trank einen Schluck Kaffee und konsultierte den Bildschirm seines Laptops.

»Nummer eins: Homophobie«, sagte er. »Beziehungsweise eine Aversion gegen alles, was sich nicht eindeutig der Kategorie ›hetero‹ zuordnen lässt – bisexuelle Menschen wie Peter Müller zum Beispiel. Es gibt in dem Ensemble noch zwei weitere Männer, von denen allgemein bekannt ist, dass sie schwul sind: den Regisseur Valentin Zeus und den Schauspieler Sandro Hoffmann. Und so wie's aussieht, stört das niemanden – bis auf den Bühnenbildner Tom Matt, dem offenbar schon mal das eine oder andere schwulenfeindliche Statement entfleucht. Unter anderem gegen Peter Müller, den er kurz vor der Premiere mit seiner noch minderjährigen

Tochter Sabrina in einer … verfänglichen Situation erwischt hat.«

»Ach!« Dorotheas Brauen schossen hoch. »Davon hat *uns* gegenüber bislang noch keiner was erwähnt. Ist dieser Vorfall belegt oder nur ein Gerücht?«

»Zugegeben, ich hab ihn aus zweiter Hand«, räumte Surendra ein. »Von Sandro Hoffmann, um exakt zu sein. Aber ich möchte mich demnächst sowieso mal mit diesem Tom Matt unterhalten, vielleicht kann ich das Gespräch in diese Richtung lenken, und er erzählt mir ein paar Details. Oder ich lass in der Gegenwart von Sabrina eine Bemerkung über Peter Müller fallen und achte darauf, wie sie reagiert.«

»Entschuldigung«, sagte Jakob Kratz plötzlich und stand auf. »Ich muss mal eben in meinem Büro etwas checken. Dauert nicht lange.«

Er verließ eilig den Raum. Dorothea wechselte einen schnellen Blick mit Leonie, die mit einem Schulterzucken *Keine Ahnung, was los ist* signalisierte, und beschloss, darauf zu vertrauen, dass der Kollege tatsächlich in absehbarer Zeit wiederkam und sie vor Surendra Sinha nicht unnötig in Verlegenheit brachte.

»Nun«, meinte sie, »das Gespräch mit Tom Matt solltest du tatsächlich unbedingt suchen, Surendra. Hat dieser Sandro auch erwähnt, ob es zwischen dem Mann und Peter Müller zu einer Auseinandersetzung gekommen ist?«

Surendra warf einen Blick auf seinen Monitor. »Tom Matt soll getobt haben, sagt Sandro – und dabei hat er wohl auch die Ansicht geäußert, dass man sämtlichen Schwulen die Schwänze abhacken sollte.«

»Aua.« Leonie schnitt eine Grimasse. »Da könnte er doch auch ohne Weiteres wütend genug gewesen sein, um das Brückengeländer anzusägen!«

»Möglich«, erwiderte Surendra. »Wobei es natürlich auch ein Schwulenhasser von außerhalb des Theaters gewesen sein kann. Das Gelände ist ja für jedermann begehbar.«

»Eins steht für mich jedenfalls fest«, sagte Dorothea. »Sollte das Tatmotiv im vorigen Jahr tatsächlich Homophobie gewesen sein, dann haben wir es in diesem Jahr wohl wirklich eher mit einem Trittbrettfahrer zu tun. Denn die Drohung gegen den ›nächsten Don Pedro‹ hat ja diesmal nicht auf einen Homosexuellen gezielt. Es sei denn, Lars Lege ist schwul und wir wissen es bloß nicht.«

»Kann ich mir nicht vorstellen«, meinte Surendra nachdenklich. »Vor allem hat Sandro so etwas mit keinem Wort erwähnt, und der war ausgesprochen auskunftsfreudig, als wir vorgestern nach der Probe noch ein Bier miteinander getrunken haben. Eine solche Sensation hätte er mit Sicherheit irgendwann ausgeplaudert. Aber er hat in dem Punkt immer nur sich selbst und Valentin genannt, und das entspricht auch dem allgemeinen Tenor im Ensemble.«

»Und das bedeutet, die Todesdrohung im Schaukasten hätte sich bei einem homophoben Täter eher gegen diese beiden Herren richten müssen«, ergänzte Dorothea. »Es sei denn, der Brückensäger hat sich für dieses Jahr ein anderes Tatmotiv ausgedacht. Oder es handelt sich, wie gesagt, um einen Nachahmer.«

Eine Weile hingen alle drei schweigend ihren Gedanken nach. Dann – als Dorothea schon so weit war, Leonie zu bitten, nach dem abtrünnigen Kollegen zu fahnden – öffnete sich die Tür und Jakob Kratz kam herein, das Gesicht ein fleischgewordener Triumphmarsch.

»Ich hab's gewusst!«, verkündete er und wedelte mit einer roten Hausposttasche. »Ich wusste, dass ich den Namen Tom Matt schon mal gehört habe, deshalb habe ich schnell unser Archiv nach ihm durchforstet. Und da ist er: Tom Matt, 2020 verurteilt wegen Beleidigung und Körperverletzung.« Er hielt Dorothea die Mappe entgegen.

Dorothea hob abwehrend die Hand. »Die wichtigsten Fakten in Kürze, bitte, damit wir alle Bescheid wissen.«

»Gern.« Jakob Kratz setzte sich und schlug die Mappe auf. Dorothea erspähte darin ein paar eng beschriebene Papierbögen, die der Kollege wohl in aller Eile ausgedruckt hatte. »Der Vorfall hat sich im Gasthaus zum Kreuz in Hayingen zugetragen, kurz vor dem ersten Corona-Lockdown. Ralf und Niko Steinmacher, ein Ehepaar aus Zwiefalten, waren an dem Abend dort essen gegangen. Als sie sich einmal ungeniert küssten, kamen vom Stammtisch neben ihnen prompt abfällige Kommentare über *Schwanzlutscher* und *Arschficker*. Anfangs versuchten die beiden noch, diese Bemerkungen zu ignorieren, denn sie wollten keinen Streit. Dann musste Niko Steinmacher zur Toilette. Er hatte nicht mitbekommen, dass kurz zuvor einer der Männer vom Nebentisch – Tom Matt, um exakt zu sein – ebenfalls austreten gegangen war, sonst hätte er es sich noch verkniffen, bis der Mann wieder zurück war. So aber prallten die beiden nun in der Klotür quasi zusammen, und Tom Matt sagte in hämischem Tonfall etwas im Sinne von ›och, schade, Kleiner, zu spät für eine schnelle Nummer, jetzt musst du dir selbst einen blasen‹. Und da konnte Niko Steinmacher sich nicht mehr beherrschen und antwortete, ab einem gewissen Grad von Schlappschwanz würden sich schnelle Nummern sowieso nicht lohnen. Worauf Tom Matt mit einem ›Halt's Maul, du Wichser!‹ und einer saftigen Ohrfeige reagierte.«

Dorothea schüttelte ungläubig den Kopf und hörte, wie Leonie ein verächtliches Schnauben von sich gab. Nur Surendra verzog erstaunlicherweise keine Miene. Offenbar hatte er in seiner langen Karriere bei der Kripo schon zu viel erlebt.

»Der Wirt hat dann die Polizei gerufen und dafür gesorgt, dass niemand den Gastraum vor dem Eintreffen der Streife verließ«, fuhr Jakob Kratz fort. »Da das Gasthaus an dem Abend gut besucht war, gab es genügend Zeugen, die die Szene beobachtet hatten, sodass Tom Matt sich wenig später vor Gericht wiederfand. Weil er zuvor strafrechtlich noch nicht in Erscheinung getreten war und der Richter ihm außerdem zugutehielt, dass er sich durch den ›Schlappschwanz‹ provoziert gefühlt hatte und die Körperverletzung deshalb wohl im Affekt geschehen war, kam Tom Matt mit einer Geldstrafe davon. Seitdem ist er nicht mehr auffällig geworden. Offenbar war dieser Vorfall für ihn ein wirkungsvoller Schuss vor den Bug.«

Er schloss die Mappe, und Dorothea zog innerlich den Hut vor ihrem Kollegen. Man konnte über Jakob Kratz so manches sagen, aber eines musste man ihm zugestehen: Er hatte ein phänomenales Namensgedächtnis.

»Und jetzt kommt das Beste«, fügte Jakob Kratz plötzlich hinzu, und erneut leuchtete sein Gesicht im Triumph auf. »Einer der Zeugen, die damals bei der Gerichtsverhandlung ausgesagt haben, war Lars Lege.«

Schlagartig war die Luft in Dorotheas Büro von knisternder Spannung erfüllt.

»Ich gehe vermutlich recht in der Annahme, dass er *gegen* Tom Matt ausgesagt hat und nicht *für* ihn«, sagte Dorothea.

»Klar«, antwortete Jakob Kratz. »Entschuldigung, dass ich das nicht eindeutiger formuliert habe. Er hatte an dem Abend seine Tochter zum Essen ausgeführt und saß mit ihr ganz in der Nähe des Geschehens.«

»Selina war also auch dabei?«, warf Surendra interessiert ein.

Jakob Kratz konsultierte kurz seine Ausdrucke. »Ja, und sie hat die Aussage ihres Vaters bei der Polizei bestätigt. Bei der Verhandlung musste sie allerdings nicht mehr aussagen.

Offenbar hatte der Staatsanwalt genügend andere Zeugen und hat ihr deshalb den Auftritt vor Gericht erspart. Vielleicht, weil sie damals noch minderjährig war.«

»Aber das könnte ja bedeuten«, sprach Leonie die Schlussfolgerung aus, auf die auch Dorothea sofort gekommen war: »Tom Matt war sauer auf Peter Müller wegen des Techtelmechtels mit seiner Tochter – und er könnte durchaus immer noch sauer auf Lars Lege sein, weil der vor Gericht ausgesagt und damit zu seiner Verurteilung beigetragen hat.«

»Wobei er das Lars eigentlich nicht vorwerfen kann«, gab Surendra zu bedenken. »Wenn man als Zeuge vor Gericht geladen ist, muss man nun mal die Wahrheit sagen, wenn man sich nicht strafbar machen will.«

»Ja, aber die Frage ist: Ficht das einen Tom Matt an?«, beharrte Leonie.

»Vielleicht nicht«, räumte Surendra ein. »Andererseits habe ich bislang noch keine Animositäten zwischen Tom und Lars ausmachen können. Sie gehen ganz normal miteinander um.«

»Deshalb kann Tom Matt ja trotzdem nach wie vor einen geheimen Groll gegen Lars Lege hegen«, überlegte Dorothea. »Damit hätte er tatsächlich eine Aversion gegen gleich *zwei* Don-Pedro-Darsteller in Hayingen. Und als Bühnenbildner weiß er zumindest schon mal mit Sicherheit, wie man ein Brückengeländer effizient ansägt.«

»Und als in diesem Jahr Lars Lege den Don Pedro spielen sollte, sah Tom Matt eine perfekte Gelegenheit, es auch ihm heimzuzahlen«, ergänzte Jakob Kratz. »Möglicherweise wollte er ihm mit der Todesanzeige im Schaukasten sogar lediglich einen ordentlichen Schrecken einjagen, damit er sich vor Angst in die Hosen macht.«

»Das wäre ihm dann jedenfalls in vollem Umfang gelungen.« Surendra schnaubte trocken. »Sonst müsste *ich* jetzt nicht da oben den Shakespeare-Darsteller für Arme geben.«

»Du meinst, er hatte gar nicht ernsthaft vor, Lars Lege bei der Premiere zu töten, sondern wollte ihn nur erschrecken?«, fragte Dorothea an Jakob Kratz gewandt.

»Wäre doch denkbar«, versetzte Jakob Kratz. »Wir wissen ja nicht einmal mit Sicherheit, ob der Tod von Peter Müller gewollt war, oder ob nicht auch *der* einfach nur einen Denkzettel bekommen sollte, ohne sich dabei gleich den Hals zu brechen.«

»Hör auf!« Leonie hielt sich mit gespielter Verzweiflung die Ohren zu. »Wir wollten heute doch eigentlich ein paar Schritte weiterkommen! Wenn das so weitergeht, debattieren wir am Ende noch darüber, ob wir überhaupt einen Fall haben, in dem wir ermitteln müssen, oder ob nicht alles nur ein schlechter Scherz unter Theaterkumpeln war!«

»Immer positiv denken, Leonie«, entgegnete Dorothea. »Immerhin haben wir einen neuen Namen auf unserer Liste, mit dem wir uns näher befassen können. Dazu ein potenzielles Tatmotiv. Und wenn ich mich recht erinnere, hast du ja sogar noch mehr für uns, Surendra, oder?«

»Hab ich«, antwortete Surendra. »Als zweites denkbares Tatmotiv habe ich Eifersucht ausgemacht. Es gibt in dem Ensemble ein Ehepaar von Mitte, Ende Zwanzig: Nora Riemann, attraktiv und selbstverliebt, die sich wie eine Influencerin ständig selbst in Szene setzt, und ihr Mann Moritz, der stets ein eifersüchtiges Auge auf seine schöne Frau hat. Es geht das Gerücht, dass Peter Müller nicht allzu lange vor seinem Tod auch mit dieser Nora eine Affäre gehabt haben soll – und sollte Moritz das gemerkt haben, dann dürfte er es sicherlich nicht tatenlos hingenommen haben. Darüber hinaus war – oder ist – Nora mit Oxana verfeindet, weil die die große Hauptrolle der Hero bekommen hatte und sie nur eine Nebenrolle. Und nachdem Peter in aller Öffentlichkeit Partei für Oxana ergriffen und Nora aufgefordert hat, sich nicht immer so in den Vordergrund zu spielen, hätte auch sie einen reellen Grund gehabt, sich an ihm zu rächen. Affäre hin, Affäre her.«

Er schnitt eine Grimasse.

»Allerdings finde ich bei diesem Motiv keine Parallele zu der diesjährigen Pedro-Todesdrohung. Jedenfalls ist mir nicht bekannt, dass jemand in irgendeiner Form eifersüchtig auf Lars ist. Und auf mich hoffentlich auch nicht.«

Unwillkürlich musste Dorothea schmunzeln. Dann hatte sie einen plötzlichen Einfall, ging zu ihrem Computer und hackte ein paar Eingaben in die Tastatur.

»Ich will nur wissen, ob es gegen diesen eifersüchtigen Ehemann auch schon mal eine Anzeige gegeben hat«, erläuterte sie, als die anderen drei sie fragend ansahen. »Ich hab ja auch Zugriff zu der Datenbank. – Nein, so wie's aussieht, liegt gegen Moritz Riemann noch nichts vor.«

»Und Nora Riemann?«, fragte Leonie.

»Auch nicht«, antwortete Dorothea. »Ich würde sagen, wir behalten die Namen in Zusammenhang mit dem Tod von Peter Müller im Hinterkopf, aber ich stimme dir zu, Surendra: Aktuell erscheinen mir die beiden eher weniger verdächtig. Und was ist das dritte mögliche Tatmotiv auf deiner Liste?«

»Das«, erwiderte Surendra, »hat interessanterweise tatsächlich mit der Bühnenfigur Don Pedro zu tun. Um Sandro Hoffmann zu zitieren: Der Mann ist ein Außenseiter in der Gesellschaft, der zum Schurken wird, als er eine unschuldige Frau in Schwierigkeiten bringt. Das passt ohne Frage auf Peter Müller – und in gewisser Weise auch auf Lars Lege, jedenfalls wenn man seine Frau Gesine als den schuldlosen Part in dem schmutzigen Scheidungskrieg betrachtet, den die beiden vor fünf Jahren geführt haben. Das war sie zwar nicht wirklich, immerhin war der Auslöser eine neue Liebschaft ihrerseits … aber wenn jemand auf ihrer Seite steht, dann sieht der selbstverständlich eher Lars Lege als den großen Schuldigen. So wie Peter Müller schuld am Unglück von Oxana Wadejewa war.«

»Und wer sollte dann ein Interesse daran haben, beide Pedros umzubringen?«, fragte Leonie zweifelnd.

»Jemand, der sich als Rächer unschuldiger Frauen betrachtet«, versetzte Surendra. »Jemand, der freundschaftliche Beziehungen sowohl zu Oxana als auch zu Gesine hat – die übrigens ebenfalls ziemlich homophob sein soll, nebenbei bemerkt. Deshalb könnte ich mir sogar vorstellen, dass sie selbst etwas damit zu tun hat: Erst zeigt sie es dem ›abartigen‹ Peter Müller, und dann führt sie mit der Todesanzeige zumindest einen Psychokrieg gegen ihren Ex-Mann – wenn sie nicht sogar tatsächlich vorhatte, auch ihn am Ende während der Premiere zu töten. In diesem Zusammenhang sollte man vielleicht Selina Lege noch mal genauer unter die Lupe nehmen. Sie soll ihrer Mutter sehr ähnlich sein, und dass sie so vehement darauf besteht, dass Oxana hinter dem Anschlag auf Peter stecken soll, kann ja auch ein raffiniertes Manöver sein, um den Verdacht von ihrer Mutter abzulenken. Und last but not least würde ich gerne Näheres über diesen ›Apollo‹ erfahren – den schönen Griechen, wegen dem Gesine ihren Mann verlassen hat und dessen Namen ich noch nicht kenne. Möglicherweise ist es zwischen ihm und Peter Müller irgendwann mal zu einer Begegnung gekommen, in welcher Form auch immer, oder er kennt und mag Oxana – und dann hätte auch er einen Grund, *beide* Don Pedros über die Klinge springen zu lassen.«

»Alle Achtung, Herr Sinha – Sie sammeln Verdächtige wie andere Leute Briefmarken«, bemerkte Jakob Kratz mit einem sorgfältig dosierten Hauch von Ironie in der Stimme. »Und was für eine kunterbunte Wühlkiste Sie uns hier präsentieren – von vorbestraften Schwulenhassern über schöne Influencerinnen bis hin zu griechischen Göttern! Da kriegt unsereins ja richtig was zu tun!«

Dorothea presste die Lippen zusammen und überlegte eine Sekunde lang, ob sie auf Jakob Kratz' Unterton und vor allem auf seine offensichtliche kategorische Weigerung, Surendra mit Du anzusprechen, reagieren sollte. Dann dachte sie an die etwas unschöne erste Begegnung der beiden und beschloss, daraus keine große Sache zu machen. Zumal sich Surendra nicht im Geringsten daran zu stören schien.

»Das ist mein Job, Herr Kratz«, sagte er gelassen. »Wenn Sie damit ein Problem haben, dann ist einer von uns wohl fehl am Platze.«

Unwillkürlich versteifte Dorothea. Jetzt *musste* sie dazwischengehen, und zwar ganz schnell, bevor es in ihrem Büro zu einem offenen Kräftemessen zwischen der Kratzbürste und dem Prinzen von Aragon kam, die einander, da bestand nun kein Zweifel mehr, definitiv nicht grün waren.

»Gentlemen, *bitte!*«, sagte sie in einem Tonfall, der keinen Widerspruch duldete. »Ich denke, das hat keiner von uns nötig. Wir sind hier, um gemeinsam Verbrechen aufzuklären, als Team – und das sollte über allem anderen stehen.«

Sie sah, wie Jakob Kratz prompt das Blut in die Wangen schoss und er sich fast unmerklich duckte, während Surendra sich auf die Lippen biss und für einen Moment zu Boden schaute. Dann blickte er auf und sah Dorothea an.

»Du hast selbstverständlich recht«, sagte er. »Es tut mir leid.«

Er faltete die Hände vor der Brust und neigte den Kopf. Dorothea, die diese Geste bislang in erster Linie als Gruß kannte, deutete sie hier als Bitte um Entschuldigung und nickte zustimmend. Sie wartete kurz, um Jakob Kratz die Gelegenheit zu geben, ebenfalls etwas zu sagen. Doch der starrte nur weiterhin wortlos und mit verkniffener Miene vor sich hin. Dorothea zuckte innerlich die Achseln. *Von diesem Kollegen hatte sie nichts anderes erwartet.*

»Na denn«, sagte sie. »Hast du sonst noch etwas für uns, Surendra?«

»Nein«, antwortete er. »Für heute habe ich meine Liste abgearbeitet.«

»Gut.« Dorothea atmete tief durch. »Vielen Dank, Surendra. Dann ...«

»Einen Moment«, fiel Leonie ihr ins Wort, die sich, als ihre beiden männlichen Kollegen zu ihrem Hahnenkampf angesetzt hatten, wohlweislich zurückgehalten hatte. »Eine Möglichkeit haben wir bislang vergessen: Oxana Wadejewa. Ich meine, auch wenn sie immer wieder beteuert, dass sie nichts mit Peter Müllers Tod zu tun hat – beweisen kann sie es nicht, und solange wir keinen Täter dingfest gemacht haben, müssen wir zumindest die Möglichkeit in Betracht ziehen, dass das angesägte Brückengeländer doch auf ihr Konto geht. Und deshalb stellt sich jetzt die Frage: Könnte sie auch etwas gegen Lars Lege haben?«

Surendra zog nachdenklich die Augenbrauen zusammen.

»Da bin ich ehrlich gestanden überfragt«, sagte er. »Aber wir wissen, dass sie dem Theater den Rücken gekehrt hat, weil sie sich ungerecht behandelt und vorverurteilt gefühlt hat. Es kann gut sein, dass sie Lars mit dafür verantwortlich macht – weil er als Theaterleiter ihrer Ansicht nach die Pflicht gehabt hätte, sich schützend vor sie zu stellen und sie gegen die Anfeindungen zu verteidigen. Das ist jetzt allerdings eine reine Hypothese von mir. Da müsste ich mich noch etwas genauer umhören.«

»Tu das«, sagte Dorothea. »Und versuch, herauszufinden, ob dieser Tom Matt nicht doch noch irgendeinen Groll gegen Lars Lege hegt. Im Idealfall, ohne ihn merken zu lassen, dass du über seine Vorstrafe Bescheid weißt.«

»Selbstverständlich«, entgegnete Surendra. »Mach ich.«

»Schön.« Dorothea wandte sich an Leonie. »Du durchforstest mal ein wenig das Umfeld von diesem Ehepaar Riemann. Sie erscheinen mir zwar, wie gesagt, nicht unmittelbar verdächtig, aber wer weiß, wozu es gut ist. Ich werde mir Gesine Lege vornehmen. Mit der sollten wir uns unbedingt genauer befassen.«

»Sie wohnt aber nicht mehr in Hayingen«, warf Surendra ein. »Nach der Scheidung ist sie weggezogen, und ich habe keine Ahnung, wohin.«

»Dann muss ich eben ein bisschen graben.« Dorothea lächelte. »Eine meiner Lieblingsdisziplinen. Und Jakob, du findest heraus, wer dieser ›Apollo‹ ist. Gibt es einen Anhaltspunkt, wo der Mann sich aufhält, Surendra?«

»Leider nein.« Surendra hob bedauernd die Schultern. »Ich weiß lediglich, dass er und Gesine sich auf der CMT-Messe in Stuttgart kennengelernt haben, er hat dort an einem Stand für Griechenlandreisen gearbeitet. Mehr kann ich im Moment noch nicht sagen.«

»Macht nichts – Jakob liebt Herausforderungen, nicht wahr?« Dorothea warf ihrem Kollegen mit dem Hipsterknoten einen zuckersüßen Blick zu. »Wenn man Namen und Adresse schon weiß, kann's ja jeder.«

Sie kannte Jakob Kratz mittlerweile gut genug, um zu wissen, dass man ihn am besten motivierte, wenn man ihn bei seiner Eitelkeit packte. *Männer sind manchmal wirklich wie Kinder,* dachte Dorothea. *Gib ihnen einen Auftrag und betone, dass den wirklich nur sie schaffen können, und schon fühlen sie sich geschmeichelt und in ihrem Ego bestätigt. Ihr*

Blick fiel auf Surendra, und sie korrigierte sich im Stillen: *Jedenfalls, wenn man Jakob Kratz heißt.*

»Und da nun jeder von uns weiß, was er zu tun hat, würde ich sagen: Danke für dieses ergiebige Meeting«, fuhr sie fort und erhob sich. »Bleibst du noch einen Moment, Surendra?«

»Natürlich.«

Leonie reagierte als Erste, verabschiedete sich freundlich von Surendra und verließ das Büro. Jakob Kratz folgte ihr, drehte sich in der Tür jedoch noch einmal um.

»Ich bedanke mich ebenfalls für den ungemein reizvollen Auftrag, Gott Apollo in den himmlischen Sphären des Olymp aufzuspüren und in unsere irdischen Gefilde herniederzuholen«, deklamierte er feierlich und deutete eine elegante Bühnenverneigung an.

»*Efharisto!*«

Ohne eine Antwort abzuwarten ging er hinaus und schloss die Tür hinter sich. Dorothea schaute ihm kopfschüttelnd nach. Dann vernahm sie aus Surendras Richtung ein unterdrücktes Schnauben und etwas, das sich wie ein leises, unmutiges »bewakuuf« anhörte, und warf ihm einen fragenden Blick zu.

»*Dieser gelehrte Konstabler ist zu scharfsinnig, als dass man ihn verstünde*«, sagte er, und seine Mundwinkel zuckten humorvoll.

»Also so viel Griechisch verstehe ich gerade noch, dass ich weiß, dass ›efharisto‹ Danke bedeutet«, erwiderte Dorothea.

»Das weiß ich auch.« Surendra lächelte. »War auch nicht ernst gemeint. Das war lediglich ein Zitat aus meiner Rolle. Passt nicht nur auf den vertrottelten Wachtmeister Holzapfel.«

Dorothea begriff. Einen Moment lang überlegte sie, ob sie diese subtile Beleidigung ihres Kollegen nicht zumindest mit einer milden Zurechtweisung ahnden sollte. *Aber so what. Die Kratzbürste hatte es ja nicht mitbekommen.*

»Und was war das, was du da davor noch in deinen Bart hineingemurmelt hast?«, wollte sie stattdessen wissen.

»*Bewakoof*«, gab Surendra offen zu. »Ist Hindi und bedeutet so viel wie Idiot. Sorry, aber ich konnte es mir einfach nicht verkneifen.«

Dorothea konnte nicht anders, sie musste grinsen. Sie verstand immer besser, warum Frank Hasemann von diesem Kollegen so viel hielt und warum er ihn trotz des Altersunterschiedes von immerhin dreißig Jahren seinen besten Freund nannte.

»Was in diesem Büro geäußert wurde, bleibt in diesem Büro«, beschloss sie und zwinkerte vielsagend. »Wie schaut's aus – kann ich dich noch zu einem Arbeitsessen einladen?«

Surendras Augen leuchteten auf, und er verneigte sich ein weiteres Mal vor ihr.

»Sehr gerne.«

7

Surendra Sinha war bester Laune, als er nach dem Arbeitsessen mit Dorothea Kaiser zurück auf die Alb fuhr. Die Sonne schien, überall leuchteten Bäume und Wiesen in herrlichstem Maigrün, und er war erfüllt von dem überaus wohltuenden Gefühl, derzeit insgesamt einen guten Job zu machen. Dazu war es ihm als Krönung vorhin auch noch gelungen, diese arrogante Kratzbürste auflaufen zu lassen. Er freute sich schon darauf, nachher Frank Hasemann anzurufen und ihm alles haarklein zu erzählen.

Er hatte den kurvigen Albaufstieg hinter sich gelassen und steuerte seinen Wagen nun auf Engstingen zu. Im Autoradio lief einer seiner Lieblingssongs von Queen, und er sang hingebungsvoll mit, als Freddie Mercury und Co. bei der großen Chorpassage angekommen waren:

»Find – me – somebody to lo-ove, find – me – somebody to lo-ove, find – me – somebody to lo-ove ...«

Seine Stimmung stieg mit jeder Steigerung des Chores, und aus einem plötzlichen Impuls heraus beschloss er, nicht auf direktem Wege nach Hayingen zu fahren, sondern einen kleinen Umweg über Indelhausen zu machen und sich dort noch ein Eis zu genehmigen, bevor er in sein Haus im Lauterdörfle zurückkehrte. Der Tag war so schön, und er wollte ihn so lange und ausgiebig wie nur möglich genießen.

Gut zwanzig Minuten später brachte er seinen Wagen neben einer großen Tafel mit der Aufschrift »Lautertal-Eis to go« zum Stehen. Hier hatte die Eis-Manufaktur, die vor etwa zwei Jahrzehnten auf einem Bauernhof mitten in diesem idyllischen Ort entstanden war, das »Eis-Häusle« errichtet, das vor allem bei Touren-Radfahrern sehr beliebt war. In großen Kühltruhen standen zahlreiche verschiedene Eissorten in kleinen und großen Bechern zur Auswahl. Man bediente sich selbst, warf das Geld in eine Kassenbox und ließ sich draußen auf einer der bereitgestellten Sitzgelegenheiten nieder, um sich das Eis in aller Ruhe einzuverleiben.

Surendra erinnerte sich noch gut, wie Thilo Matt ihm bei einer seiner ersten Proben von diesem Lautertal-Eis erzählt hatte. *Das wird später auch hier bei unseren Vorstellungen verkauft,* hatte er gesagt, *aber nur ein paar ausgewählte Sorten. Die ganze Bandbreite des Angebots erlebst du nur in dem Eis-Häusle. Ich garantiere dir: Bei den vielen Sorten fallen dir die Augen aus dem Kopf, und eine ist leckerer als die andere.* Mittlerweile wusste Surendra, dass das nicht übertrieben war. Er war bereits mehrfach in Indelhausen gewesen und hatte noch nicht einmal annähernd alle Geschmacksrichtungen getestet, die ihn dort jedes Mal aus den Kühltruhen heraus anlachten.

Er stieg aus und stellte fest, dass eine ganze Menge Radfahrer diesen sonnigen Tag für einen Ausflug und das Eis-Häusle für eine willkommene Pause nutzten. Überall standen Mountainbikes, Rennräder und E-Bikes herum, und die meisten Sitzgelegenheiten waren besetzt. In einem der Liegestühle fiel ihm eine attraktive junge Frau auf, die unter all den Menschen in farbenfrohen Radlerhosen und Trikots allein schon dadurch herausstach, dass sie nicht sportlich gekleidet war, sondern einen eleganten dunkelroten Jumpsuit mit Spaghettiträgern trug. Ein breiter Gürtel betonte eine extrem schlanke Taille, gepflegte Füße mit sorgfältig lackierten Nägeln steckten in glitzernden Riemchensandalen. Die Augen verbarg sie hinter einer dunklen Sonnenbrille, aber ihre lange, schwarze Mähne aktivierte plötzlich das Bildarchiv in Surendras Gedächtnis. Er studierte das Bild, das sich vor seinem inneren Auge auftat, verglich es mit der Frau in dem Liegestuhl – und auch wenn die Sonnenbrille ihn bei seinem Urteil etwas störte, so war er doch ziemlich sicher, dass er sich nicht irrte.

Hastig ging er in das Eis-Häusle, hielt sich diesmal nicht lange damit auf, eine Sorte auszuwählen, die er noch nicht probiert hatte, angelte stattdessen den erstbesten kleinen Becher aus der Kühltruhe und bezahlte. Dann trat er wieder ins Freie und atmete auf: Die Frau lag nach wie vor in der Sonne und steckte sich gerade genießerisch ihren Eislöffel in den Mund. Neben ihrem Liegestuhl stand ein freier Sitzwürfel, und Surendra frohlockte innerlich. *Perfekt.*

»Kann ich mich hierhersetzen?«, fragte er und wies dabei auf den Würfel.

Die Frau blickte auf – ob überrascht oder nicht, vermochte er nicht zu deuten, und er wünschte die Sonnenbrille zur Hölle.

»Natürlich«, antwortete sie. Auf ihren Lippen erschien der Anflug eines freundlichen Lächelns.

»Danke.«

Er erwiderte das Lächeln und ließ sich nieder. Dann zog er den Alu-Deckel von seinem Eisbecher, stellte dabei fest, dass er Salzkaramell erwischt hatte, und beschloss gleichzeitig, einen Versuch zu riskieren. Fragen kostete ja bekanntlich nichts.

»Verzeihen Sie, aber – sind Sie Oxana Wadejewa?«

Jetzt reagierte sie sichtlich verwundert und richtete sich leicht auf. »Wer will das wissen?«

»Mein Name ist Arjun Sahani«, antwortete er. »Ich bin neu im Naturtheater Hayingen und habe die Generalprobenfotos aus dem vorigen Jahr gesehen – und da sind Sie mir natürlich aufgefallen. Schade, dass Sie diesmal nicht mitspielen, mit Ihnen hätte ich gerne auf der Bühne gestanden.« Er hielt kurz inne, dann lächelte er erneut. »Vorausgesetzt, Sie *sind* Oxana.«

»Bin ich«, erwiderte sie kurz. »Aber ich muss Sie enttäuschen. Mit dem Naturtheater habe ich abgeschlossen. Ich werde dort nie wieder mitspielen.«

»Ich weiß«, sagte Surendra behutsam. »Wegen der Sache mit Peter Müller, nicht wahr?«

Sie zuckte zusammen, schob sich die Sonnenbrille auf die Stirn und musterte ihn misstrauisch aus großen, dunkelbraunen Augen.

»Was wollen Sie von mir?«, fragte sie scharf.

»Nur reden!«, beteuerte er sofort. »Weil ich mir schon die ganze Zeit gewünscht habe, Sie mal kennenzulernen. Deshalb dachte ich, ich nutz diese Gelegenheit. Sorry, ich wollte Sie nicht belästigen.«

Er begann demonstrativ, sein Salzkaramell-Eis zu löffeln, und wartete ab, ob sie bereit war, auf seinen Vorstoß zu reagieren, oder ob sie es vorzog, sich aus dem Liegestuhl zu erheben, ihm ohne ein weiteres Wort den Rücken zu kehren und zu verschwinden. Was völlig in Ordnung wäre, schließlich verpflichtete nichts und niemand sie dazu, sich mit einem Fremden zu unterhalten. Noch dazu mit einem, der von diesem verhassten Naturtheater kam.

Aber sie machte keinerlei Anstalten zu gehen. Stattdessen kratzte sie schweigend den letzten Rest Eis aus ihrem Becher. Surendra wartete geduldig.

»Wie, sagten Sie, ist Ihr Name?«, fragte sie plötzlich.

»Arjun Sahani.«

»Arjun Sahani …«, wiederholte sie nachdenklich. »Das klingt indisch – sind Sie aus Indien?«

»Ja und Nein«, antwortete Surendra lächelnd. »Meine Eltern stammen aus Indien. Aus dem Punjab, um genau zu sein. Sie sind aber noch vor meiner Geburt nach Deutschland emigriert, deshalb bin ich in Stuttgart geboren und aufgewachsen.«

Er wartete kurz, aber als sie nichts erwiderte, riskierte er die Gegenfrage.

»Und Sie stammen aus Russland, nicht wahr?«

Schlagartig versteinerten ihre Gesichtszüge.

»Stört Sie das?« Ihre Stimme war dunkel und hart. »Gehören Sie etwa auch zu denen, für die unsereins heutzutage automatisch ein Kriegstreiber ist? Aber dazu sag ich Ihnen nur eines: *Fuck Putin!*«

Sie knüllte ihren leeren Eisbecher zusammen und schleuderte ihn mit einer heftigen Bewegung von sich. Er knallte gegen eines der abgestellten Fahrräder, dessen Besitzer gerade wieder hatte aufsteigen wollen. Der feuerte das Geschoss prompt mit einem empörten »Bischt du no ganz bacha? I ben doch net dei Kutteroimer!« zurück – und traf den völlig verdutzten Surendra, der schon von Oxanas unerwartetem Gefühlsausbruch kalt erwischt worden war und nun ein paar Sekunden brauchte, um sich wieder zu sortieren. Erst als der Mann, immer noch wie ein Rohrspatz schimpfend, in die Pedale trat und davonradelte, hob Surendra kommentarlos das Corpus Delicti auf und steckte es in seinen eigenen, inzwischen leer gegessenen Becher.

Oxana verfolgte seine Aktion mit sichtlich verlegener Miene, und ein blasses Lächeln huschte über ihr Gesicht, als er die beiden Becher auf dem Boden abstellte.

»Tut mir leid«, sagte sie. »Ein Friedensengel bin ich offenbar auch nicht. Steckt wohl doch zu viel Russin in mir.«

Inzwischen hatte Surendra sich wieder gefangen.

»Ich beurteile niemanden nach seiner Herkunft«, sagte er ruhig. »Wenn man das bei mir macht, mag ich das ja auch nicht. Aber Sie sind Team ›Fuck Putin‹ – das bin ich auch, und allein schon deshalb sind Sie mir ausgesprochen sympathisch, Oxana!«

Damit war es ihm offensichtlich gelungen, das Eis zu brechen. Von einer Sekunde zur anderen entspannte sie sich, und das Lächeln, das sich jetzt auf ihrem Gesicht ausbreitete, war ungezwungen und absolut bezaubernd.

»Danke«, sagte sie. »Seit dieser verfluchten Ukraine-Invasion ist es alles andere als leicht, Russin zu sein. Auch wenn ich nur dort geboren worden bin. Ich war gerade mal drei Jahre alt, als meine Eltern mit mir emigriert sind. Seitdem lebe ich in Deutschland, und hier fühle ich mich auch zu Hause. Nicht in *Rossija*.«

Surendra nickte. Das erklärte ihr perfektes, nahezu akzentfreies Deutsch – und wenn man den Kollegen im Theater glauben durfte, dann sprach sie sogar ganz leidlich Schwäbisch. Zumindest hatte man ihretwegen die Rolle der Hero damals nicht ins Hochdeutsche übertragen müssen.

Er zerbrach sich fieberhaft den Kopf, wie er das Gespräch in Gang und Oxana bei Laune halten konnte. Immerhin bestand nun, da sie ihr Eis verzehrt hatte, jeden Moment die Gefahr, dass sie sich verabschiedete, aufstand und ging. Noch einmal Peter Müller zu erwähnen erschien ihm nicht ratsam. Das Thema war mit zu vielen schmerzhaften Erinnerungen für sie verbunden, von der verratenen Liebe über die Mordverdächtigungen im Ensemble bis hin zu der Fehlgeburt, bei der sie ihr und Peters Kind verloren hatte. Jedenfalls hatte sie stets unerschütterlich darauf gepocht, dass Peter Müller der Vater war – auch Dorothea Kaiser gegenüber, deren Aufzeichnungen nach ihrer Vernehmung Oxanas Surendra sehr aufmerksam studiert hatte. *Es stimmt zwar, dass Peter nicht der einzige Mann in meinem Leben war,* hatte Oxana der Kaiserin gesagt, *aber ich habe aus Prinzip niemals mehrere Liebhaber auf einmal. Ich bin schließlich keine Hure.*

Und in der Zeit, in der mein Kind gezeugt wurde, war ich mit Peter zusammen und sonst mit niemandem. Leider kann ich das jetzt, da Gott mir mein Kind genommen hat, nicht mehr beweisen. Ich bitte Sie, finden Sie heraus, wer die Brücke angesägt hat – damit ich wenigstens das allen beweisen kann: Ich bin nicht schuld an Peters Tod!

Surendra wollte ihr das gerne glauben. Aber Leonie hatte zu Recht darauf hingewiesen, dass es bislang zwar keine Beweise für ihre Schuld, aber auch keine für ihre Unschuld gab. Aus dem Schneider war sie also noch nicht – erst recht, wenn sich erweisen sollte, dass sie auch mit Lars Lege in irgendeiner Form über Kreuz war. Er musste für alles offen bleiben.

»Seit wann sind Sie eigentlich beim Naturtheater?«, fragte Oxana plötzlich mitten in seine Überlegungen hinein. »Ich habe Sie da noch nie gesehen. Was machen Sie dort?«

Oha, dachte Surendra. *Ein komplettes Tabuthema ist das Theater für die Dame offenbar noch nicht. Wie schön.*

»Um ehrlich zu sein, bin ich einfach nur Lars zu Hilfe gekommen«, erklärte er. »Wir sind alte Bekannte, und als ich mitgekriegt habe, dass er dringend nach einem Don-Pedro-Ersatz sucht, da hab ich gedacht: Komm, spring ein – das ist doch eine schöne Gelegenheit, mal Shakespeare zu spielen, und Lars ist auch geholfen.«

Er hielt inne und musterte sie fragend.

»Sie wissen ja sicher von dieser seltsamen Todesanzeige im Schaukasten, oder? Auch wenn Sie nicht mehr aktiv dabei sind.«

»Wer weiß das hier nicht?«, gab sie zurück. »Das war tagelang Gesprächsthema Nummer eins. Und Sie riskieren es tatsächlich, diese Rolle zu spielen? Trotz der Drohung, dass Sie die Premiere nicht überleben werden? Haben Sie gar keine Angst?«

Surendras Mundwinkel stiegen ganz leicht nach oben.

»Na ja, ein etwas seltsames Gefühl ist es schon«, antwortete er. »Aber ich hoffe einfach, dass diese Drohung nur ein schlechter Scherz ist. Und dass der ›Scherzbold‹ nur Lars persönlich im Visier hat und nicht mich.«

Sie verzog das Gesicht. »Und *ich* hoffe, dass diese Sache endlich dieses lästige Verdächtigen-Stigma von mir nimmt. Ich meine, gegen Lars habe ich ja definitiv nichts, und von Ihnen wusste ich bis vor zehn Minuten noch nicht einmal, dass es Sie gibt. Also kann man diese Todesanzeige wohl kaum mir in die Schuhe schieben, so wie man es bei dem Brückengeländer getan hat.«

Surendra hörte ihr konzentriert zu und bemühte sich, vor allem diese letzte Aussage so wörtlich wie möglich in seinem Gedächtnis abzuspeichern, da sie sich noch als sehr wichtig erweisen konnte. Hätte Oxana sie gegenüber den Kollegen von der Kripo getätigt, dann wäre mit Sicherheit zumindest ein Restverdacht geblieben, dass ihr freundliches Statement über Lars Lege lediglich der Versuch eines Täuschungsmanövers war, um sich selbst aus der Schusslinie zu bringen. Aber warum sollte sie einem Fremden namens Arjun Sahani, der aus ihrer Sicht nichts mit der Polizei zu tun hatte, diesbezüglich eine Lüge auftischen?

»Das hat man Ihnen doch mit Sicherheit schon erzählt, oder?«, fuhr sie fort, ohne ihm Zeit für eine Antwort zu lassen. »Dass ich die große Böse bin, die dafür gesorgt hat, dass Peters erster Auftritt als Don Pedro zugleich sein letzter war.«

Jetzt legte er besser jedes Wort auf die Goldwaage.

»Schon«, antwortete er vorsichtig. »Irgendwer hat so was mal erwähnt. Aber das glaube ich nicht. Und die anderen sind auch alle eher der Ansicht, dass es wohl keiner aus dem Ensemble war. Die meisten tippen auf irgendwelche Vandalen von auswärts.«

»Ach!« Ihre Brauen stiegen bis zu ihrem Haaransatz hoch. »Sollte inzwischen tatsächlich wieder Vernunft im Tiefental eingezogen sein? Ich meine – mich würd's freuen. Ich hatte ja doch insgesamt eine schöne Zeit in dem Theater, und es sind überwiegend tolle Menschen, mit denen ich mich zum Teil richtig gut verstanden habe. Es ist schon bitter, dass das alles so unschön und traurig geendet hat.«

»Können Sie sich denn gar nicht vorstellen, jemals wieder mitzuspielen?«, fragte Surendra.

Oxana schwieg lange und betrachtete nachdenklich ihre lackierten Zehennägel.

»Ich weiß nicht«, meinte sie schließlich zögernd. »Ein paar von den Leuten vermisse ich schon. Martina zum Beispiel, oder den Noah mit seiner Musik. Wenigstens habe ich zu Bianca immer noch Kontakt. Die ist zum Glück nie auf die Idee gekommen, mir den Anschlag auf Peter anzuhängen.«

Einmal mehr dankte Surendra dem Himmel für seine Gabe, dass andere Menschen sich ihm gegenüber oft erstaunlich schnell öffneten und dann wie ein Wasserfall redeten. Auch wenn er keine Ahnung hatte, wie er das machte. Möglicherweise stimmte die Erklärung, die Frank ihm einmal gegeben hatte: *Wahrscheinlich liegt es schlicht und ergreifend daran, dass du gut zuhören kannst und den Leuten das Gefühl gibst, dass sie bei dir Verständnis finden, egal was sie belastet oder ihnen auf der Seele brennt.*

»Bianca – die die Beatrice spielt?«, erkundigte er sich sicherheitshalber.

»Ja.« Oxana lächelte versonnen. »Sie war eine fantastische Bühnenpartnerin, ebenso wie Thilo und Finn. Mit denen habe ich immer besonders gern gespielt.« Ihre Züge verhärteten sich. »Sie waren auch die, die mir am meisten beigestanden haben, als Peter mich auf so gemeine Weise hat fallen lassen. Dieser Mistkerl ... und dann hat er sich auch noch an Bianca rangewanzt! Aber die hat ihm gezeigt, wo der Hammer hängt.«

Sie sah Surendra an.

»Hat man Ihnen die Geschichte von der Generalprobe im vorigen Jahr erzählt? Als es derart geknallt hat, dass die Premiere um ein Haar gar nicht erst stattgefunden hätte?«

Surendra wusste sofort, worauf sie anspielte. Der Vorfall war in der Fallakte dokumentiert, die er seinerzeit vor Antritt seiner Mission von der Kaiserin bekommen hatte. Leonie Lexer hatte sich ausgiebig mit Bianca Weißgerber über besagten »Knall« unterhalten und das Gespräch sorgfältig protokolliert.

Aber möglicherweise erfuhr er sogar noch mehr, wenn er jetzt den Unwissenden spielte.

»Nein, davon habe ich noch nichts gehört«, erwiderte er und setzte eine neugierige Miene auf. »Was war denn da los?«

Oxanas Augen blitzten.

»Peter hat damals, kaum dass er mit mir Schluss gemacht hatte, damit angefangen, Bianca anzuflirten«, erzählte sie. »Wie eine Hummel, die eine Blüte leergesogen hat und sofort fröhlich zur nächsten schwirrt. Bianca hat ihn allerdings nach allen Regeln der Kunst abblitzen lassen, allein schon aus Solidarität mit mir – abgesehen davon, dass sie zu der Zeit schwer in Thilo verknallt war. Das hat Mister Mirwidersteht-niemand natürlich überhaupt nicht gepasst. Und dann hat er bei der Generalprobe … Sie spielen den Don Pedro? Dann kennen Sie ja die Szene, in der er Beatrice fragt, ob sie ihn zum Mann haben will.«

»Klar.«

»Ja, und an der Stelle hat Peter Bianca plötzlich in die Arme gerissen und heftig auf den Mund geküsst. Wir waren erst mal alle völlig perplex, schließlich hatte Valentin das nie so inszeniert. Dann hat Bianca ihm eine geknallt, dass man es wahrscheinlich bis hinauf nach Hayingen gehört hat, und ihn angebrüllt, was das soll. Das war der Startschuss für einen hitzigen Streit, in den sich dann auch alle anderen eingemischt haben – da sind eine ganze Menge Dämme gebrochen. Bei der Gelegenheit hab ich Peter auch einmal mehr ins Gesicht geschleudert, was für ein mieses Schwein er ist. Wundersamerweise haben sich die Gemüter irgendwann wieder so weit beruhigt, dass die Probe weitergehen konnte – bis zu der großen Anklageszene, in der Claudio und Don Pedro mich als Hure beschimpft haben. Und wissen Sie, was Peter da gemacht hat, wieder gegen jede Regieanweisung? Er hat mich angespuckt! Und danach auch noch frech zu Valentin gesagt, dass ein solches Zeichen der Verachtung an der Stelle einfach noch gefehlt hat.«

Sie gab ein wütendes Schnauben von sich.

»Dass es daraufhin zu einem weiteren Riesenkrach auf offener Szene gekommen ist, können Sie sich sicher denken. Die Premiere stand auf Messers Schneide, denn nicht nur Bianca und ich, sondern auch Thilo, Finn, Martina und noch ein paar andere haben gedroht, dass wir nicht auftreten, wenn diese beiden frauenverachtenden Spontaneinlagen von Peter ohne Folgen bleiben. Irgendwie hat Valentin dann Peter dazu überredet, sich bei Bianca und mir zu entschuldigen, und Lars hat eine glühende Ansprache an uns alle gehalten, dass diese Sache auf jeden Fall aufgearbeitet werden wird, dass es aber jetzt erst mal darum geht, die Premiere zu retten – und deshalb sollen wir bitte, bitte unsere persönlichen Animositäten hintanstellen, denn *the show must go on*. Damit hat er uns natürlich alle bei unserer Theaterehre gepackt, und wir haben die Generalprobe zähneknirschend zu Ende gespielt und am nächsten Tag alle mit den besten Vorsätzen für die Premiere auf der Matte gestanden.«

Ein Schatten verdüsterte ihr Gesicht.

»Ich bin sicher: Keiner von uns hat geahnt, was gleich in der ersten Szene passieren würde. Und erst recht ist keiner von uns dafür verantwortlich. Davon bin ich überzeugt. *Keiner.*«

Surendra nickte zustimmend, während es in seinem Kopf arbeitete. Was Oxana hier schilderte, entsprach hundertprozentig dem, was Bianca Leonie Lexer über den großen Generalprobenkrach erzählt hatte, jedenfalls soweit er die Gesprächsnotizen der Kollegin im Kopf hatte. Und wenn er schon mal dabei war: Das Protokoll der Kaiserin von ihrer Unterhaltung mit Oxana hatte ganz genau das Bild ergeben, das auch er jetzt bei seiner persönlichen Begegnung mit der gebürtigen Russin bekam. Nichts von dem, was sie hier von sich gab, widersprach in irgendeiner Form dem, was sie bei der Polizei ausgesagt hatte – einschließlich ihrer felsenfesten Überzeugung, dass der Mörder Peter Müllers, allen Streitereien zum Trotz, nicht aus den Reihen der Ensemblemitglieder kam. Was natürlich durchaus auch ein Ablenkungsmanöver sein konnte, entweder von ihr selbst oder von jemand anderem, den sie schützen wollte. Surendra seufzte lautlos. *Warum verdammt noch mal mussten Medaillen grundsätzlich immer zwei Seiten haben?*

»Das hoffe ich sehr«, sagte er langsam. »Ich kann mir auch nicht vorstellen, dass einer aus dem Theater zu so etwas fähig ist.« Er erinnerte sich an die Frage, die er sich an einer Stelle von Oxanas Erzählung gestellt hatte, und sprach sie aus. »Ist eigentlich etwas aus Bianca und Thilo geworden? Auf der Bühne sind sie ja ein Traumpaar, aber mir ist bislang ehrlich gesagt nicht aufgefallen, dass sie auch privat zusammen sind.«

Ein Lächeln spielte in Oxanas Mundwinkel. »Sind sie auch nicht. Thilo ist … Können Sie ein Geheimnis bewahren, Arjun?«

»Aber sicher!«

Ihr Lächeln vertiefte sich. »Thilo ist jetzt mit *mir* zusammen. Seit drei Monaten. Aber wir hängen unsere Liebe derzeit noch nicht an die große Glocke, um nicht womöglich wieder für Unruhe oder gar Unfrieden im Theater zu sorgen. Ein paar Leute dort haben schließlich immer noch ein Problem mit mir. Deshalb wollen wir mindestens bis nach der Premiere warten, bevor wir uns offen als Paar zeigen. Sie halten doch dicht, oder?«

»Selbstverständlich.« Surendra hob Zeige- und Mittelfinger der rechten Hand wie zum Schwur – und realisierte zugleich, dass Oxana ihm gerade das perfekte Stichwort geliefert hatte, um Tom Matt ins Spiel zu bringen. »Das heißt, nicht mal Thilos Familie weiß etwas davon?«

»Um Himmels willen!« Oxana schnitt eine ironische Grimasse. »Seine Schwestern stehen auf der Seite von Selina, für die bin ich eine potenzielle Mörderin. Und für Tom bin ich eine russische Schlampe, die es mit jedem treibt. Heidrun ist die einzige, die wahrscheinlich einigermaßen problemlos damit klarkommen wird, dass ihr Junge sich ausgerechnet in mich verliebt hat.«

»Dabei dachte ich, Tom hätte eher etwas gegen Peter gehabt«, warf Surendra ein. »Nachdem er ihn mit Sabrina erwischt hat, meine ich. Jedenfalls hat mir jemand mal so was erzählt.«

Oxana machte eine wegwerfende Handbewegung. »Tom ist gegen alles, was nicht in sein begrenztes Weltbild passt. Da gehört ein bisexueller Mann, der noch dazu mal eben eine schnelle Nummer mit seiner kleinen Prinzessin schiebt, ebenso dazu wie ich. Schließlich bin ich mit meinem ›bewegten Liebesleben‹ ein denkbar schlechtes Vorbild für seine beiden ›unschuldigen‹ Töchter.«

Während Surendra noch überlegte, was ihn spontan mehr interessierte – Oxanas »bewegtes Liebesleben« oder warum sie das Wort »unschuldig« in Bezug auf Lena und Sabrina Matt so sehr betonte –, fiel ihm plötzlich auf, wie ihre Gesichtszüge sich von einer Sekunde zur anderen deutlich verfinsterten. Er wandte seinen Kopf in die Richtung, in die sie starrte – und sah Selina Lege auf das Eis-Häusle zusteuern. Im gleichen Moment fielen ganz in seiner Nähe ein paar der abgestellten Fahrräder mit lautem Gepolter um, Selina fuhr erschrocken herum – und das Unvermeidliche geschah: Ihr Blick fiel auf Oxana und Surendra.

Na toll, dachte Surendra, als ein unheilverkündendes Grinsen sich über Selinas Gesicht ausbreitete und sie prompt zu ihnen herüber kam. *Das hätte es jetzt wirklich nicht gebraucht. Hoffentlich kommt es nicht zu einem offenen Schlagabtausch.*

Er versuchte, Selina möglichst neutral anzuschauen, als sie nun vor ihnen stehenblieb und sie honigsüß anlächelte.

»Ach – sieh mal einer an, ihr kennt euch?«

»›Kennen‹ würde ich das nicht nennen«, antwortete Surendra schnell, um Oxana zuvorzukommen. »Wir sind uns gerade erst zum ersten Mal begegnet. Über einem Eisbecher.«

Selina betrachtete ihn prüfend aus ihren blaugrünen Augen und ließ dabei die Finger durch ihr langes, sorgfältig geglättetes hellblondes Haar gleiten. Ihr zierlicher Körper steckte in engen Jeans und einem weißen Crop Top, das ihren straffen Bauch blendend zur Geltung brachte.

»Eine süße Verführung also, ja?«, erwiderte sie. »Vorsicht, Arjun, die Frau ist gefährlich. Die hat schon einmal einen Don Pedro zur Strecke gebracht. Und für den nächsten existiert ja sogar schon die Todesanzeige! An deiner Stelle würde ich mich von dieser Tusse lieber fernhalten. Macht nur Ärger und ist definitiv nicht gut für die Gesundheit.«

Aus den Augenwinkeln sah Surendra, wie Oxana sich anspannte wie eine zum Sprung bereite Raubkatze. *Bitte nicht*, dachte er frustriert. *Bitte keine zerkratzten Gesichter und ausgerissenen Haarbüschel. Schon gar nicht in aller Öffentlichkeit.*

»Ich denke, ich kann ganz gut auf mich selbst aufpassen«, sagte er und bemühte sich um ein möglichst entwaffnendes Lächeln. »Aber danke für die Warnung.«

»Gern geschehen«, gab sie zurück. »Wir wollen ja nicht noch einmal einen Don Pedro bei der Premiere verlieren. Am besten, du hängst dir ein großes Bündel Knoblauch um den Hals, wenn du dieser Hexe das nächste Mal begegnest.«

»Ich dachte, Knoblauch wirkt nur gegen Vampire«, entgegnete er und kam sich zunehmend vor wie in einem absurden Film. »Wusste gar nicht, dass er auch gegen Hexen hilft.«

»Ist doch alles eine Soße«, trumpfte Selina auf. »Vampire, Hexen, Werwölfe – alles Blutsauger, die nichts anderes wollen als Menschen zu killen. Und wenn so eine auch noch *Russin* ist, dann ist sowieso Hopfen und Malz verloren. Denen liegt die Hinterhältigkeit und das Abschlachten doch im Blut!«

Surendra verschlug es buchstäblich die Sprache. Er hatte Selina Lege ja von Anfang an als eine etwas oberflächliche junge Dame kennengelernt, die sich ihre Allgemeinbildung offenbar bevorzugt auf Instagram und TikTok zusammensuchte. Aber so viel unfassbare Dummheit auf einmal hätte er von ihr trotzdem nicht erwartet.

Bevor ihm jedoch eine passende Antwort darauf einfiel, erhob sich plötzlich Oxana aus ihrem Liegestuhl.

»Spar dir die Mühe, Arjun«, sagte sie trügerisch ruhig. »Es gibt Menschen, deren Erbgut unterscheidet sich nur um ein Chromosom von dem einer Pellkartoffel. Mit denen kann man nur Mitleid haben.«

Erneut wusste Surendra nicht sofort, was er erwidern sollte. Umso schneller reagierte Selina, der die Zornesröte ins Gesicht geschossen war und die sich nun herausfordernd vor Oxana aufbaute.

»Du blöde Kuh!«, fauchte sie wütend. »Von dir brauche ich mich nicht beleidigen zu lassen, du – du verdammte *Mörderin!*«

Das letzte Wort hatte sie Oxana derart laut ins Gesicht gebrüllt, dass sämtliche Menschen in der näheren Umgebung sich ruckartig zu ihnen umdrehten – und dadurch Zeugen wurden, wie Oxana ausholte und Selina eine gesalzene Ohrfeige verpasste. Viele schnappten hörbar nach Luft, andere klatschten belustigt Beifall. Das brachte Surendra wieder zur Besinnung, und er konnte gerade noch zugreifen und Selina festhalten, als sie ihrerseits auf Oxana losgehen wollte.

»Das reicht jetzt, Selina«, raunte er dicht an ihrem Ohr. »Die Sache ist schon genug eskaliert, lass es gut sein!«

»Lass mich los!« Selina wand sich in seinem Klammergriff und richtete ihren Blick zornig auf Oxana. »Dafür zeig ich dich an, du Miststück! Hörst du? *Ich zeig dich an!!*«

»Tu das, wenn's sein muss.« Surendra hielt Selina weiterhin unerbittlich fest; seine Stimme war inzwischen wieder fest und sehr bestimmt. »Aber bitte geh jetzt!«

»Lass nur, Arjun«, sagte Oxana. Ihre Augen leuchteten triumphierend. »*Ich* gehe. Was die da macht, ist mir egal.«

Mit dem stolzen Bewusstsein, dass alle Blicke auf sie gerichtet waren, verließ sie mit hoch erhobenem Kopf den Ort des Geschehens. Surendra wartete, bis sie seinen Blicken entschwunden war, dann ließ er Selina los, die sich ohne ein weiteres Wort fluchtartig in die andere Richtung davonmachte. Er atmete tief durch, dann sah er sich um und musste feststellen, dass nun alle *ihn* anstarrten – teils amüsiert, teils kopfschüttelnd und in jedem Fall alle sehr, sehr neugierig.

Er breitete entschuldigend die Arme aus.

»Schönen Gruß vom Naturtheater Hayingen«, sagte er mit einem wohldosierten Hauch von Sarkasmus. »Die nächste Probe halten wir wieder auf unserer Bühne ab. Versprochen.«

Und damit ging er zu seinem Wagen, stieg ein und fuhr davon.

8

Als Surendra sein Haus im Lauterdörfle erreichte, kochte er sich erst einmal einen ordentlichen Kaffee und rief kurz die Kaiserin an, um sie über seine Begegnung mit Oxana Wadejewa und die so unvermutete wie handgreifliche Auseinandersetzung zwischen der alten und der neuen Hero in Kenntnis zu setzen. Danach machte er es sich mit seinem Kaffee im Wohnzimmer gemütlich und führte ein langes Telefonat mit Frank Hasemann. Wie immer, wenn ihn mehrere Dinge gleichzeitig beschäftigten oder er besonders aufgewühlt war, half ihm die Unterhaltung mit seinem alten und lebensweisen Freund dabei, seine Gedanken zu sortieren und in Ordnung zu bringen. Als er schließlich das Gespräch beendete und das Smartphone auf dem Beistelltisch ablegte, fühlte er sich wieder geerdet und sah sogar der unvermeidlichen nächsten Begegnung mit Selina – die bestimmt nicht angenehm werden würde – einigermaßen gelassen entgegen.

An diesem Tag jedoch hatte er probenfrei, und er überlegte gerade, ob er den Abend mit einem Buch oder vor dem Fernseher verbringen sollte, als sein Smartphone begann, den indischen Filmsong »Deva Deva« abzuspielen, den er vor einiger Zeit als seinen neuen Telefon-Klingelton eingerichtet hatte. Auf dem Display leuchtete der Name *Lars Lege* auf, und Surendra seufzte abgrundtief. Nun würde er also noch ein drittes Mal über die Ereignisse vor dem Eis-Häusle reden müssen, und eigentlich reichte es ihm für heute. Ein paar Sekunden lang war er ernsthaft versucht, den Anruf zu ignorieren, aber dann nahm er das Gespräch doch an. Früher oder später würde er Selinas Vater *seine* Version der Geschichte sowieso erzählen müssen. Dann konnte er es ebenso gut gleich hinter sich bringen.

»Hallo, Arjun!«, hörte er die etwas raue Stimme von Lars. »Stör ich dich?«

Und wie, dachte Surendra, während er harmlos »Überhaupt nicht – was gibt's?«, antwortete.

»Na, was wohl?«, gab Lars hörbar ungeduldig zurück. »Meine Tochter kommt gerade völlig aufgelöst nach Hause und erzählt mir, dass Oxana sie in aller Öffentlichkeit geohrfeigt und beleidigt hat – und dass du danebengestanden und Oxana verteidigt hast. Was zum Henker war da los?«

Surendra seufzte erneut, wenn auch diesmal sehr unterdrückt.

»Müssen wir darüber am Telefon reden?«, fragte er mit der leisen Hoffnung, das Gespräch doch noch auf einen späteren Zeitpunkt verschieben zu können, wenn Selinas Vater sich wieder etwas abgeregt hatte.

»Überhaupt nicht«, entgegnete Lars. »Komm zu mir, wenn dir das lieber ist. Dann setzen wir uns auf die Terrasse, ich spendier dir ein Glas Wein, und du erzählst mir, was da abgegangen ist.«

»Ganz bestimmt nicht.« Jetzt war Surendra sehr entschlossen. »Damit alle deine Nachbarn uns zuhören können und, wenn wir nicht höllisch aufpassen, womöglich mitbekommen, dass ich hier als Undercover-Ermittler aktiv bin? Nein, Lars, tut mir leid, aber das Risiko ist mir zu groß. Und schlag jetzt nicht vor, dass wir dann eben drinnen bleiben und sämtliche Fenster schließen – dann besteht nämlich immer noch die Gefahr, dass Selina uns hört, und das allein würde schon reichen, um meine Mission zu gefährden.«

Er war überzeugt, Lars damit das Heft aus der Hand genommen und ihn zumindest für diesen Abend vom Hals zu haben. Aber er hatte sich zu früh gefreut.

»Stimmt«, räumte Lars sofort ein. »Dann komm ich eben zu dir. Mitsamt der Weinflasche. Ist dir das recht?«

Dieser Vorschlag kam für Surendra derart überraschend, dass er antwortete, noch ehe er recht darüber nachgedacht hatte.

»Klar. Ich bin da.«

* * *

Eine halbe Stunde später saßen Surendra und Lars einander gegenüber, vor sich eine angebrochene Flasche Schwarzriesling samt zwei bereits halbleeren Gläsern, und Surendra gab eine Kurzversion der Ereignisse in Indelhausen zum Besten. Die meisten Details seiner Unterhaltung mit Oxana behielt er für sich. Die gingen vielleicht die Kaiserin etwas an, aber ganz bestimmt nicht den Theaterchef.

Lars – der sich auf dem Weg zum Lauterdörfle offenbar wieder einigermaßen beruhigt hatte – hörte ihm zu, ohne ihn auch nur einmal zu unterbrechen. Dann nahm er sein Glas und trank den restlichen Rotwein darin in einem Zug aus.

»Also Selina hat angefangen?«

»Ja. Oxana hat sich bemerkenswert zurückgehalten, bis Selina sie auch noch lauthals als Mörderin beschimpft hat. Da hat sie dann zurückgeschlagen – im wahrsten Sinne des Wortes.«

Lars nickte bedächtig und seufzte leise.

»Das hat ja wohl irgendwann so kommen müssen. Zwischen Selina und Oxana hat es schon vor Peters Tod immer mal wieder Zickenkrieg gegeben, und wenn Selina etwas überhaupt nicht gut kann, dann ist das nachgeben. Einsicht und Vergebung sind für sie gewissermaßen Fremdwörter. Das hat sie von ihrer Mutter. Leider.«

Wieder einmal, wie so oft in jüngster Zeit, fühlte sich Surendra schlagartig so angespannt, als hätte jemand in ihm ein Uhrwerk bis zum Anschlag aufgezogen. Das war ja nicht zu fassen, dass der Mann jetzt plötzlich mit seiner Ex-Frau um die Ecke kam! Mit etwas Glück würde die Kaiserin gar nicht erst groß nach Gesine graben müssen.

»Seid ihr deshalb auseinander?«, fragte er unverblümt. »Deine Frau und du, meine ich.«

Lars stutzte kurz, dann schüttelte er mit einem leisen Schnauben den Kopf und griff nach der Rotweinflasche, um sich nachzuschenken.

»Da gab's mehrere Ursachen«, erwiderte er. »Wir waren von Anfang an nicht gerade ein *match made in heaven*. Wäre Gesine nicht nach einer Party mit alkoholseligem One-Night-Stand von mir schwanger geworden, dann hätten wir wahrscheinlich gar nicht erst geheiratet. Aber was tut man nicht alles, damit das Kind in ›ordentlichen Verhältnissen‹ zur Welt kommt und aufwächst.«

Er trank einen Schluck.

»Man kann uns, glaube ich, nicht vorwerfen, dass wir es nicht versucht hätten. Uns war klar, dass unsere Ehe nur funktionieren konnte, wenn jeder von uns Kompromisse eingeht. Und Selina hat uns anfangs sehr dabei geholfen. Sie war ein so bezauberndes Kind – süß, unschuldig, einfach zum Fressen. Heute denke ich, dass Gesine und ich von Anfang an eine Art Wettbewerb veranstaltet haben, wen von uns die Kleine lieber hat … und dass Selina dadurch zu dem geworden ist, was sie heute ist.«

Verzogen, selbstverliebt und berechnend, dachte Surendra. *Und vermutlich hat sie diesen Wettbewerb schon früh*

*durchschaut, seinen Nutzen für sich erkannt und vielleicht
sogar angefangen, ihre Eltern gezielt gegeneinander auszuspielen. Zuzutrauen war es ihr.*

»Und eines Tages haben dann selbst die Kompromisse nicht mehr funktioniert?«, fragte er nach, in der Hoffnung, als Antwort kein ungnädiges »Sorry, Arjun, aber findest du wirklich, dass dich das was angeht?« zu erhalten – was ja genau betrachtet auch durchaus berechtigt wäre. Aber offenbar machte es Lars überhaupt nichts aus, mit einem Mann, den er noch immer kaum kannte, über seine gescheiterte Ehe zu sprechen. Vielleicht lag es auch daran, dass er mittlerweile bereits sein zweites Weinglas leergetrunken hatte.

»So ist es«, sagte er und schenkte sich erneut nach. »Wir sind genau genommen wirklich nur wegen Selina weiter zusammengeblieben. Sie kam damals gerade ins Teenageralter, die Pubertät grüßte fröhlich, kurz: Es erschien uns ein denkbar schlechter Zeitpunkt für eine Trennung. Ich hatte immer gehofft, dass wir zumindest so lange durchhalten, bis Selina einigermaßen auf eigenen Beinen steht und uns nicht mehr braucht. Aber dann kam dieser Jannis und hat mir einen dicken Strich durch die Rechnung gemacht.«

»Jannis?«, stellte Surendra sich unwissend und notierte gleichzeitig den Namen in Großbuchstaben in seinem Gedächtnis.

»Ja«, entgegnete Lars finster. »Ein griechischer Schönling, der meine Frau nicht nur in sein Bett getragen, sondern ihr scheinbar auch den letzten Rest Verstand mit Ouzo vernebelt hat. Sie hat stundenlang nur noch von endlosen Olivenhainen unter griechischer Sonne gefaselt, von glücklichen Menschen in rustikalen Tavernen und von einer strahlend weißen Villa am blauen Meer, in die ihr Schönling sie als seine Göttin führen wollte. Und Selina würde sie natürlich mitnehmen.«

»Hm«, meinte Surendra, während er sich auch noch einmal nachschenkte. »Aber zumindest dazu ist es ja offensichtlich nicht gekommen, oder?«

»Nein.« Ein dünnes, diabolisches Grinsen erschien auf Lars' Lippen. »Ich habe damals bei der Scheidung wohlweislich das Aufenthaltsbestimmungsrecht für meine Tochter beantragt. Ich meine – hier sind ihre Wurzeln, hier hat sie ihre Freunde, und vor allem: Hier sollte sie verdammt noch mal weiter zur Schule gehen und ihren Abschluss machen! Zum Glück war der Richter ganz und gar meiner Ansicht und hat jegliche Griechenlandeskapaden für Selina einen Riegel vorgeschoben.«

»Und wie hat Selina das aufgefasst?«

»Zuerst war sie selbstverständlich stocksauer, denn natürlich hatte auch sie sich bereits als Griechengöttin mit wiegenden Hüften durch die Olivenhaine wandeln sehen. Aber als sie dann erfahren hat, wie gründlich ihre Mutter da unten auf die Nase gefallen ist, da war sie mir nachträglich geradezu dankbar. Seitdem hat sich auch unser Verhältnis zueinander sehr verbessert.«

»Du machst mich neugierig.« Surendra wurde immer mutiger. »Was ist deiner Ex denn passiert?«

Lars lachte, seine Schadenfreude war unüberhörbar. »Ihr wohlhabender Olivenhainbesitzer hat sich lediglich als Saisonarbeiter bei einem solchen entpuppt. Es gab zwar immerhin das versprochene weiße Haus, wenn auch nur in Meeresnähe und nicht direkt am Meer – aber das war klein und heruntergekommen. Anfangs war Gesine noch so verliebt, dass sie bereitwillig einen ordentlichen Teil ihres Geldes in Renovierungsarbeiten gebuttert hat. Aber irgendwann ist ihr dann aufgegangen, dass sie für ihren Jannis nicht mehr war als eine Melkkuh, die für ihn das alte Familienanwesen wieder in Schuss bringen durfte. Und das nicht einmal für sie selbst, sondern für eine andere, die schon seit ein paar Jahren eine glücklich verheiratete Madame Papadopoulos war und tapfer in einer billigen Mietwohnung ausgeharrt hat, bis ihr Mann dank seiner deutschen Melkkuh wieder über eigene bewohnbare vier Wände verfügte.«

Surendra schüttelte mit milder Fassungslosigkeit den Kopf, während er seine geistige Notiz ergänzte. *Jannis Papadopoulos* hieß dieser Apollo also. Jakob Kratz würde sich freuen. *Oder ihn für dieses Eindringen in seinen höchstpersönlichen Recherche-Zuständigkeitsbereich einmal mehr zum Teufel wünschen.*

»Und woher weißt du das alles?«, erkundigte er sich. »Ist deine Ex danach etwa wieder bei dir angekrochen?«

»Na klar.« Lars' Augen blitzten. »Aber da hat sie auf Granit gebissen. Ich war viel zu froh, dass ich die Frau endlich los war, und ich hatte offen gesagt nicht die Spur Mitleid mit ihr.«

Er griff noch einmal zu der Weinflasche und verzog das Gesicht, als nur noch ein kümmerlicher Rest Schwarzriesling in sein Glas floss.

»Das Letzte, was ich von ihr weiß, ist, dass sie zu ihrer Tante Edith nach Blaubeuren gezogen ist. Was danach aus ihr geworden ist – keine Ahnung. Selina telefoniert wohl ab und zu noch mit ihr, aber für mich ist Frau Lege gestorben, ein für alle Mal. Und jetzt reden wir von etwas anderem, ja?«

»Machen wir«, stimmte Surendra sofort zu. Fürs Erste waren das sowieso mehr Informationen gewesen, als er zu hoffen gewagt hatte. »Soll ich uns noch einen Wein holen? Ich hab zwar keinen Schwarzriesling, aber einen Trollinger könnte ich dir anbieten.«

»Immer her damit«, sagte Lars. »Kann ich deine Toilette benutzen?«

»Klar. Im Flur die linke Tür.«

Lars verschwand, und Surendra ging in die Küche. Dort fand er im Kühlschrank einen Rest Albkäse, den er auf einem Holzbrett in kleine Würfel schnitt. Dabei ließ er seinen Gedanken freien Lauf. Den »Apollo« konnten sie wohl gleich wieder von der Verdächtigenliste streichen, denn warum sollte Jannis Papadopoulos sich gegenüber Lars Lege als Racheengel gebärden für eine Frau, die er niemals wirklich geliebt hatte? Gesine Lege dagegen hätte durchaus Grund, es ihrem Ex-Mann heimzuzahlen – allein schon dafür, dass er ihr die Tür gewiesen hatte, als sie, vermutlich ziemlich abgebrannt, nach ihrem Griechenland-Fiasko wieder bei ihm angeklopft hatte. Natürlich stellte sich die Frage, ob sie ihn deshalb gleich töten würde … es sei denn, sie hatte noch andere Gründe, ihn zu hassen, von denen Surendra derzeit noch nichts wusste. Aber wenn sie ihm nur schaden wollte und dafür bereit war, das Theater sozusagen in Geiselhaft zu nehmen? Dann wäre Peter Müller, den sie aufgrund ihrer Homophobie sowieso nicht leiden konnte, ein willkommenes Bauernopfer gewesen, um eine komplette Spielzeit und damit die Finanzen des Theaters zu ruinieren. Und als in diesem Jahr Lars selbst mitspielen sollte, hatte sie die Gelegenheit genutzt und mit der Todesanzeige zu einem zweiten Schlag gegen ihren ungeliebten Ex ausgeholt. Ob die darin enthaltene Drohung nun tatsächlich ernst gemeint war oder nicht.

Möglich wäre es. Blaubeuren lag zwar nicht direkt vor der Haustür, aus der Welt war es aber definitiv auch nicht. Zudem sprach vieles dafür, dass sie nach wie vor in Kontakt mit ihrer Tochter Selina stand und dadurch wusste, was sich im Theater so alles tat und ob es dort noch mehr Menschen wie Sandro Hoffmann gab, die ihren Weggang geradezu feierten.

Nachdenklich nahm Surendra das Holzbrett mit den Käsewürfeln und die Trollinger-Flasche und ging damit zurück in das Wohnzimmer, wo Lars es sich inzwischen wieder in seinem Sessel gemütlich gemacht hatte.

»Hier, bitte schön«, sagte er und stellte das Brett auf dem Couchtisch ab. »Damit der Wein besser rutscht.«

»Gute Idee.« Lars grinste, steckte sich sofort ein Stück Käse in den Mund und sah zu, wie Surendra die Weinflasche öffnete und einschenkte. Er nahm sein Weinglas und schnupperte genießerisch, dann prostete er Surendra zu und trank einen Schluck.

»Nicht schlecht«, sagte er. »Aber das wird jetzt mein letztes Glas, sonst hab ich nachher beim Heimgehen Schlagseite. Außerdem besteht durchaus die Möglichkeit, dass ich zu Hause noch einmal mit Selina zusammenstoße, und dann wäre ich gern einigermaßen klar im Kopf. Allein schon, damit ich ihr diese dumme Anzeige ausreden kann. Macht nur Ärger, so was.«

»Immerhin hat sie auch Ärger gehabt, und nicht wenig«, gab Surendra zu bedenken. »Die Ohrfeige hat ordentlich geknallt.«

»Das glaub ich dir«, erwiderte Lars. »Trotzdem wär's mir lieber, die beiden würden das unter sich regeln. Warst du schon einmal bei einem Strafprozess? Ich sag's dir, das macht keinen Spaß und gibt nur böses Blut, selbst wenn du mit der Sache an sich überhaupt nichts zu tun hast und lediglich eine Zeugenaussage machst. Ich will gar nicht wissen, wie das ist, wenn man ein direkter Verfahrensbeteiligter ist.«

Surendra, der als Kriminalkommissar schon mehrfach als Zeuge vor Gericht aufgetreten und bei der internen Ermittlung gegen ihn nur knapp einer Anklage entkommen war, verkniff sich gerade noch rechtzeitig eine beipflichtende Antwort, die Lars womöglich auf die Idee gebracht hätte, nachzufragen, was er denn schon alles erlebt hatte. Natürlich hätte er sich dann mühelos auf die Schnelle ein paar dramatische Gerichtsstorys aus den Fingern saugen können, aber im Moment interessierte ihn etwas ganz anderes.

»Und dabei dachte ich, du hättest bislang lediglich mit dem Familiengericht zu tun gehabt«, entgegnete er deshalb und drückte innerlich beide Daumen, dass sein Gegenüber den Köder schluckte.

»Von wegen«, antwortete Lars prompt. »Vor ein paar Jahren hab ich mal beim Amtsgericht Reutlingen eine Aussage machen müssen. Und das auch noch gegen einen Theaterkollegen! Ganz schön blöd, wenn man sich dann später auf der Bühne wieder über den Weg läuft und der Mann kriegt bei deinem Anblick eine Laune, dass die Milch sauer wird.«

Bingo.

»Ach herrje!« Surendra bemühte sich um einen betroffenen Gesichtsausdruck. »Darf man fragen, wer das war?«

»Tom«, antwortete Lars. »Unser Bühnenbildchef. War in eine handgreifliche Auseinandersetzung in einer Wirtschaft verwickelt, und ich hab das Ganze zufällig mit angesehen. Deshalb haben sie mich als Zeugen vor Gericht zitiert. War mir verdammt unangenehm, aber was sollte ich machen? Vor so einer Vorladung kann man sich nun mal nicht drücken, und die Aussage verweigern konnte ich auch nicht. Mittlerweile hat Tom das zum Glück eingesehen. In der ersten Zeit nach dem Prozess hätte er mich noch am liebsten gefressen.«

Interessant, dachte Surendra. *Den genauen Anlass für die Strafverhandlung und den Ausgang erzählt er mir nicht. Entweder findet er das nicht weiter wichtig, oder er will nicht hinter Toms Rücken über dessen Schattenseiten mit mir reden. Sei's drum – zumindest gibt es aus seiner Sicht heute keinen Groll mehr zwischen Tom und ihm. Bleibt die Frage, ob Tom das genauso sieht.*

»Na toll«, meinte er trocken. »Dann hoffe ich jetzt erst recht, dass Selina und Oxana sich auf normalem Weg einigen, sonst werde am Ende diesmal *ich* als Zeuge vor Gericht zitiert, und darauf habe ich offen gestanden wenig Lust.«

Um nicht zu sagen gar keine, fügte er in Gedanken hinzu, als ihm eine Erkenntnis durch den Kopf schoss, bei der ihm heiß und kalt zugleich wurde: *Denn spätestens dann fliegt auf, dass es Arjun Sahani gar nicht gibt. Mist.*

»Kann ich gut verstehen«, sagte Lars und angelte sich ein paar Käsewürfel von dem Holzbrett. »Oxana wäre es bestimmt auch lieber, wenn sie nicht schon wieder ins Scheinwerferlicht der Öffentlichkeit gezerrt würde. Davon hat sie seit den Ereignissen nach unserer vorigen Premiere mit Sicherheit die Nase voll.«

»Hast du denn noch Kontakt zu ihr?«, fragte Surendra.

Lars schüttelte den Kopf. »Nein. Seit sie mit dem Theater Schluss gemacht hat, habe ich sie nicht mehr gesehen. Ich überlege schon die ganze Zeit, ob ich ihr eine Einladung zu unserer Premiere schicken soll, quasi als Versöhnungsangebot. Aber ich weiß nicht, wie verletzt sie sich noch immer fühlt. Außerdem war die Hero ursprünglich ja mal *ihre* Rolle, und jetzt eine andere darin zu sehen, noch dazu Selina …« Er seufzte leise. »Ich glaube nicht, dass sie sich das antun wird.«

»Dabei hab ich bei unserem Gespräch durchaus das Gefühl gehabt, dass sie sich irgendwo nach dem Theater zurücksehnt«, warf Surendra ein.

»Glaub ich sofort. Oxana hat die Bühne geliebt und sich immer hundertprozentig mit Leib und Seele eingebracht. Ich rechne es ihr nach wie vor hoch an, dass sie bereit war, die Premiere im vorigen Jahr zu spielen, trotz der ganzen unschönen Streitereien, die es vorher zwischen ihr und Peter gegeben hat. Ich hatte damals wirklich ernsthaft Angst, dass sie abspringt und uns kurz vor knapp hängen lässt.«

»Aber das hat sie nicht getan.«

»Nein. Man kann über Oxana sagen, was man will, aber auf sie ist Verlass und ihre Disziplin ist bewundernswert. Da kann es doch egal sein, was sie außerhalb des Theaters so macht und wie viele Verehrer sie in ihrem Privatleben hat. Zumal sie ja nichts dafür kann, dass alle sie anhimmeln, von unseren Jungspunden wie Thilo, Finn und Noah bis hin zu würdigen Senioren wie zum Beispiel Marcel, der in Gegenwart seiner Frau immer ganz besonders über Oxana lästert, damit die Alte ja nicht merkt, dass er in Wahrheit nur zu gerne mal mit ihr in der Besenkammer verschwunden wäre. Aber wie gesagt, das kann man *ihr* ja wohl schlecht anlasten. Auch wenn es gewisse ehrbare Herrschaften gibt, die genau das tun.«

»Aber du nicht, ja?«

»Seh ich so aus?« Lars grinste schräg. »Schließlich hatte ich auch mal meine … Abenteuerphase.«

Surendra grinste zurück. »Ist das ein offenes Geheimnis, oder sollte ich darüber besser Stillschweigen bewahren?«

»Solange du keine Details weißt, kann mir nicht viel passieren«, meinte Lars gelassen. »Apropos Details – wie laufen eigentlich deine Ermittlungen? Hast du schon irgendwelche Erkenntnisse, wer beziehungsweise was hinter dieser Todesanzeige steckt?«

Surendra antwortete nicht sofort. Er setzte sein Weinglas an die Lippen und trank, während er in seinem Kopf mahnende Worte seines Mentors Frank Hasemann hörte, die er aus den Jahren ihrer Zusammenarbeit in Erinnerung behalten hatte: *Red nie mit Außenstehenden über Einzelheiten von laufenden Ermittlungen, Surendra. Was andere nicht wissen, können sie nicht ausplaudern, was sie sonst mit tödlicher Sicherheit tun – und das im ungünstigsten Fall vor den falschen Ohren.*

»Bedaure, Lars«, sagte er und stellte sein Glas wieder ab. »Aber darüber rede ich nicht. Jedenfalls nicht, bevor der passende Zeitpunkt dafür gekommen ist.« Er ließ seine

Mundwinkel kurz ein wenig in die Höhe steigen. »Prinzipsache, verstehst du?«

Lars hob beschwichtigend beide Hände. »Schon klar. Betrachte meine Frage als nicht gestellt.«

Er steckte sich den letzten Käsewürfel in den Mund und spülte ihn mit seinem restlichen Wein hinunter.

»Dann geh ich jetzt mal, bevor ich mir doch noch ein weiteres Glas einschenke und danach nicht mehr nach Hause finde.« Er stand auf. »Danke, Arjun – für den Käse, fürs Zuhören, und vor allem auch dafür, dass du heute Nachmittag eingeschritten bist und Schlimmeres verhindert hast. Wer weiß, was Selina sonst mit Oxana angestellt hätte.«

»War doch selbstverständlich.« Surendra erhob sich ebenfalls. »Danke gleichfalls, und komm gut heim!«

Er begleitete Lars zur Tür und sah zu, wie der Mann – ganz leicht schwankend, aber zielsicher und offensichtlich wachen Sinnes genug – den Weg in Richtung Ausgang des Lauterdörfles einschlug. Dann schloss er die Tür, räumte den Tisch ab und trug die leeren Gläser, das Holzbrett und die angebrochene Weinflasche in die Küche. Eine Weile glitten seine Blicke unschlüssig zwischen der Flasche und der Kaffeemaschine hin und her. Eigentlich war ihm jetzt nicht nach Kaffee. Außerdem hatte er entschieden weniger von dem Schwarzriesling getrunken als Lars. Ein Glas Wein konnte er sich ohne Weiteres noch genehmigen.

Kurz entschlossen griff er nach der Trollinger-Flasche, schenkte sein Glas noch einmal voll und gönnte sich einen genussvollen ersten Schluck. Dann ging er mit dem Weinglas zurück ins Wohnzimmer und fuhr den Laptop hoch, um eine E-Mail an die Kaiserin zu schreiben.

* * *

Drei Tage später verließ Surendra am späten Nachmittag sein Domizil und machte sich auf den Weg hinunter ins Tiefental. In eineinhalb Stunden hatte er Probe, und er hatte sich angewöhnt, vorher immer erst noch eine Weile durch die Wälder rings um das Theatergelände zu spazieren. Bei seinem ersten Besuch im April waren ihm die damals kahlen Bäume noch abweisend und unfreundlich vorgekommen. Inzwischen war alles traumhaft grün und voller Leben, die Sonne zauberte helle Lichtspiele in die dicht belaubten Baumkronen, und er stellte wieder einmal fest, dass man für erholsames »Waldbaden« keinerlei überteuerte Ratgeber oder Kurse brauchte.

Unterwegs rekapitulierte er den Inhalt der E-Mail, die er vorhin in seinem Posteingang vorgefunden hatte. Sie stammte von der Kaiserin, die über die Informationen, die er ihr nach seinem Weinabend mit Lars Lege hatte zukommen lassen, ausgesprochen beglückt gewesen war. Sie hatte sofort diese Tante Edith in Blaubeuren ausfindig gemacht und von ihr zu wissen bekommen, dass Gesine Lege Anfang des Jahres nach Ulm gezogen war. Ihre aktuelle Anschrift bei der dortigen Meldebehörde zu erfahren war kein Problem gewesen, und die Kontaktaufnahme zu Lars' Ex-Frau stand jetzt ganz oben auf ihrer To-do-Liste. Jakob Kratz tat sich bei seinem Job etwas schwerer, da »Papadopoulos« in Griechenland offenbar ein ähnlich weit verbreiteter Nachname war wie in Deutschland »Müller« oder »Schneider« und sie zudem den Wohnort von Gesines griechischem Love-Scammer nicht kannten. Wobei sie mit Surendra einer Meinung war: Es sprach kaum noch etwas dafür, dass es dieser Apollo war, der in Hayingen sein Unwesen trieb. Auch Nora und Moritz Riemann waren so gut wie aus dem Schneider: Sie hatten nach der Generalprobe im vergangenen Jahr noch eine Grillparty bei Freunden in Munderkingen besucht, die bis weit nach Mitternacht gedauert hatte, und weil beide nicht mehr ganz nüchtern waren, hatten sie kurzerhand bei besagten Freunden übernachtet, was diese auch bezeugen konnten. *Die Möglichkeit, dass da einer von denen nachts unbemerkt aufsteht, alkoholisiert zwanzig Minuten nach Hayingen fährt, mit nüchterner Präzision ein Brückengeländer ansägt und danach ebenso unbemerkt wieder zurückkehrt, betrachte ich als ausgesprochen gering,* hatte die Kaiserin resümiert, und Surendra sah das nicht anders.

Ausgesprochen unerfreulich war die Nachricht, dass Selina ihre Drohung wahrgemacht und Oxana tatsächlich wegen Körperverletzung und Beleidigung angezeigt hatte. *Aber mach dir erst mal keine Sorgen,* schrieb die Kaiserin. *Ich übernehme die Ermittlungen persönlich und schiebe deine Vernehmung so weit wie nur vertretbar hinaus. Wenn wir Glück haben, ist bis dahin entweder dein Fall gelöst oder wenigstens die Premiere störungsfrei über die Bühne gegangen – dann hat Arjun Sahani sowieso ausgedient und du kannst die Sache guten Gewissens als Surendra Sinha zu Ende bringen.*

Das war zwar eine gewisse Beruhigung, unwohl fühlte sich Surendra aber trotzdem. Der Vorfall vor dem Eis-Häusle hatte mittlerweile im gesamten Theater die Runde gemacht, und Surendra hatte mindestens ebenso oft *seine* Version der Geschichte erzählen müssen wie Selina die *ihre* zum Besten gab. Er spürte, wie das Ensemble sich mehr und mehr in zwei Lager für und gegen Selina spaltete, und verwünschte sich selbst, dass er nicht schneller reagiert und die beiden Streithühner getrennt hatte, bevor es zum offenen Schlagabtausch gekommen war.

Er war so in seine Gedanken versunken, dass er nicht merkte, wie der Himmel über ihm allmählich zuzog – bis er plötzlich fernes Donnergrollen hörte und erste Regentropfen spürte. Zum Glück hatte er in seinem Rucksack neben Textbuch, Wasserflasche und Bananen als Notration für lange

Probenabende immer auch eine faltbare Regenjacke im Beutel dabei. Schnell holte er sie hervor und zog sie gerade noch rechtzeitig an, bevor sich über ihm die Schleusen öffneten und ein heftiger Gewitterregen auf ihn niederprasselte.

Er fluchte in sich hinein, während er die Beine in die Hand nahm und den binnen Sekunden mit Pfützen übersäten Weg entlanghetzte. Es dauerte nur wenige Minuten, bis er das Bühnengelände erreichte und auf der überdachten Zuschauertribüne Schutz suchen konnte – aber die genügten, um ihn in eine völlig durchweichte Elendsgestalt zu verwandeln: Seine Haare tropften, seine Jeans waren klatschnass, die Sneaker voller Matsch, und selbst sein T-Shirt war an mehreren Stellen unangenehm feucht, da die dünne Regenjacke sich als nicht wirklich wasserdicht erwiesen hatte.

»Brauchst du ein Handtuch?«

Surendra fuhr zusammen und sah sich nach dem Besitzer der Stimme um, die aus der Richtung der Bühne gekommen war. Er glaubte zu wissen, wem sie gehörte – und dann sah er tatsächlich in dem überdachten Durchgang zwischen den beiden Bühnenbildhäuschen Tom Matt stehen, der eindeutig amüsiert zu ihm herüberschaute.

»Hast du denn eins da?«, rief er zurück.

»Sonst hätt ich's nicht gesagt.« Tom Matt winkte ihn zu sich. »Komm rüber, du bist eh schon nass, und ich hab keine Lust, es auch noch zu werden.«

Surendra nickte, holte tief Luft und sprintete in den immer noch heftigen Gewitterregen hinaus. Ein mächtiger Donnerschlag dröhnte fast direkt über ihm, als er die Bühnenstufen emporhastete und zu den kleinen Häusern rannte, wo Tom Matt ihm bereits mit einem gemütlichen Grinsen ein Handtuch entgegenhielt.

»Geh am besten in die Umkleide«, sagte er. »Da hängen auch schon ein paar Kostümteile rum, falls du aus dem nassen Zeug rauswillst. Musst du halt dann gewaschen und gebügelt wiederbringen.«

Einen Moment lang war Surendra tatsächlich versucht, sich wenigstens ein trockenes Hemd auszuborgen. Aber dann begnügte er sich damit, sein T-Shirt auszuziehen und sich den Oberkörper und die Haare trockenzurubbeln. Es war ja nicht kalt draußen, und als er mit T-Shirt und Handtuch über dem Arm zu Tom zurückkehrte, hatte der Gewitterregen bereits merklich nachgelassen.

»Danke«, sagte er. »Das Handtuch nehm ich mit und steck es bei mir in die Wäsche, ja?«

»Ach was«, winkte Tom ab. »Gib her, mach dir keine Umstände. Und betrachte das Ganze als Lektion: Hab hier immer ein Handtuch dabei. Vor allem später bei den Vorstellungen. Da kannst du nämlich nicht unter das nächstbeste Dach flüchten, wenn es anfängt zu regnen. Da wird weitergespielt, und wenn's Niagara-Fälle runterschüttet. Die Zuschauer sitzen ja schön geschützt unterm Tribünendach, die stört's nicht – und die Spieler müssen's aushalten, solange nicht direkt neben ihnen der Blitz in den Baum fährt.«

»Meine Vorfreude auf die Vorstellungen steigt gerade ins Unermessliche«, versetzte Surendra trocken.

»Krieg dich ein«, entgegnete Tom ruppig. Dass Surendras Kommentar scherzhaft gemeint war, schien ihm völlig entgangen zu sein. »Wer aus Zucker ist, hat hier nichts verloren.«

Er wandte sich ab und begann, ein paar herumliegende Werkzeuge einzusammeln. Nachdenklich betrachtete Surendra ihn. *Mitte fünfzig*, schätzte er. *Mittelgroß, Bierbauch, Haare und Bart schon leicht ergraut. Klassischer Stammtischtyp.* Er verzog das Gesicht und schüttelte leicht den Kopf. Über solche klischeebehafteten Vorurteile sollte er eigentlich erhaben sein. Aber er musste bei Tom Matt einfach ständig an jene widerliche Stammtisch-Geschichte im Gasthof zum Kreuz denken, die für den Mann vor Gericht und mit einem Schuldspruch geendet hatte.

»Hast du am Bühnenbild gearbeitet?«, fragte er, um seine Gedanken in eine andere Richtung zu lenken.

»Nur ein paar Sachen ausgebessert.« Jetzt klang Tom wieder völlig normal. »Morgen Abend haben wir Großeinsatz, da kommen jede Menge Helfer zum Kulissenstreichen. Die Farbe hat seit vorigem Sommer doch sehr gelitten und braucht dringend Auffrischung. Was ist mit dir, machst du mit beim Pinselschwingen?«

»Um Himmels willen!« Surendra grinste schief. »Wünsch dir das nicht, ich bin handwerklich hoffnungslos unbegabt. Zwei linke Hände und an jeder Hand fünf Daumen. Ich bin froh, wenn ich einen Nagel gerade in die Wand hämmern kann, aber das war's auch schon.«

»Na ja.« Tom grinste zurück. »Kann ja nicht jeder alles können. Ich meinerseits würde niemals auf die Bühne gehen, nicht mal für 'ne stumme Statistenrolle. Das überlass ich meiner Frau und den Kindern.«

»Und die sind allesamt klasse«, meinte Surendra. »Letztens hab ich zum ersten Mal meine Szene mit den Wachtposten geprobt, da hab ich endlich auch Sabrina kennengelernt. Hübsches Mädchen.«

»Ja, aber nichts für dich!«, entgegnete Tom mit plötzlicher Schärfe. »Sie ist erst siebzehn, also behalt deine Finger bei dir, ja?«

Nach diesem unerwarteten Anraunzer war Surendra erst mal kurzzeitig platt. Die Sprache verschlug es ihm allerdings zum Glück nicht.

»Was soll *das* denn, bitte?«, schoss er zurück. »Wofür hältst du mich? Seh ich etwa aus wie einer, der geil auf kleine Mädels und eine schnelle Nummer ist?«

»Dein Vorgänger war es jedenfalls«, sagte Tom mürrisch. »Der hat sich ungeniert in der Umkleide an Sabrina rangemacht. Damals hab ich mich noch beherrscht, aber dem Nächsten, der meine Kleine ohne Erlaubnis anfasst, schlag ich den Schädel ein.«

Mit diesen Worten gelang es ihm doch noch, Surendra sprachlos zu machen. Aber offenbar erwartete er sowieso keine Reaktion. Stattdessen nahm er seinen Werkzeugkoffer und spähte ins Freie.

»Ist schon fast wieder trocken«, verkündete er. »Dann mach ich jetzt die Bühne frei für eure Probe. Ade – und nichts für ungut, ja?«

Er bedachte Surendra mit einem Lächeln, das wohl um Entschuldigung bittend wirken sollte. Surendra nickte knapp. Er wurde aus diesem Tom Matt nicht schlau, und was der Mann gerade in Zusammenhang mit Peter und Sabrina gesagt hatte, bereitete ihm gelinde gesagt Unbehagen. Sollte er Toms Worte so deuten, dass er eben *keinen* Anschlag auf Peter Müller verübt hatte, sich aber durchaus zu einem solchen imstande fühlte? Oder war das nur, um bei Surendras klischeehaftem Vergleichsbild zu bleiben, dummes Stammtischgeschwätz – große Klappe und nichts dahinter? Er hätte auf keine der Varianten wetten wollen.

Er folgte Tom ins Freie. Der Regen hatte in der Tat fast völlig aufgehört, nur noch wenige leichte Tropfen fielen vom Himmel. Unten vor der Tribüne versammelten sich die ersten Spieler für die Probe. Auch Valentin Zeus war bereits eingetroffen und winkte Surendra erfreut zu, als er ihn auf der Bühne entdeckte. Surendra winkte zurück – und realisierte im gleichen Moment, dass sein Oberkörper immer noch nackt war. Kein Wunder, dass Valentin ihn mit den Blicken geradezu verschlang! Hastig streifte er sich sein feuchtes T-Shirt über und ermahnte sich streng, künftig nicht nur

Handtücher, sondern auch trockene Reservekleidung einzu-packen.

Er machte sich gerade daran, vorsichtig die nassen Holz-planken zu überqueren, die durch den starken Regen unan-genehm rutschig geworden waren, als er vom anderen Ende der Bühne her die Stimme von Sandro Hoffmann hörte:

»He, Tom – was ist denn mit dem Brunnen los, wieso ist der so vollgestopft? Den brauchen wir doch nachher für meine Flucht!«

Surendra sah, wie Tom Matt, der soeben eine Bierflasche geöffnet hatte, verständnislos die Stirn runzelte und zu dem Brunnen ging, der neben der linken Steintreppe unten auf Bodenhöhe in die Bühne eingebaut worden war. Normaler-weise war der in der Tat leer, sodass Sandro in der Szene, in der Don Juan sich nach seiner gelungenen Intrige aus dem Staub machte, hineinspringen und über einen Verbin-dungstunnel hinter die Palisadenwände und damit aus dem Sichtbereich der Zuschauer hinaus kriechen konnte. Diesmal aber schien der Brunnen mit irgendwelchem Müll gefüllt zu sein, der mit einer großen, schwarzglänzenden Plastikplane bedeckt war.

»Keine Ahnung, was das soll«, knurrte Tom. »Ich war das jedenfalls nicht.«

Er hob die Plane an, um nachzusehen, was da in dem Brunnen deponiert worden war – und erstarrte. Auch Sandro, der ihm über die Schulter schaute, wurde weiß wie die Wand und schlug sich die Hand vor den Mund.

»Was ist denn?« Valentin trat zu ihnen. »Irgendein totes Tier?«

Stumm schlug Tom die Plane zurück. Valentin beugte sich vor – und stieß einen leisen Schrei aus.

»Oh mein Gott! Das ist Oxana!«

9

Als Dorothea Kaiser am darauffolgenden Morgen das Polizeipräsidium Reutlingen betrat, wusste sie bereits, dass ein neuer Fall und entsprechend Arbeit auf sie wartete. Sie war am Vortag in Böblingen gewesen, wo sie derzeit ein Fortbildungsseminar der Polizeihochschule zum Thema Cyberkriminalität besuchte. In einer Pause hatte sie die eingegangenen Nachrichten auf ihrem Smartphone kontrolliert und dadurch erfahren, dass man auf dem Naturbühnengelände in Hayingen die Leiche von Oxana Wadejewa gefunden hatte, dass es sich zweifelsfrei um ein Tötungsdelikt handelte und dass Leonie Lexer und Jakob Kratz bereits am Tatort waren. Sie hatte sofort eine Besprechung mit den beiden Kollegen für den nächsten Morgen anberaumt. Danach hatte sie für einen Moment erwogen, Surendra Sinha anzurufen, um ihn zu fragen, was er über die Sache wusste, und ihn gegebenenfalls dazuzubitten. Aber dann hatte sie darauf verzichtet. Surendra meldete sich erfahrungsgemäß sowieso stets von selbst bei ihr, wenn er über neue Informationen verfügte. Und wahrscheinlich war es besser, sich erst mal auf den aktuellen Stand der Dinge bringen zu lassen.

Sie war etwas spät dran und schaffte es gerade noch, rechtzeitig zum Beginn des Meetings in ihrem Büro zu sein. Kaum hatte sie ihre Jacke abgelegt, als es bereits an der Tür klopfte und Jakob Kratz hereinkam.

»Guten Morgen«, sagte er heiter. »Bereit für einen Fall, bei dem wir möglicherweise an unseren eigenen Wurzeln sägen dürfen?«

Dorothea ließ sich müde auf ihren Schreibtischstuhl sinken.

»Ich hatte noch keinen Kaffee, sprich bitte nicht in Rätseln«, seufzte sie. »Was für Wurzeln?«

»Surendra Sinha«, erwiderte Jakob Kratz mit unverhohlenem Triumph. »Er ist gestern nach übereinstimmender Aussage der Spieler als Erster bei der Probe erschienen. Damit ist aus unserem verdeckten Ermittler ein Mordverdächtiger geworden. Nicht lustig, was?«

»Nein, wirklich nicht, auch wenn du dich offenbar köstlich darüber amüsierst«, gab Dorothea unmutig zurück, um ihren Schock zu verbergen. »Aber was macht Surendra zum Verdächtigen, nur weil er pünktlich zu einer Probe kommt?«

»Na, er war vor allen anderen da«, erklärte Jakob Kratz, »und das bedeutet: Er hatte die perfekte Gelegenheit, die Leiche unbemerkt in dem Brunnen zu verstecken. Ist doch logisch!«

»Mag sein, aber auch ziemlich voreilig«, versetzte Dorothea und wünschte sich sehnlichst Leonie als Verstärkung herbei. »Das Gelände ist frei zugänglich, da kann also locker auch *vor* Surendra schon jemand dagewesen sein und die Leiche abgelegt haben. Weiß man denn etwas über den Todeszeitpunkt?«

»Nach Schätzung des Gerichtsmediziners war die Frau seit etwa vier, fünf Stunden tot«, antwortete Jakob Kratz. »Genaueres wissen wir natürlich erst nach der Autopsie.«

Inzwischen hatte Dorothea den ersten Schock überwunden und sich wieder gefasst.

»Das heißt also«, sagte sie mit einiger Schärfe, »Surendra bringt Oxana Wadejewa um, aus welchen Gründen auch immer, wirft sie in den Brunnen und wartet dann in aller Ruhe vier, fünf Stunden auf dem Präsentierteller, bis der Rest der Belegschaft dazukommt und ihn mitsamt der Leiche findet. Willst du mir das allen Ernstes als glaubwürdige Theorie verkaufen?«

»Ich will lediglich betonen, dass wir Sinha nicht als möglichen Täter ausschließen können, nur weil er für die Kripo arbeitet«, entgegnete Jakob Kratz, nun auch etwas angesäuert. »Er kann es genauso gut gewesen sein wie alle anderen.«

»*Du bist doch nicht ganz dicht!*«

Dorothea atmete unwillkürlich auf, als sie Leonies Stimme hörte. Sie wandte den Kopf und sah ihre Kollegin im Türrahmen stehen, einen großen Kaffeebecher in der Hand und das Gesicht fast genauso feuerrot wie ihre Haare.

»Surendra ein Mörder?«, fuhr Leonie hitzig fort und schloss die Tür. »Klar, das würde dir voll in den Kram passen, du kannst ihn ja sowieso nicht ausstehen. Wieso habt ihr überhaupt schon angefangen, ohne mich?«

»Tut mir leid, Leonie«, antwortete Dorothea. »Aber Jakob hat es wohl einfach nicht abwarten können, mir Surendra als Mordverdächtigen zu präsentieren.«

»Dann hat er hoffentlich gleichzeitig auch erwähnt, dass Tom Matt ihn mit seiner Aussage bereits eindeutig entlastet hat«, schnappte Leonie und warf Jakob Kratz einen giftigen Seitenblick zu.

Dorothea seufzte zum zweiten Mal an diesem Tag und erhob sich.

»So, jetzt hört mal zu, alle beide: Ich hole mir jetzt erst mal einen Kaffee, ich hatte wie gesagt heute noch keinen. Ich gehe hoffnungsvoll aus, dass ihr euch in der Zwischenzeit benehmt und ich bei meiner Rückkehr mein Büro unverwüstet und eure Gesichter unzerkratzt vorfinde. Dann stellen wir alles auf Null und fangen noch einmal von vorne an, sachlich und ohne unangebrachte Emotionen. Ist das klar?«

Ohne eine Reaktion abzuwarten verließ sie ihr Büro und ließ die Tür demonstrativ weit offen stehen.

* * *

Als sie wenige Minuten später mit ihrem Kaffee wiederkam, saßen Leonie und Jakob stocksteif und stumm wie die Fische auf ihren Stühlen und würdigten einander keines Blickes. Dorothea hätte gerne gegrinst, wenn der Anblick nicht zugleich todtraurig gewesen wäre – zeigte er ihr doch überdeutlich, dass ihr Team menschlich alles andere als perfekt besetzt war. So kompetent die beiden Kollegen beruflich auch waren, aber eines schönen Tages würde es zwischen ihnen ernsthaft knallen, und bis dahin würde Dorothea unterschwellig stets ein Auge darauf haben, dass sie einander bei ihrer Arbeit nicht vorsätzlich behinderten und damit Ermittlungserfolge gefährdeten. Auch wenn sie sich weigerte, ihnen so etwas ernsthaft zuzutrauen.

»Also«, sagte sie und setzte sich den beiden gegenüber. »Können wir uns ohne Streit einigen, wer mir einen ersten Überblick gibt?«

Leonie zeigte wortlos auf Jakob Kratz, und Dorothea nickte zustimmend. Jakob war älter und einen Dienstgrad über Leonie, insofern war es naheliegend und vernünftig, dass sie hier ihrem Kollegen den Vortritt ließ.

Jakob Kratz straffte sich, nahm sein Tablet zur Hand und warf einen kurzen Blick auf das Display.

»Gestern Abend gegen 19 Uhr entdeckten Tom Matt und Sandro Hoffmann –« Er hielt inne. »Ich denke, weitere Ausführungen zu den beiden Namen kann ich mir sparen, die Herren sind hier ja hinlänglich bekannt.«

»Ja«, sagte Dorothea. »Mach einfach weiter. Wenn etwas unklar ist, melden wir uns.«

Jakob Kratz nickte. »Gut. Also, Tom Matt und Sandro Hoffmann entdeckten in einem künstlichen Brunnen, der in die Hayinger Freilichtbühne eingebaut worden ist, die Leiche einer Frau, die mit einer schwarzen Plastikplane zugedeckt war. Sämtliche Theatermitglieder, die zu der Abendprobe erschienen waren, erkannten in der Toten sofort Oxana Wadejewa, und Tom Matt war sich sicher, dass es die gleiche Plane war, mit der er am Vortag auf der Bühne einen Stapel Holzbretter abgedeckt hatte, da die jetzt nicht mehr an ihrem Ort lag. Die Polizei wurde verständigt, aber dummerweise haben gleichzeitig ein paar Männer die Leiche aus dem Brunnen herausgeholt und auf die Plane gelegt – ganz spontan, weil es ihnen ›falsch‹ vorkam, ihre ehemalige Mitspielerin da drin liegen zu lassen. So haben sie es jedenfalls ausgedrückt, als die Tatortermittler ihnen später vor Augen hielten, dass sie dadurch möglicherweise Spuren und Beweise verfälscht oder gar vernichtet haben.«

»Du hast etwas vergessen«, warf Leonie trügerisch ruhig ein. »Die Polizei wurde von einem gewissen *Arjun Sahani* verständigt.«

»Stimmt«, meinte Jakob Kratz ungerührt. »Hab ich das nicht erwähnt? Mea culpa. Jedenfalls hat die herbeigerufene Polizeistreife sofort die Kripo informiert, und Leonie und ich sind nach Hayingen gefahren, zusammen mit einem KTU-Team. Kurz darauf kam auch Dr. Walz dazu.« Dorothea nickte erfreut. Dr. Manfred Walz war ein in Ehren ergrauter Gerichtsmediziner, sympathisch, unkompliziert und überaus kompetent. Was er bei Leichenschauen und Autopsien nicht entdeckte, das existierte schlichtweg auch nicht.

»Dr. Walz hat, wie gesagt, den Todeszeitpunkt nach einer ersten Messung der Körpertemperatur auf etwa 14, 15 Uhr geschätzt«, fuhr Jakob Kratz fort. »Er hat Strangulationsmarken am Hals und Stauungsblutungen auf den Augenlidern und Bindehäuten gefunden. Das Opfer ist demnach offensichtlich erdrosselt worden. Außerdem wurde es wohl mindestens einmal brutal ins Gesicht geschlagen, das lässt jedenfalls ein großflächiges Hämatom auf der linken Wange vermuten. Das war aber auch der einzige sichtbare blaue Fleck, und ob bei der Autopsie noch irgendwelche Verletzungen unter der Kleidung zum Vorschein gekommen sind, entzieht sich derzeit noch meiner Kenntnis.«

»Moment«, unterbrach ihn Dorothea. »Sie war also voll bekleidet?«

»Ja.« Jakob Kratz zog sein Tablet zu Rate. »Enge Dreiviertelteljeans, ein schwarzes Trägertop und Outdoor-Sandalen.«

»Dann sieht es also zumindest nicht auch noch nach einem Sexualdelikt aus?«

»Nicht wirklich.« Jakob Kratz verzog leicht das Gesicht. »Jedenfalls wäre das das erste Mal in meiner Laufbahn, dass ein Täter sein Opfer nach der Vergewaltigung erst noch sorgfältig wieder anzieht, bevor er es ›entsorgt‹. Die Mühe machen sich Sexualstraftäter üblicherweise eher nicht.«

»Das ist was dran«, stimmte Dorothea ihm zu. »Und womit wurde sie erdrosselt, weiß man da schon was?«

»Kann ich nicht sagen«, antwortete Jakob Kratz. »Ich hab dann mit den ersten Zeugenbefragungen angefangen und das Feld den Kollegen von der KTU überlassen.«

»Hoffentlich können die uns dann auch sagen, ob der Fundort auch der Tatort war, oder ob Oxana Wadejewa woanders getötet und danach lediglich auf dem Bühnengelände abgelegt worden ist«, meinte Dorothea. »Oder gibt's da schon irgendwelche Anhaltspunkte?«

»Keine Ahnung«, gab Jakob Kratz zu. »Weißt du da was, Leonie?«

»Nein«, antwortete Leonie. »Ich war in erster Linie damit beschäftigt, die Personalien sämtlicher anwesenden

Theatermitglieder zu erfassen und erste Auskünfte von ihnen einzuholen. Aber eins fällt mir noch ein. Kurz vor dem Leichenfund hat es einen ordentlichen Gewitterregen gegeben, und die Leiche war nur an den Stellen nass, die direkt auf dem Brunnenboden gelegen haben, weil's da natürlich auch hineingeregnet hat. Den Rest war trocken, dank der dicken Plastikplane. Das bedeutet, dass die Leiche nicht mit dem strömenden Regen in Berührung gekommen ist und ergo bei Ausbruch des Gewitters bereits zugedeckt in dem Brunnen gelegen haben muss. Und Surendra ist nachweislich erst *während* des Gewitters gekommen. Tom Matt hat zu dem Zeitpunkt am Bühnenbild gearbeitet, und er hat mir geschildert, wie ›Arjun‹ plötzlich völlig durchnässt auf das Theatergelände gerannt ist und er ihm ein Handtuch zum Abtrocknen gegeben hat. Was offensichtlich stimmt, denn Surendras Klamotten waren in der Tat pitschnass. Das spricht also eindeutig *gegen* seine Täterschaft. Zumal er laut Tom Matt bei seinem Auftauchen auch keine Leiche über der Schulter getragen hat.«

Dorothea schmunzelte unwillkürlich über das Bild von Surendra mit geschulterter Leiche, das prompt vor ihrem inneren Auge erschien – und ebenso über den geradezu heiligen Eifer, mit dem Leonie den Kollegen verteidigte.

»Es hat ja sowieso keiner von uns ernsthaft daran geglaubt, dass Surendra ein Mörder ist«, sagte sie betont sanft. »Nicht wahr, Jakob?«

»Natürlich nicht«, erwiderte Jakob Kratz derart gleichmütig, dass Dorothea alles andere als sicher war, ob er in Wahrheit nicht doch eher das Gegenteil dachte. »Einen Nestbeschmutzer in den eigenen Reihen braucht kein Mensch. Aber wenn wir schon von Tom Matt reden: Er war also schon *vor* Sinha und *vor* dem Gewitter auf der Bühne zugange, ja? Dann sollten wir uns den Mann vielleicht als Allererstes vornehmen. Der steht doch sowieso auf unserer Verdächtigenliste bezüglich der Anti-Pedro-Aktionen, und wer weiß – vielleicht ist Oxana ihm auf die Schliche gekommen, und er hat sie zum Schweigen gebracht.«

»Laut eigener Aussage ist er aber erst gegen 16 Uhr auf das Gelände gekommen«, gab Leonie zu bedenken. »Wenn Dr. Walz' erste Schätzung stimmt, dann war Oxana zu dem Zeitpunkt bereits mindestens eine Stunde tot und vermutlich auch schon ordentlich im Brunnen verstaut.«

»Und wer garantiert uns, dass der Mann tatsächlich erst gegen 16 Uhr auf der Bühne aufgeschlagen hat?«, konterte Jakob Kratz. »Hat noch jemand außer ihm gestern Nachmittag am Bühnenbild gearbeitet?«

»Nein«, räumte Leonie ein. »Nur er.«

»Na bitte«, entgegnete Jakob Kratz. »Dann kann er ebenso gut schon früher dagewesen sein. Keiner da außer ihm – die perfekte Gelegenheit, die Leiche ungesehen im Brunnen zu versenken.«

»Hoffen wir, dass die Kollegen von der Forensik ein paar verwertbare Spuren finden«, meinte Dorothea. »Mit etwas Glück führen die uns direkt zu dem Täter. Gab's denn im Ensemble irgendwelche Mutmaßungen, wer es gewesen sein könnte?«

Jakob Kratz verneinte sofort, während Leonie in ihrem Notizbuch blätterte.

»Ja, hier«, sagte sie und blickte auf. »Auch wenn sie wohl nicht ganz ernst gemeint war. Sabrina Matt – die jüngere Tochter von Tom Matt – hat plötzlich Selina Lege angestupst und gefragt, ob das jetzt etwa ihre Retourkutsche für die Backpfeife vor dem Eis-Häusle war. Daraufhin hat Selina einen Flunsch gezogen und gemeint, sie hätte sich an dieser ›Russenschlampe‹ –« Sie stockte und sah Dorothea verlegen an. »Sorry, wörtliches Zitat. Also, sie hätte sich an Oxana niemals die Hände schmutzig gemacht. Das hätte sie den Gerichten überlassen, dafür habe sie sie schließlich angezeigt, und eigentlich sei es schade, dass es nun nicht mehr zum Prozess kommen kann.«

»Wie reizend.« Dorothea schnaubte. »Wenn die Frau hofft, dass sie sich damit aus unserem Visier rausmogeln kann, dann hat sie sich geschnitten. Warum sollte es zwischen den beiden verfeindeten Heros nicht noch einmal zu einer kriegerischen Auseinandersetzung gekommen sein, nur eben diesmal mit tödlichem Ausgang? Ich halte das keineswegs für ausgeschlossen.«

»Apropos *tödlicher Ausgang*«, sagte Jakob Kratz plötzlich, »ich gehe doch sicher recht in der Annahme, dass wir Oxana Wadejewa jetzt nicht automatisch von unserer Verdächtigenliste in puncto Peter Müller und Todesanzeige streichen, oder? Dass sie tot ist, ändert ja nichts an der Tatsache, dass sie für diese beiden Geschichten durchaus verantwortlich gewesen sein kann.«

»Natürlich«, erwiderte Dorothea. »Man soll zwar über Tote nichts Schlechtes sagen, aber der Verdacht ist keineswegs mit ihr gestorben. Das müssen wir im Auge behalten. Guter Hinweis, Jakob.«

Sie holte tief Luft.

»Gut, dann lasst uns an die Arbeit gehen. Wir müssen uns in der Wohnung von Oxana Wadejewa umsehen und ihr Umfeld erkunden – Nachbarn, Bekannte, Arbeitskollegen und so weiter. Es ist ja keineswegs gesagt, dass der Täter aus den Reihen des Theaterensembles kommt, nur weil man die Leiche auf der Bühne gefunden hat. Außerdem sollten wir einen Aufruf in den Tageszeitungen und sozialen Medien starten: Der Weg, der an der Bühne und damit auch direkt an dem Brunnen vorbeiführt, ist ja Teil einer Wanderstrecke, und vielleicht haben da gestern Spaziergänger oder

Radfahrer irgendwelche Beobachtungen gemacht, die für uns hilfreich sein können.«

»Das erledige ich«, sagte Leonie.

»Danke«, erwiderte Dorothea. »Dann fängst du schon mal mit dem Klinkenputzen in Oxanas Nachbarschaft an, Jakob. Leonie kommt nach und hilft dir, sobald die PR-Aktion auf dem Weg ist.«

»Und was machst du?«, fragte Jakob Kratz.

Dorothea trank ihre Kaffeetasse leer und stellte sie mit einem nachdrücklichen kleinen Knall auf dem Tisch ab.

»Ich gehe Dr. Walz besuchen.«

* * *

Es kostete Dorothea Kaiser nur einen kurzen Anruf beim Rechtsmedizinischen Institut der Universität Tübingen, um zu wissen, dass man die Leiche von Oxana Wadejewa zur Autopsie in das Klinikum am Steinenberg in Reutlingen gebracht hatte und dass Dr. Manfred Walz bereits dort war. Sie erwog für einen Moment, die knappe halbe Stunde in die Steinenbergstraße zu Fuß zu gehen und dabei ein wenig Sonne zu tanken. Aber dann nahm sie doch den Wagen. Hin- und Rückweg per pedes würden sie zusammengerechnet eine Stunde Zeit kosten, die sie, zumal mit einem sozusagen taufrischen Mordfall auf dem Schreibtisch, wesentlich sinnvoller verbringen konnte.

Im Klinikum angekommen begab sie sich auf direktem Weg in das Institut für Pathologie und fand Dr. Walz an einem Computer vor, wo er gerade konzentriert ein paar Zeilen in die Tastatur hämmerte.

»Guten Morgen, Manfred«, sagte sie. »Bitte mach mir eine Freude und sag mir, dass das der Autopsiebericht von Oxana Wadejewa ist und ich ihn schon haben kann.«

Dr. Walz blickte auf und lächelte, als er Dorothea in der Tür stehen sah.

»Für Eure Kaiserliche Hoheit tu ich doch gar manches«, sagte er. »Der Bericht ist fast fertig, ich schick ihn dir dann sofort zu. Willst du das Wichtigste gleich wissen?«

»Wäre prima«, antwortete sie, zog einen Stuhl heran und setzte sich.

»Na schön.« Er rollte auf seinem Schreibtischstuhl ein Stück beiseite, um ihr den Blick auf den Monitor freizumachen. »Meine erste Schätzung, was den Todeszeitpunkt betrifft, hat sich bestätigt, die Dame war seit etwa fünf Stunden tot, als sie gefunden wurde. Todesursache Strangulierung, vermutlich mit einem Tuch oder Schal – ich habe rote Stofffasern sichergestellt und sie zur Analyse ins Labor geschickt.«

»Keine Vergewaltigung?«

»Nicht das geringste Anzeichen dafür. Ich habe zwar einen Vaginalabstrich gemacht und dabei Spermaspuren gefunden, aber Gewalt war da offensichtlich nicht im Spiel.«

Dorothea nickte nachdenklich. »Irgendwelche anderen Verletzungen? Der Kollege, der am Fundort war, hat etwas von einem Hämatom im Gesicht gesagt.«

»Ja, sie hat vor ihrem Tod scheint's noch eine kräftige Ohrfeige kassiert.« Dr. Walz schnitt eine Grimasse. »Vermutlich vom Täter, der blaue Fleck lässt sich nämlich ziemlich genau auf den Todeszeitpunkt zurückdatieren. An ihrem Hals sind kleine Kratzspuren, die stammen von ihren eigenen Fingernägeln – sie hat offenbar noch verzweifelt versucht, sich von dem Strangulierungsinstrument zu befreien und Luft zu bekommen. Ansonsten war der Körper relativ unversehrt, abgesehen von kleineren Abschürfungen, die wohl entstanden sind, als die Leiche in den Brunnen beziehungsweise wieder heraus gehievt wurde.«

»Also nicht so groß, dass die Leiche vor dem Versenken noch ein paar Meter über den Boden geschleift worden sein könnte?«

»Nein.« Dr. Walz nahm seine Brille ab, holte ein Tuch aus seiner Kitteltasche und polierte die Gläser. »Keine Spuren, die auf einen längeren derartigen Transportweg hinweisen. Ich würde spontan sagen, dass der Fundort auch der Tatort war. Aber ich möchte da den Kollegen von der KTU nicht vorgreifen. Immerhin kann der Täter sein totes Opfer auch auf den Armen durch die Gegend getragen haben.«

»Ja, aber warum sollte er das am helllichten Tag und auf einem Weg tun, wo er jederzeit damit rechnen musste, dass ihm ein paar Mountainbiker oder Wanderer entgegenkommen?«, überlegte Dorothea. »Da wäre es für ihn doch entschieden sicherer gewesen, die Leiche irgendwo in den Wäldern rund um das Theater abzulegen. Es sei denn …« Sie hielt inne, als ihr plötzlich ein Gedanke durch den Kopf schoss.

»Es sei denn?«, fragte Dr. Walz interessiert und setzte sich seine Brille wieder auf. Dorothea dachte den Gedanken in Ruhe zu Ende, bevor sie ihn aussprach.

»Es sei denn, dieser Bühnenbrunnen hat eine spezielle Bedeutung – für das Opfer, für den Täter oder auch für alle beide. Vielleicht sollte es eine Art Symbol sein, dass Oxana Wadejewa just in diesem Brunnen gefunden wurde.«

»Und welches Symbol?«

Dorothea zuckte die Schultern. »Ich habe nicht die geringste Ahnung. Dazu müsste ich wahrscheinlich Oxanas Bühnengeschichte kennen – ob es da mal eine Rolle gegeben hat, bei der sie in irgendeiner Form mit diesem Brunnen zu tun hatte.«

»Vielleicht der Froschkönig?«, schlug Dr. Walz vor und grinste. »Sie hat dem Frosch ihre goldene Kugel an den Kopf geworfen und ihn dann auch noch in einen Prinzen verwandelt, und das hat er ihr schwerst verübelt.«

Dorotheas Laune besserte sich schlagartig um ein paar Grade.

»Das wird's sein!«, erwiderte sie ebenso humorvoll und schnippte triumphierend mit den Fingern. »Gratuliere, Manfred, du hast den Fall gelöst.«

»Man tut, was man kann.« Dr. Walz breitete, immer noch grinsend, die Arme aus. »Dann musst du jetzt nur noch den gekränkten Prinzen finden.«

»Eine meiner leichtesten Übungen«, sagte Dorothea ironisch und erhob sich. »Danke, Manfred. Du schickst mir den Bericht?«

»Sobald ich den letzten Punkt gemacht habe.«

Dorothea hob den Daumen. »Schön. Dann geh ich mal verdächtige Prinzen suchen.«

* * *

Eine Viertelstunde später war Dorothea zurück im Polizeipräsidium und versorgte sich zunächst mit einer zweiten ordentlichen Koffeindosis. Auf dem Weg zu ihrem Büro ging ihr noch einmal Manfreds Scherz über einen Froschkönig als Mörder durch den Kopf, und sie stellte mit einem Anflug von Sarkasmus fest, dass es bei den zahlreichen Verehrern, die Oxana Wadejewa gehabt hatte, gar nicht einmal undenkbar war, dass sich unter ihnen auch ein »Prinz« befand, der sich von ihr auf den Schlips getreten fühlte und ihr deshalb an den Kragen gegangen war. *Und das musste ja keineswegs der aktuelle Prinz von Aragon sein, mein lieber verehrter Herr Jakob Kratz.*

Sie war gerade dabei, ihre Bürotür aufzuschließen, als sie hinter sich im Flur eine etwas atemlose Stimme hörte:

»Hallo, Frau Kaiser!«

Sie verdrehte die Augen und wartete auf die fast unvermeidliche Fortsetzung »Gut, dass ich Sie treffe!«, die sie schon viel zu oft in ihrem Leben gehört hatte, um sie auch nur annähernd so witzig zu finden wie all die Zeitgenossen, die scheinbar unbedingt beweisen mussten, dass sie alt genug waren, um eine gewisse Versicherungswerbung noch zu kennen.

Sie wandte sich um und sah Karl Schilling auf sich zuhasten, einen Forensiker, der mit seinem wirren aschblonden Haar immer aussah, als wäre er eben aus dem Bett gefallen. Seine Brille mit den kreisrunden Gläsern und seine stets ziemlich zerknitterte Alltagskleidung verstärkten das Bild eines unbeholfenen Studenten, der sich nur versehentlich an einen Tatort oder ins Labor verirrt hatte. Niemand würde auf die Idee kommen, dass der Mann bereits Anfang vierzig war.

»Herr Schilling!« Sie lächelte. »Sagen Sie bloß, Sie haben etwas Spannendes für mich.«

»Möglicherweise.«

Er legte die Bremse ein und kam wenige Zentimeter vor ihr zum Stehen. »Haben Sie kurz Zeit?«

»Für Sie doch immer!«

Dorothea drehte den Schlüssel im Schloss herum, ging Karl Schilling voraus in ihr Büro und lud ihn ein, Platz zu nehmen.

»Also – schießen Sie los!«, sagte sie und ließ sich ihm gegenüber nieder.

»Es geht um den Mordfall Oxana Wadejewa«, begann Karl Schilling. »Ich war gestern Abend mit am Fundort, um Spuren zu sichern. Wobei es da leider nicht mehr allzu viel zu sichern gab. Der Gewitterregen hatte bereits gründlich Tabula rasa gemacht.«

»Stand zu befürchten«, seufzte Dorothea. »Also lässt sich auch nicht mit Sicherheit sagen, ob der Fundort auch der Tatort war oder nicht?«

»Leider nein«, bedauerte Karl Schilling. »Auch das Mordwerkzeug können wir noch nicht bieten. Aufgrund der Faserspuren am Hals des Opfers dürfte es sich um einen Seidenschal oder ein Seidentuch in einem kräftigen Rot handeln, aber wir haben auf dem gesamten Gelände nichts dergleichen gefunden. Möglicherweise hat der Täter das gute Stück mitgenommen.«

»Und dann entweder anderswo entsorgt oder als Souvenir behalten«, meinte Dorothea grimmig. »Hoffentlich Letzteres, damit wir das Teil bei ihm finden können. Solche Beweise habe ich immer besonders gern.«

Sie strich sich eine Haarsträhne aus dem Gesicht und hinter das Ohr.

»Aber was haben Sie denn nun für mich? Bis jetzt erzählen Sie mir immer nur von Dingen, die Sie mir *nicht* bieten können.«

»Das Beste kommt immer zum Schluss«, erklärte Karl Schilling. »Wir konnten auf der Leiche mehrere DNA-Spuren sichern. Und die gehören nicht nur zu einem, sondern zu insgesamt vier verschiedenen Männern.«

»Vier?« Dorothea saß schlagartig kerzengerade. »Haben Sie auch Namen dazu?«

»Das ist leider der schlechte Teil der Nachricht.« Karl Schilling zog den Kopf leicht ein. »Keine der vier DNAs ist in der Datenbank registriert. Aber immerhin – wenn Sie einen Verdächtigen haben, dann können wir jetzt mit einem einfachen Test feststellen, ob er zu den Herren gehört, die sich auf der Leiche verewigt haben.«

Dorothea ließ sich wieder gegen die Rückenlehne ihres Stuhls sinken. *Vier. Vier mögliche Täter. Grundgütiger.*

»Können Sie mir sagen, was für Spuren das waren und wo genau Sie sie gefunden haben?«, fragte sie mühsam beherrscht.

»Natürlich.« Karl Schilling aktivierte das Tablet, das er mitgebracht hatte. »DNA Nummer eins: Hautpartikel am rechten Oberarm des Opfers. DNA Nummer zwei: Hautpartikel unter der linken Achsel des Opfers. DNA Nummer drei: ein kurzes braunes Haar auf dem Trägertop. Und DNA Nummer vier: Spermaspuren in der Scheide.«

»Die hat Dr. Walz schon erwähnt«, erinnerte sich Dorothea. »Aber seiner Ansicht nach ist das Opfer nicht vergewaltigt worden. Vermutlich war es einvernehmlicher Sex.«

»Und der muss auch gar nicht zwangsläufig mit dem Mann gewesen sein, der sie getötet hat«, versetzte Karl Schilling. »Spermien sind bis zu fünf Tage lang in einer Vagina nachweisbar – je nachdem, in welcher Zyklusphase die Frau sich gerade befunden hat. Diese Ejakulation kann also durchaus schon vor ein paar Tagen stattgefunden haben und mit dem Tötungsdelikt überhaupt nicht in Verbindung stehen.«

»Kann, aber muss nicht«, erwiderte Dorothea nüchtern. »Ich schließe grundsätzlich erst mal gar nichts aus. Aber danke für den Hinweis, ich nehm ihn zu den Akten. Sonst noch etwas?

»Nein, das war's fürs Erste.«

»Dann vielen Dank.«

»Immer wieder gern.«

Karl Schilling nahm sein Tablet, erhob sich schwungvoll und verließ das Büro. Dorothea starrte auf die Tür, die er hinter sich geschlossen hatte, während die Zahl vier weiter in ihrem Kopf herumschwirrte.

Vier verschiedene DNA-Spuren. Vier mögliche Täter. Und ob es nur einer von ihnen war, oder zwei, oder gleich drei, oder sogar alle vier zusammen – wir haben nicht die leiseste Ahnung!

Sie riss sich zusammen, rief Leonie an und erfuhr, dass die Presse- und Facebook-Aufrufe erledigt waren und die Kollegin jetzt losfahren würde, um Jakob Kratz beim Klinkenputzen zu helfen. Dorothea versprach ihr, so bald wie möglich nachzukommen, damit sie dann gemeinsam Oxanas Wohnung durchsuchen konnten. Sie musste nur vorher noch etwas erledigen.

Danach wählte sie die Nummer der Staatsanwaltschaft, bekam zum Glück Oberstaatsanwalt Ingo Prigge zu fassen, mit dem sie meist gut zurechtkam, und unterbreitete ihm ihre soeben erworbenen neuen Kenntnisse zum Fall Oxana Wadejewa. Als sie bei den vier verschiedenen DNA-Spuren angekommen war, die noch niemandem zugeordnet werden konnten, schlug Ingo Prigge sofort vor, was auch ihre erste Idee gewesen war: eine DNA-Reihenuntersuchung, zunächst auf freiwilliger Basis, unter allen Männern in Oxanas näherem Umfeld einschließlich des Naturtheater-Ensembles.

Und erst, als Dorothea das Gespräch beendete, tauchte plötzlich eine absolut naheliegende Frage in ihrem Kopf auf, die an diesem Tag seltsamerweise noch niemand gestellt hatte, auch nicht sie selbst:

Oxana wollte das Naturtheater doch eigentlich nie wieder betreten. Was zum Teufel hatte sie dann dort gemacht?

10

Seit der Ermordung von Oxana Wadejewa waren mehrere Tage vergangen, und das Bühnengelände war nach wie vor von der Polizei abgesperrt. Im Ensemble wuchs die Nervosität: Zwei angesetzte Durchlaufproben hatten bereits ausfallen müssen, am Bühnenbild konnte nicht weitergearbeitet werden, und die ersten Zweifel wurden laut, ob man es bis zur Premiere in drei Wochen überhaupt noch schaffen würde – oder ob die ganze lange, harte Probenarbeit am Ende auch diesmal wieder ein »Mordsg'schiss wega nix« werden würde.

Surendra Sinha war sich noch nicht hundertprozentig sicher, ob er über letztere Option erleichtert sein sollte oder nicht. Auch wenn er seinen Rollentext längst beherrschte und das Spielen ihm bei den Proben erfreulich glatt von der Hand ging: Die Vorstellung, vor Hunderten von Zuschauern auftreten zu müssen, bereitete ihm nach wie vor Bauchschmerzen, weswegen er persönlich auf die Premiere gut und gerne verzichten konnte. Andererseits wäre das für das Theater eine Katastrophe. Außerdem trat er bei seinen Ermittlungen bezüglich des angekündigten Mordanschlags auf »Don Pedro« trotz aller verheißungsvollen Teilergebnisse auf der Stelle und hatte sich bereits halb und halb damit abgefunden, dass er wohl nicht mehr im Vorfeld, sondern tatsächlich erst live während der Premiere – und dann hoffentlich nicht zu spät – die entscheidende Beobachtung machen würde. Sollte das Stück nun abgesagt werden, würde er seine Mission ohne konkretes Ergebnis beenden müssen, was ihm entschieden gegen seine Berufsehre ging. Es war schon schlimm genug, dass jemand mehr oder weniger vor seiner Nase ein ehemaliges Ensemblemitglied ermordet hatte, und er fragte sich wieder und wieder, ob er irgendetwas übersehen hatte, was das Verbrechen an Oxana hätte verhindern können.

Aus den polizeilichen Ermittlungen hielt er sich vorerst bewusst heraus. Er hatte seinen Kollegen in Reutlingen alles mitgeteilt, was er über Oxana in Erfahrung gebracht hatte, und an jenem Abend am Fundort Leonie Lexer als »Arjun Sahani« brav und ohne mit der Wimper zu zucken geschildert, wie er den Moment des Leichenfundes vom Bühnenhügel aus mitangesehen hatte. Er hatte sofort die Polizei alarmiert, deswegen aber auch leider nicht verhindern können, dass ein paar der Spieler spontan die Leiche aus dem Brunnen herausgeholt und auf die schwarze Plane gebettet hatten. Wodurch die Plane als Beweisstück vermutlich komplett ausfiel. Sollten sich noch Fingerabdrücke des Mörders darauf befunden haben, dann waren sie jetzt wohl entweder beseitigt oder in einem Meer anderer Fingerabdrücke untergegangen.

Er nutzte die probenfreie Zwangspause und das sonnige, warme Juniwetter für ausgiebige Ausflüge und Wanderungen. Von Anfang an war er es niemals müde geworden, die Umgebung von Hayingen zu erkunden – das malerische Lautertal mit den vielen Burgruinen und das Naturschutzgebiet Digelfeld mit der, wie Tante Google ihm verriet, größten Wacholderheide auf der gesamten Alb. Stundenlang konnte er durch die wundervolle Landschaft mit den sanft geschwungenen Hügeln und dichten Buchenmischwäldern wandern, die weiten Ausblicke und die herrliche Luft genießen, sich an den Schmetterlingen in den bunt blühenden Wiesen erfreuen und die Greifvögel bewundern, die majestätisch über ihm am Himmel schwebten. Hier erlebte er eine Ruhe und einen Frieden wie noch nirgends zuvor in seinem

Leben. Kein Zweifel: Er war dabei, sich in die Schwäbische Alb zu verlieben, und er begann ernsthaft mit dem Gedanken zu spielen, sich hier niederzulassen, sobald er Arjun Sahani in den Ruhestand schicken konnte.

Vorausgesetzt natürlich, dass der die Premiere überlebte.

* * *

An dem Tag, an dem die Polizei das Theatergelände endlich wieder freigab und Valentin Zeus prompt für den gleichen Abend eine Durchlaufprobe ansetzte, passierte Surendra gegen elf Uhr vormittags das Ortseingangsschild von Reutlingen. Dorothea Kaiser hatte ihn telefonisch um einen kurzen Besuch bei ihr gebeten. *Keine Sorge, bis zum Beginn der Probe bist du locker wieder in Hayingen,* hatte sie versichert. *Aber ich habe hier ein paar neue Fakten in Sachen Oxana, und es ist ganz bestimmt nicht verkehrt, wenn du die bei euren nächsten Proben im Hinterkopf hast. Vielleicht machst du dann ja wieder interessante Beobachtungen.*

Er stellte seinen Wagen in der Nähe des Polizeipräsidiums ab und sah sich wie immer zuerst sorgfältig nach allen Richtungen um, bevor er ausstieg. Auch wenn die Gefahr wohl eher gering war, aber es konnte trotzdem passieren, dass einer seiner Theaterkollegen ausgerechnet am gleichen Tag wie er in dieser Ecke von Reutlingen zu tun hatte, und eine solche Begegnung wollte er nach Möglichkeit vermeiden. Zwar hatte er sich für den Fall der Fälle sicherheitshalber eine Ausrede zurechtgelegt, aber dennoch musste es im Theater nicht unbedingt Gesprächsthema werden, dass man Arjun Sahani bei der Polizei angetroffen hatte.

Die Luft war rein, Surendra ging zielsicher auf das Gebäude zu, und nur wenig später nahm Dorothea Kaiser ihn in Empfang. Einmal mehr stellte Surendra dabei fest, dass die »Kaiserin« genannte Kollegin tatsächlich etwas Hoheitsvolles an sich hatte: Sie war hochgewachsen, hielt sich stets gerade und aufrecht, und dass sie vor allem an den Hüften ein paar Pölsterchen angesetzt hatte, tat ihrer Attraktivität keinerlei Abbruch. Ihr kastanienbraunes Haar war schulterlang und gepflegt, und sie strahlte eine ruhige und sichere Autorität aus.

»Setz dich, Surendra«, sagte sie und wies auf die Sitzecke in ihrem Büro. »Kaffee?«

»Gerne.«

Sie servierte zwei Tassen und ließ sich ihm gegenüber nieder.

»Bevor ich loslege: Sind dir eigentlich in Hayingen schon mal irgendwelche Gerüchte oder Mutmaßungen in Bezug auf Oxanas Mörder zu Ohren gekommen?«, fragte sie.

Surendra schüttelte bedauernd den Kopf. »Ich habe in den vergangenen Tagen kaum jemanden getroffen. Wir konnten ja nicht proben. Und in unserer WhatsApp-Gruppe wird dieses Thema wohlweislich gar nicht erst angesprochen.«

»Verstehe«, erwiderte Dorothea. »Na ja, hätte ja sein können. Ich habe in jedem Fall Neues zu den roten Seidenfasern, die am Hals des Opfers gefunden wurden. Bianca Weißgerber hat zu Protokoll gegeben, dass Oxana einen roten Seidenschal besessen hat, den sie auch im Sommer immer gern bei sich getragen hat, für den Fall, dass es abends etwas kühler wird. Der könnte also das Tatwerkzeug gewesen sein. Leider ist er spurlos verschwunden. Wir konnten ihn weder in Oxanas Wohnung noch an ihrem Arbeitsplatz finden, und auch auf der Bühne und ringsherum haben wir bislang vergeblich danach gesucht.«

»Ich halte die Augen offen«, versprach Surendra.

»Gut«, nickte Dorothea. »Dann zu den Spuren, von denen ich mir am meisten erhofft habe: die auf der Leiche sichergestellte DNA. Das Labor hatte bei der Analyse vier verschiedene Typisierungsmuster bestimmt. Wir haben daraufhin eine DNA-Reihenuntersuchung durchgeführt, bei der immerhin zwei Dutzend Männer aus Oxanas beruflichem und privatem Umfeld freiwillig Speichelproben abgegeben haben. Und was soll ich sagen: Alle vier Kandidaten waren dabei.«

»Wow!«, entfuhr es Surendra beeindruckt. »Und, kenne ich welche davon?«

»Nicht nur ›welche‹, sondern alle«, versetzte Dorothea. »Es handelt sich um Finn Forstberger, Sandro Hoffmann, Noah Sandmann und Thilo Matt.«

Surendra nahm sich Zeit, alle vier Namen sacken zu lassen. *Finn, der sympathische junge Automechaniker. Sandro, der schwule Philosoph und Plauderer. Noah, der geniale Komponist und Sänger. Thilo, der grandiose Schauspieler und heimliche Mann in Oxanas Leben.*

Dann tauchte in seiner Erinnerung ein Bild auf – genauer gesagt ein kleiner Film.

»Sandro, Finn und Noah waren es, die mit vereinten Kräften die Leiche aus dem Brunnen herausgehoben haben«, sinnierte er. »Kann es sein, dass sie dabei die DNA-Spuren auf ihr hinterlassen haben?«

»Höchstwahrscheinlich«, antwortete Dorothea. »Von Finn Forstberger hat man Hautpartikel auf Oxanas rechtem Oberarm gefunden, von Sandro Hoffmann welche unter ihrer linken Achsel, und von Noah Sandmann ein Haar auf ihrem Top. Das kann alles bei dieser Bergungsaktion passiert sein. Aber natürlich ebenso gut auch schon vorher.«

»Habt ihr die drei schon damit konfrontiert?«

»Ja, wir haben sie allesamt zu der Sache befragt. Sandro Hoffmann hat für den Zeitpunkt von Oxanas Tod ein wasserdichtes Alibi: Er hat seine Mutter in ihrem Pflegeheim in

Zwiefalten besucht und ist dort auch von mehreren Betreuern gesehen worden. Finn Forstberger hatte an dem Nachmittag frei, war aber zu Hause, um für die Berufsschule zu lernen. Das hat uns sein Vater bestätigt. Andreas Forstberger ist, wie du vermutlich weißt, Frührentner und war den ganzen Tag daheim, bis er am Abend zusammen mit seinem Sohn zur Probe gefahren ist. Noah Sandmann ist der Einzige von den Dreien, der kein Alibi hat. Er sagt, er sei zu Hause gewesen und habe an einer Komposition gearbeitet, aber er lebt allein, und deshalb kann das niemand bezeugen.«

Surendra speicherte diese Informationen in seinem Gedächtnis ab.

»Und was ist mit Thilo?«, erkundigte er sich. »Der hat die Leiche nicht berührt. Das weiß ich, weil ich sie die ganze Zeit im Auge behalten habe, bis die Polizei gekommen ist. Danach hat er sowieso keine Gelegenheit mehr dazu gehabt.«

»Seine DNA war auch nicht *auf*, sondern *in* Oxana«, entgegnete Dorothea. »Von ihm stammen nämlich die Spermaspuren in ihrer Vagina.«

Diese Eröffnung überraschte Surendra in keiner Weise. Zu gut hatte er Oxanas glückliches Lächeln in Erinnerung, als sie ihm vor dem Eis-Häusle ihr Geheimnis anvertraut hatte: *Thilo ist jetzt mit mir zusammen. Seit drei Monaten. Aber wir hängen unsere Liebe derzeit noch nicht an die große Glocke. Sie halten doch dicht, oder?* Er hatte ihr sein Wort gegeben. Möglicherweise musste er es jetzt brechen.

»Es war doch kein Sexualdelikt?«, fragte er sicherheitshalber vorsichtig.

»Nein, das wohl nicht«, antwortete Dorothea. »Jedenfalls deutet nichts darauf hin. Und Thilo Matt hat bei seiner Befragung erzählt, dass er und Oxana am Abend zuvor einvernehmlichen Sex gehabt haben – weil sie nämlich ein heimliches Liebespaar waren.« Sie musterte Surendra prüfend, und eine steile Falte bildete sich auf ihrer Stirn. »Kannst du mir dazu etwas sagen?«

Liest diese Frau etwa meine Gedanken? dachte Surendra mit leiser Frustration. *Mit meinen schauspielerischen Fähigkeiten ist es offenbar nach wie vor nicht weit her.*

»Nicht aus Thilos Sicht«, antwortete er langsam, »aber aus der von Oxana. Sie hat mir bei unserer Begegnung in Indelhausen verraten, dass sie und Thilo seit drei Monaten ein Paar sind. Allerdings geschah das unter dem Siegel der Verschwiegenheit. Sie wollten beide vorerst noch nicht, dass das bekannt wird.«

»Hat sie auch gesagt, warum?«

»Ja. Sie haben befürchtet, dass ihre Beziehung den Theaterfrieden stören könnte, und deshalb wollten sie mindestens bis nach der Premiere warten, um sich als Liebespaar zu outen.«

»Was hatte denn ihre Liebe mit dem Theaterfrieden zu tun?«

Surendra lächelte schräg. »Kannst du dir das nicht denken? Ein paar Leute, allen voran Selina und Thilos Schwestern Lena und Sabrina, machen Oxana immer noch verantwortlich für Peter Müllers Tod, und darüber hinaus hatte sie vielerorts den Ruf eines Sex-Luders, das die Männer reihenweise verführt und ins Bett zerrt. Thilos Vater, also Tom Matt, hätte mit Sicherheit einen Riesenaufstand gemacht, hätte er von dieser Liebe erfahren. Kurz: Ein Liebespaar Oxana und Thilo hätte nur wieder zu Unruhe und Spaltungen im Ensemble geführt. Und so etwas wäre Gift fürs Betriebsklima, noch dazu, je näher die Premiere rückt.«

Dorothea schaute nachdenklich in ihre Kaffeetasse.

»Sind eigentlich die besonderen Umstände rund um diese Premiere überhaupt noch ein Thema bei euch?«, fragte sie plötzlich und sah auf. »Ist die Todesdrohung noch präsent, oder redet man über die schon gar nicht mehr?«

»Insgesamt eher Letzteres«, antwortete Surendra. »Aber ich denke, unterschwellig spielt der Gedanke daran ständig mit, und spätestens in den Tagen vor der Premiere werden bestimmt die Debatten wieder losgehen, ob nun tatsächlich eine tödliche Gefahr droht.«

»Ob *dir* eine tödliche Gefahr droht«, korrigierte Dorothea.

Surendra zuckte die Schultern. »Mir oder wem auch immer.«

Dorothea neigte den Kopf ein wenig zur Seite. »Nimmst du das Ganze wirklich so gelassen, oder tust du nur so?«

Surendra antwortete nicht sofort. Stattdessen stand er auf, trat ans Fenster und schaute hinaus.

»Ich habe dem Tod schon ein paarmal ins Auge gesehen«, sagte er leise. »Ich bin vor Jahren mit Frank bei einer Razzia in eine Schießerei geraten – es hätte nicht viel gefehlt, und du hättest uns *beide* niemals kennengelernt. Ich habe einem Kollegen gegenübergestanden, der mit seiner entsicherten Dienstwaffe auf mich gezielt hat, weil er fälschlicherweise glaubte, ich wollte ihn für den Tod seines Sohnes verantwortlich machen. Ich bin von einer Serienmörderin mit einem Messer attackiert worden und hatte großes Glück, dass es nur *dabei* geblieben ist.« Er drehte sich um und hielt Dorothea seinen linken Unterarm entgegen, sodass sie die wulstige Messerstichnarbe auf der Innenseite sehen konnte.

»Ich wollte dich immer schon mal fragen, wo du die herhast«, murmelte Dorothea betroffen. Surendra betrachtete die Narbe und biss sich auf die Lippen.

»Ich habe also schon eine gewisse Erfahrung damit, dem Tod von der Schippe zu springen«, fuhr er fort. »Solange nicht von einem der umstehenden Felsen ein Scharfschütze auf mich zielt, sollte es mit einem gewissen Maß an Umsicht und Vorsicht machbar sein, dass ich auch diesmal wieder mit heiler Haut davonkomme. Ich denke da einfach positiv. Sonst hätte ich diesen Job gar nicht erst annehmen dürfen.«

»Wobei wir ja anfangs noch schwer gehofft haben, dass es gar nicht erst zu deinem Premiereneinsatz als Don Pedro kommt«, seufzte Dorothea.

»Ja, aber das können wir uns mittlerweile abschminken«, sagte Surendra trocken und setzte sich wieder hin. »Selbst wenn wir den Fall ›Todesanzeige‹ kurz vor knapp doch noch aufklären – um einen neuen Pedro einzuarbeiten ist es jetzt definitiv zu spät. Wenn ich das Theater nicht hängen lassen will, dann muss ich auftreten. So oder so.«

Ein blasses Lächeln glitt über Dorotheas Gesicht.

»Sollten wir tatsächlich in letzter Minute noch Erfolg haben, dann brauchst du bei der Premiere wenigstens keine Angst um dein Leben zu haben«, meinte sie. »Höchstens, dass du vom Pferd fällst oder deinen Text vergisst. Und wenn nicht: Ich verspreche dir, wir werden Sicherheitsmaßnahmen treffen wie sonst nur bei einem Staatsbesuch. Da wird keine Maus durchkommen, um sich mit gezückter Flinte irgendwo auf die Lauer zu legen, geschweige denn ein Scharfschütze.«

»Und das beruhigt mich ungemein.« Surendra lächelte ebenso blass zurück. »Also, zurück zu unseren potenziellen Mordverdächtigen. Auch wenn die mit der Todesdrohung gegen Don Pedro wohl eher nichts zu tun haben.«

Dorotheas Brauen stiegen hoch. »Wer weiß. Ich denke gerade an Jakobs Theorie, dass Oxana möglicherweise dem Schreiber der Todesanzeige auf die Schliche gekommen ist und von ihm zum Schweigen gebracht wurde. In dem Fall wäre ihr Mörder genau der Mann, den wir rechtzeitig vor deiner Premiere gern aus dem Weg haben wollen.«

»Hm«, meinte Surendra nachdenklich. »Aber wer sollte das dann sein? Sandro und Finn haben Alibis. Noah … kann ich mir ehrlich gesagt nicht vorstellen. Thilo hat Oxana geliebt ...«

»... aber kein Alibi«, warf Dorothea ein.

»Tatsache?«

»Tatsache. Und wer liebt, ist bisweilen auch eifersüchtig. Sollte an Oxanas Ruf, was Männer betrifft, etwas dran sein, dann wäre es doch durchaus denkbar, dass Thilo sie mit einem anderen Mann gesehen hat – und dann hat er sie in einem Eifersuchtsanfall erdrosselt.«

»Oxana hat mir gegenüber sehr glaubhaft versichert, dass sie keine Hure ist, die es mit mehreren Männern gleichzeitig treibt«, wandte Surendra ein.

»Selbst eine unverfängliche Situation kann von einem eifersüchtigen Auge missdeutet werden«, entgegnete Dorothea gleichmütig. Ihr Blick streifte Surendras leer getrunkene Tasse. »Willst du noch einen Kaffee?«

»Gern, danke.«

Während Dorothea frischen Kaffee organisierte, rief Surendra sich seine Unterhaltung mit Lars Lege ins Gedächtnis zurück, genauer gesagt die Stelle, an der der Theaterleiter über Oxana gesprochen hatte. *Sie kann ja nichts dafür, dass alle sie anhimmeln,* hatte er gesagt, *von unseren Jungspunden wie Thilo, Finn und Noah bis hin zu würdigen Senioren wie zum Beispiel Marcel, der in Gegenwart seiner Frau immer ganz besonders über Oxana lästert, damit die Alte ja nicht merkt, dass er in Wahrheit nur zu gerne mal mit ihr in der Besenkammer verschwunden wäre. Aber das kann man ihr ja wohl schlecht anlasten. Auch wenn es gewisse ehrbare Herrschaften gibt, die genau das tun.*

Surendra legte die Stirn in Falten. *Gewisse ehrbare Herrschaften ...*

»Bitte schön!« Eine Kaffeetasse, aus der es verheißungsvoll dampfte, wurde vor ihn hingestellt.

»Danke.« Surendra nippte kurz, das Gebräu war noch sehr heiß. »Sag mal, war bei dem Massen-Gentest auch ein gewisser Marcel Schröder?«

Dorothea runzelte die Stirn, ging zu ihrem Computer und rief eine Datei auf. »Nein, wieso?«

»Weil der Mann laut Lars Lege offiziell zu der Phalanx der Oxana-Hater gehört, während er inoffiziell wohl gerne mal ein Schäferstündchen mit ihr gehabt hätte«, erklärte Surendra. »Vielleicht hat er es endlich bei ihr versucht, Oxana hat ihm den Mittelfinger gezeigt, und aus Angst, dass sie seinen Annäherungsversuch seiner gestrengen Frau Gemahlin petzt, hat er sie umgebracht.«

»Dann sollten wir den Mann mal nach einem Alibi befragen. Wie war der Name, Marcel –?«

»Schröder.«

Dorothea machte sich eine Notiz.

»Falls du dich übrigens fragst: Tom Matt war bei dem Gentest, und er hat auch ein Alibi für die Zeit, bevor er um 16 Uhr mit seiner Bühnenarbeit begonnen hat«, bemerkte sie. »Er war nämlich beim Zahnarzt.«

»Im Nachhinein ist er jetzt mit Sicherheit froh darüber.« Surendra trank einen weiteren Schluck.

»Tja, zumindest im Fall Oxana hilft ihm dieser Zahnarztbesuch von unserer Verdächtigenliste runter«, pflichtete Dorothea ihm bei. »Die ansonsten leider ziemlich mager ist. Thilo und Noah mögen keine Alibis haben, aber ein Motiv haben sie auch nicht wirklich – es sei denn, Eifersucht beziehungsweise unerwiderte Schwärmerei.«

»Was Eifersucht betrifft«, überlegte Surendra plötzlich, »die würde ja auch andersrum funktionieren. Oxana hat mir erzählt, dass Bianca vor einem Jahr schwer in Thilo verknallt war. Was, wenn sie es immer noch ist – wenn sie sich vielleicht sogar Hoffnungen gemacht hat? Immerhin sind sie und Thilo auf der Bühne ein absolutes Traumpaar. Und dann entdeckt sie zufällig, dass der Mann sich für ihre beste Freundin entschieden hat, womöglich hat Oxana es ihr sogar selbst anvertraut. In dem Moment wallt die Eifersucht in ihr hoch, sie schnappt sich Oxanas Schal und beseitigt die Rivalin.«

»Gut ausgedacht, aber abgelehnt«, sagte Dorothea. »Bianca hat bei ihrer Vernehmung ganz von selbst erzählt, dass sie an besagtem Nachmittag hat arbeiten müssen. Dafür gibt es auch Zeugen. Und bevor du fragst: Auch Selina ist erst zur Abendprobe auf das Gelände gekommen – den Nachmittag hat sie bei ihrer Mutter in Ulm verbracht.«

»Ach!« Jetzt waren es Surendras Brauen, die nach oben kletterten. »Die beiden halten also nicht nur telefonischen Kontakt?«

»Sieht so aus«, erwiderte Dorothea. »Auch wenn ich Gesine Lege noch nicht gut genug kenne, um sicher sein zu können, dass sie ihrer Tochter nicht etwa nur ein Gefälligkeitsalibi gibt, um sie zu schützen. Und umgekehrt. Ich meine – wer sagt uns, dass die beiden nicht lediglich vorgeben, sie wären gemeinsam in Ulm gewesen, um sich so gegenseitig aus unseren Ermittlungen rauszuhalten?«

»Ein Zeuge wäre schön«, meinte Surendra milde.

»Ich bin sicher, sie treiben noch jemanden auf.« Dorothea schnitt eine Grimasse. »Ich habe Gesine Lege mittlerweile einmal persönlich getroffen, sie scheint mir eine Frau zu sein, die ganz genau weiß, was sie will. Offenbar hat sie aus ihrem Griechenland-Desaster gelernt und kümmert sich jetzt zuvörderst nur noch um einen Menschen, nämlich sich selbst. Mit gewaltigem Abstand auch noch um ihre Tochter, wobei die ihrer Meinung nach zum Glück bereits alt und selbstbewusst genug ist, um ihre Mama nicht mehr in dem Sinne zu brauchen. Der Rest der Menschheit geht ihr am

Allerwertesten vorbei, einschließlich ihrem Ex-Mann und ihrem Ex-Apollo. Im Übrigen, kleiner Tipp unter Freunden: Erwähne niemals den Namen *Jannis Papadopoulos* in Gegenwart von Herrn Jakob Kratz. Wenn man den Mann an seine lästigen Hellas-Recherchen erinnert, die am Ende noch dazu für die Katz waren, dann wird er ziemlich ... kratzbürstig.«

Sie zwinkerte Surendra zu, der unwillkürlich grinsen musste.

»*Kratz für die Katz*«, gluckste er. »Das muss ich Frank erzählen, der wird das lieben.«

»Tu das.« Dorothea schmunzelte, dann atmete sie tief durch. »Ja, das ist unser Stand der Dinge. Leider nicht annähernd so viel, wie ich gerne hätte. In Oxanas privatem und beruflichem Umfeld haben wir auch nichts Nennenswertes erreicht. Überall versichert man uns, dass sie mit niemandem in irgendeiner Form ernsthaft über Kreuz war und auch bis zuletzt völlig normal gewirkt hat, also keineswegs beunruhigt oder als ob sie sich verfolgt oder bedroht gefühlt hätte.«

»Klingt immer mehr nach einer Affekttat«, stellte Surendra fest.

»Ja, wobei ich mir nach wie vor die Frage stelle, was Oxana eigentlich im Theater gewollt hat. Hast du eine Idee?«

Surendra überlegte. »Entweder wollte sie ein wenig in Erinnerungen schwelgen, oder sie war entgegen aller Vermutungen tatsächlich mit jemandem dort verabredet.«

»Was sie in dem Fall leider nirgends notiert hat«, murrte Dorothea. »Nicht im Kalender ihres Smartphones, nicht in einer SMS oder auf WhatsApp, nicht auf einem Zettel. Wir haben ihre Wohnung sehr gründlich durchsucht.«

»Habt ihr denn Thilo gefragt?«, erkundigte sich Surendra. »Oder Bianca? Vielleicht hat Oxana ihnen gesagt, was sie vorhatte oder wen sie treffen wollte.«

»Nein, das haben wir nicht«, gab Dorothea zu. »Aber das hätten sie uns ja wohl hoffentlich von selbst erzählt, oder? Schließlich muss man kein Polizist sein, um zu begreifen, dass das ein verdammt wichtiger Hinweis wäre.«

»Auch wieder wahr. Aber ihr solltet das vielleicht noch nachholen.«

»Machen wir.«

Eine Weile schwiegen beide. Dann schaute Dorothea auf ihre Armbanduhr.

»Okay, Surendra – so gern ich weiter mit dir brainstormen würde, aber ich muss zu einem Meeting. Mach's gut, halt die Augen und Ohren weiter offen und sieh vor allem zu, ob du irgendwo diesen roten Seidenschal findest.«

»Zu Befehl, Eure Kaiserliche Hoheit«, sagte Surendra lächelnd, stand auf und deutete eine tiefe Bühnenverneigung an. »Stets zu Euren Diensten!«

Dorothea sandte ihm einen unbeschreiblichen Blick zu.

»Sei bloß froh, dass ich mir beim besten Willen nicht vorstellen kann, dass du eine würdige ältere Dame wie mich mit dieser *Kaiserlichen Hoheit* ernsthaft veräppeln willst.« Sie erhob sich und zeigte wie eine strenge Lehrerin zur Tür. »Raus mit dir!«

»Aye-aye, Ma'am!« Surendra salutierte zackig, grinste und ging. An der Tür wandte er sich noch einmal um, verneigte sich diesmal respektvoll auf indische Art und zwinkerte Dorothea zu, bevor er das Büro verließ und die Tür hinter sich schloss.

* * *

Auf dem Weg nach draußen kam ihm Leonie Lexer entgegen mit einer derart finsteren Miene, wie er sie bei dieser sonst stets so gut gelaunten Frau noch nie erlebt hatte.

»Hallo, Leonie!«, grüßte er. »Was ist denn los, irgend-welche schlechten Nachrichten?«

»Wenn ein Auto, das ums Verrecken nicht anspringen will, bei dir in die Kategorie ›schlechte Nachrichten‹ fällt, dann: Ja.« Sie schnitt eine Grimasse. »Offenbar ist die Batterie hinüber. Du hast nicht zufällig ein Starthilfekabel in deinem Wagen?«

»Nein, aber ich kann dich mitnehmen, wenn du willst«, bot er an. »Soll ich dich zur nächsten Werkstatt bringen?«

»Da muss ich natürlich früher oder später auch hin, aber im Moment müsste ich erst mal dringend hinauf auf die Alb«, sagte sie. »Ich hab meiner Großmutter versprochen, sie zu ihrem Augenarzt nach Münsingen zu fahren. In ihrem Dorf fährt nur alle naselang ein Bus, und die Schwäbische Alb-Bahn noch seltener.«

»Kein Problem«, erwiderte Surendra. »Ich hab noch ein paar Stunden Zeit bis zur Probe, ich spiel den Chauffeur für dich und deine Großmutter.«

»Echt?« Sie strahlte auf. »Das wäre ja total lieb von dir!«

»Mach ich gern. Wo wohnt deine Großmutter denn?«

»In Gomadingen.«

»Wo liegt das?«

»Ganz in der Nähe von Münsingen. Welche Steige fährst du von hier aus üblicherweise, die über Unterhausen nach Holzelfingen? Gut, wenn du dich danach kurz vor Engstingen links hältst, dann sind es nur noch knapp zehn Kilometer bis nach Gomadingen.«

»Das ist ja fast vor der Haustür«, stellte Surendra fest und lächelte. »Komm mit, mein Wagen steht da drüben.«

* * *

Wenig später manövrierte Surendra seinen alten hellblauen Opel Corsa mit ruhiger, sicherer Hand über die kurvenreiche Albsteige. Neben ihm saß Leonie und summte leise mit, als im Radio »Calm After the Storm« von The Common Linnets gespielt wurde.

»Du hast dich offenbar schon an die Fahrten auf die Alb hinauf gewöhnt«, stellte sie fest, als sie oben in Holzelfingen angekommen waren.

»Nicht nur an die Fahrten hinauf beziehungsweise wieder runter«, entgegnete Surendra. »An die Alb insgesamt. Ich finde es wunderschön hier.«

»Ja, ich auch«, erwiderte Leonie. »Ich bin in Tübingen aufgewachsen, aber wir – also meine Eltern und ich – haben schon damals regelmäßig meine Großmutter besucht, und mein Vater hat uns dann immer die ganzen Schönheiten auf der Alb gezeigt, die er aus seiner Kindheit kannte. Es ist schon ein ganz spezielles Fleckchen Erde hier.«

»Unbedingt«, stimmte Surendra ihr zu. »Um ehrlich zu sein, im Moment kann ich mir noch gar nicht vorstellen, dass ich irgendwann von hier wieder weggehe.«

»Oha!« Sie musterte ihn prüfend von der Seite. »Dich hat's ja richtig erwischt!«

»Muss ein Alb-Virus sein, falls es so was gibt.« Surendra lenkte den Wagen um eine weite Kurve. »Im Ernst, allein schon landschaftlich ist die Alb ein Traum. Und was mich außerdem fasziniert, ist, wie wunderbar entschleunigt hier alles ist.«

Leonie grinste. »Du meinst, hier gehen die Uhren langsamer?«

»Ich finde schon.« Surendra lächelte. »Und das tut richtig gut. Ich merke den Unterschied schon, wenn ich nur nach Reutlingen komme – beim nächsten Mal in Stuttgart werde ich mir wahrscheinlich vorkommen wie auf einem anderen

Planeten, ganz zu schweigen von dem Gewühle in indischen Großstädten.«

»Wobei das Leben in der Stadt ja unbedingt seine Vorzüge hat«, wandte Leonie ein. »In einem Dorf, schon gar hier oben, hast du viele Dinge nicht, die anderswo selbstverständlich sind. Für alles Mögliche, zum Teil sogar für lächerliche Kleinigkeiten, die du in der Stadt doppelt und dreifach findest und oft mühelos fußläufig erreichst, musst du erst mal kilometerweit durch die Gegend fahren. Das ist der Preis für das ruhige oder, wie du sagst, entschleunigte Leben hier oben.«

»Du würdest also nicht hier wohnen wollen?«

»Nein«, gestand Leonie. »Höchstens in den größeren Orten wie Münsingen oder Engstingen, aber auf keinen Fall in einem der Dörfer. Dazu genieße ich die Vorteile, die das Stadtleben in Reutlingen bietet, einfach zu sehr. Allein schon, wenn ich nach einem langen Arbeitstag nach Hause komme und genau weiß, dass ich noch an jeder Ecke einen Döner oder Burger kriegen oder mir schnell eine Pizza nach Hause liefern lassen kann – das ist Gold wert. Hier oben hätte ich, je nachdem, wo's mich hinverschlägt, nicht einmal eine Tankstelle in Reichweite.«

»Das habe ich auch schon gemerkt«, räumte Surendra ein. »Aber das ist am Ende alles Gewohnheitssache, denke ich.«

»Also, *ich* hätte nichts dagegen, wenn du hierbleibst«, stellte Leonie fest und lächelte. »Vielleicht könnten wir dann öfter zusammenarbeiten. Wenn ich an den Schuft denke, den ich üblicherweise am Hals habe – dagegen bist du die reinste Wohltat.«

»Schuft?« Surendra runzelte die Stirn. »Meinst du damit etwa eine gewisse … *Kratzbürste*?«

»Klar.« Leonie grinste. »Denn wer arbeitet, ist ein subtiler Selbstmörder, und ein Selbstmörder ist ein Verbrecher, und ein Verbrecher ist ein Schuft. Also, wer arbeitet, ist ein Schuft.«

Sie lachte laut, als sie Surendras verblüffte Miene sah.

»Georg Büchner, *Leonce und Lena*«, erklärte sie. »Ich hab damals im Schultheater mal die Lena gespielt, und diesen Satz haben wir alle rauf und runter zitiert. Deshalb hab ich ihn heute noch im Kopf.«

»Einen Moment!« Surendra hinderte sich gerade noch rechtzeitig daran, auf die Bremse zu treten. »Du hast mal *Theater* gespielt?«

»In der Theater-AG in meiner Schule, ja.«

»Lieber Himmel!« Surendra gab einen abgrundtiefen Seufzer von sich. »Bitte sei so gut und komm *nicht* zu unserer Premiere. Wahrscheinlich blamiere ich mich restlos, und dann ist es mit deiner guten Meinung über mich Essig.«

»Keine Chance«, erwiderte Leonie unbarmherzig. »Ich hab mich bei der Kaiserin schon freiwillig für den Premierensonntag zum Dienst gemeldet, ich werde mit ein Auge darauf haben, dass dir nichts passiert. Abgesehen davon: Wer sagt dir, dass ich nicht eine lausige Schauspielerin war?«

»Kann ich mir nicht vorstellen.« Surendra warf Leonie einen flüchtigen Seitenblick zu und lächelte.

»Siehst du – und ich mir bei dir auch nicht.« Leonie lächelte zurück. »Ich bin sicher, du wirst deine Sache großartig machen, und dein Pedro wird in die Geschichte eingehen.«

»Auf welche Weise auch immer«, murmelte Surendra sarkastisch.

»Ich bin optimistisch«, verkündete Leonie im Brustton der Überzeugung.

»Das bist du wohl immer, was?«

»Es erleichtert das Leben.«

»Na schön«, meinte Surendra. »Dann werd ich mal versuchen, mit Optimismus in die Endproben zu gehen.« Er hielt kurz inne, dann fügte er salbungsvoll hinzu: »Und morgen fangen wir in aller Ruhe und Gemütlichkeit den Spaß noch einmal von vorn an.«

Er grinste breit, als diesmal Leonie *ihn* verdattert ansah.

»Wir haben *Leonce und Lena* in der Schule auch durchgenommen«, erklärte er. »Zum Glück nur gelesen und nicht auch noch gespielt.«

Leonie schüttelte leicht den Kopf, dann kräuselten sich ihre Mundwinkel nach oben, und plötzlich platzte sie laut heraus. Surendra stimmte in ihr Gelächter mit ein, und beide lachten noch immer laut, als das Ortseingangsschild von Gomadingen in Sichtweite kam.

11

Der Probenbetrieb in Hayingen näherte sich der Zielgeraden. Noch zwei komplette Durchläufe, dann würde die Endprobenwoche beginnen mit der technischen Einrichtung und den Hauptproben in Kostüm und Maske, an deren Ende die Generalprobe und am darauffolgenden Tag die Premiere standen.

Die Atmosphäre war allerdings ungewohnt beklommen, trotz der allseits geäußerten Erleichterung darüber, dass das Bühnengelände nach der tagelangen Absperrung durch die Polizei noch einigermaßen rechtzeitig wieder freigegeben worden war. Der Mord an Oxana Wadejewa und die Ermittlungen der Kripo in den Reihen des Ensembles lagen wie ein düsterer Schatten über dem Theater. Zwar beschwor Valentin Zeus immer wieder händeringend die alte Devise »The show must go on!«, aber er konnte nicht verhindern, dass die Akteure sich ständig gegenseitig nach ihren Erlebnissen bei den polizeilichen Vernehmungen und beim Massen-Gentest befragten, dass wild über vorhandene und erst recht über nicht vorhandene Alibis spekuliert wurde und dass allen voran die vier Männer, deren DNA man auf Oxanas Leiche gefunden hatte, im Mittelpunkt zahlreicher Unterhaltungen standen. Besonders hinter vorgehaltener Hand.

Surendra Sinha bemühte sich redlich, sich aus diesem Gerede herauszuhalten, aber natürlich konnte er verstehen, dass Oxanas Tod seine Bühnenkollegen nach wie vor beschäftigte. Immerhin bestand die reelle Chance, dass sich mitten unter ihnen ein Mörder befand. Kein Wunder, dass die Stimmung angespannt war – und während der zweiten

Durchlaufprobe am Samstagnachmittag schlug sie in offene Gereiztheit um.

Es begann damit, dass Sandro Hoffmann sich mit Valentin Zeus anlegte, weil er sich weigerte, Don Juans Flucht weiterhin durch den Brunnen erfolgen zu lassen. »Ich hab bei der Probe vorgestern beinahe die Krise gekriegt«, erklärte er mit ungewohnt bleichem Gesicht. »Ich musste ständig daran denken, dass da Oxanas Leiche dringelegen hat, und um ein Haar hätte ich den Verbindungsgang vollgekotzt. Da kriegst du mich ganz bestimmt nicht mehr durch. Ich hau über den Hauptweg ab, ja?«

»Nichts da«, lehnte Valentin barsch ab. »Wenn du mit Anlauf in den Brunnen springst und verschwindest, dann ist das ein toller Effekt für das Publikum. Der wird nicht gestrichen.«

»Du hast leicht reden«, knurrte Sandro. »*Du* musst da ja nicht reinhüpfen und dir dabei vorstellen, dass du auf einer Leiche landest.«

Valentin verdrehte sichtlich genervt die Augen. »Jetzt stell dich nicht so an! Weißt du was, wir schrubben den Brunnen noch mal ordentlich und streichen ihn innen neu, dann riecht da nichts mehr nach Leiche.«

»Das meine ich doch gar nicht!« Sandros Wangen bekamen wieder Farbe, und es handelte sich dabei eindeutig um Zornesröte. »Ich finde einfach, wir sollten den Brunnen jetzt nicht mehr in die Inszenierung mit einbeziehen. Den Auftritt auf der Brücke, von der Peter runtergefallen ist, hast du doch auch gestrichen!«

»Ja, weil Arjun im Gegensatz zu Peter keinen Zwergenaufstand macht bei der Aussicht, sich auf ein Pferd zu setzen«, konterte Valentin. »Ach übrigens, Arjun – Daniela kommt nachher mit ihren Pferden, damit wir deinen ersten Auftritt endlich mal hoch zu Ross üben können.«

Surendra, der die Auseinandersetzung aus einigen Metern Entfernung stumm verfolgte, hob kurz den Daumen und verkniff sich ansonsten jede Reaktion. Bis zu diesem Moment hatte er heimlich gehofft, dass der Pferde-Kelch doch noch an ihm vorübergehen würde – aber das musste ja keiner merken, und schon gar nicht Valentin, der sowieso schon mit den Nerven zu Fuß ging.

»Also *ich* finde es nicht richtig!« Sandro war eindeutig nicht gewillt, seinen Protest einfach so abschmettern zu lassen. »Es ist absolut respektlos gegenüber Oxana, diesen Brunnen weiterhin zu bespielen und Späße damit zu machen, als sei nichts geschehen. Zumindest in dieser Spielzeit sollten wir das bleiben lassen. Deshalb, auch wenn du dich auf den Kopf stellst: Ich nehme ab sofort einen anderen Fluchtweg!«

»Das wirst du *nicht!*« Valentin stampfte mit dem Fuß auf. »*Ich* bin hier der Regisseur!«

»Ja, aber ohne Spieler bist du nichts!«, schoss Sandro zurück. »Und wenn ich streike, dann kannst du deinen verdammten Don Juan selber spielen!«

»*Schluss jetzt, Himmel Herrgott Sakrament! Hört endlich auf!*«

Die Stimme, laut und sehr energisch, kam von der Zuschauertribüne. Surendra wandte den Kopf und sah, wie Lars Lege die Stufen hinunter und auf die beiden Streithähne zuhastete. Der Theaterleiter hatte sich an diesem Tag zum ersten Mal seit Langem wieder bei einer Probe blicken lassen und bis dahin, jedenfalls auf Surendra, seltsam nervös gewirkt. Aber nun schien er wild entschlossen, ein Machtwort zu sprechen.

»Ich kann dich ja verstehen, Sandro«, sagte er, »aber am Ende ist der Brunnen einfach nur ein Brunnen und kein Altar, den wir jetzt schmücken und verehren müssten. Oder sollen wir etwa bei der Premiere ein Transparent dran befestigen mit der Aufschrift *Ruhe in Frieden, Oxana* oder so was Ähnliches?«

»Davon abgesehen, dass das eine sehr schöne Geste wäre – man könnte das Transparent dann ja unmittelbar vor Stückbeginn abnehmen – aber das habe ich nie gefordert«, entgegnete Sandro. »Ich möchte lediglich einen anderen Fluchtweg nehmen. Und ihr tut alle so, als wäre das ein Verrat an Shakespeare und sämtlichen Regisseuren der Welt!«

»Auf jeden Fall hält es jetzt die Probe auf, und das können wir alle zusammen nicht brauchen«, versetzte Lars. »Von mir aus lass heute den Abgang bleiben, aber bis spätestens zur Generalprobe streichen wir den Brunnen komplett neu, ziehen damit einen Schlussstrich, und dann spielst du die Flucht wieder so, wie Valentin sie inszeniert hat.«

»Ähm, Lars – wenn du sagst: *wir* streichen den Brunnen – wen meinst du dann mit dem ›wir‹?«, mischte sich plötzlich Tom Matt ein, der in einem abgetragenen Arbeitsoverall und mit einer Bierflasche in der Hand neben ihm auftauchte. »*Ich* mach das jedenfalls nicht, ich hab noch genügend andere Arbeiten zu erledigen, und ich lass mir nicht noch mehr aufhalsen, nur weil hier zwei Schwuchteln herumzicken. Ihr wisst, wo ihr die Malerutensilien findet – wenn ihr partout noch mal an dem Brunnen rumwerkeln wollt, dann macht das gefälligst selbst!«

Prompt erhob sich bei den Umstehenden einhellige Empörung – nicht gegen die Aussicht, eventuell noch einmal einem Bühnenbilddetail mit Farbe und Pinsel zu Leibe zu rücken, sondern gegen Tom Matts Wortwahl bezüglich der beiden homosexuellen Kollegen. Der ließ sich davon nicht im Mindesten beeindrucken, gab ein abfälliges Schnauben von sich und trank die halbe Bierflasche in einem Zug leer.

»Sag mal, Tom – geht's noch?«, fuhr Lars den Bühnenbildbauer an. »Dir ist hoffentlich von selbst klar, dass das gerade voll daneben war. Wenn du einigermaßen Eier in der Hose hast, dann entschuldigst du dich für die ›Schwuchteln‹. Ich meine, gerade du solltest eigentlich wissen, dass man sich mit solchen Ausdrücken und so einer Einstellung keine Freunde macht.«

»Hugh – Häuptling Lars hat gesprochen.« Toms Stimme triefte vor Ironie. »Aber weißt du was? Das ist mir scheißegal! In diesem Land gilt zum Glück immer noch das Recht auf freie Meinungsäußerung, und ich lass mir meine Meinung von niemandem verbieten, weder von dir noch von diesen Gerichtsfritzen in ihren schwarzen Roben oder von sonst jemandem. Wedelt ihr doch alle mit euren Regenbogenfahnen rum, so viel ihr wollt – ich mach da nicht mit. Lieber steh ich freiwillig vor dem Rest der Welt als blödes Arschloch da.«

Demonstrativ setzte er seine Bierflasche an die Lippen und trank sie leer. Lars bebte sichtlich vor Zorn, und für einen Moment sah es so aus, als wollte er auf Tom losgehen. Doch dann packte Sandro ihn am Oberarm, sah ihn an und schüttelte traurig den Kopf. Sein Gesicht hatte sämtliche Farbe verloren.

»Lass gut sein, Lars«, sagte er. »Das ist es nicht wert, dass wir uns jetzt hier die Köpfe einrennen. Ich mach meine Flucht durch den Brunnen, wie geplant. Und die Schwuchtel steck ich weg. Ich weiß ja, von wem's kommt.«

Lars schien für ein paar Sekunden mit sich zu kämpfen. Dann glitt sein Blick zu Valentin Zeus, der wortlos und zustimmend nickte. Tom Matt hatte sich da bereits abgewandt und steuerte ungerührt auf die Theaterkantine zu. Vermutlich, um sich dort noch ein Bier zu holen.

»Gut«, sagte Lars. »Dann machen wir jetzt erst mal mit der Probe weiter.«

Während er zurück auf die Zuschauertribüne ging und Valentin alle Beteiligten für die Verhörszene auf die Bühne zitierte, schlüpfte Surendra kurz in die Umkleidehütte auf der rechten Bühnenseite, um einen Schluck Wasser zu trinken. Zu seiner Überraschung fand er dort Thilo Matt vor, der auf einem Stuhl saß und vor sich hinstarrte.

»Hey, Thilo!«, sagte er vorsichtig. »Alles in Ordnung?«

Thilo hob den Kopf und produzierte ein wässriges Lächeln, als er Surendra sah.

»Kein Grund zur Sorge«, antwortete er. »Ich wollte nur einen Moment lang allein sein.«

Von draußen drang durch das geöffnete Fenster die energische Stimme von Martina Schröder herein, die als Wachtmeister Holzapfel auf hinreißend komische Art die beiden Gefangenen Borachio und Conrad zu deren Rolle bei Don Juans Intrige befragte, durch die die unglückselige Hero öffentlich verleumdet worden und, wie man allgemein glaubte, zu Tode gekommen war.

»Ist das nicht seltsam«, sagte Thilo mit monotoner Stimme, »dass wir hier in unserem Stück ein Verhör wegen dem ›Tod‹ einer Frau auf die Schippe nehmen und das Publikum damit zum Lachen bringen – wo wir doch inzwischen allesamt wissen, wie es sich anfühlt, wenn man wegen einer toten Frau von der Polizei vernommen oder gar verdächtigt wird.« Er schnaubte zynisch. »Wenigstens werden bei uns die Verbrecher im Nullkommanichts entlarvt und dingfest gemacht.«

Nachdenklich betrachtete Surendra den jungen Mann, der sich seit dem Mord an Oxana sichtlich verändert hatte. Auf der Bühne spielte Thilo zwar weiterhin scheinbar mühelos den vor guter Laune meist übersprudelnden Benedikt, ansonsten war er jedoch sehr viel zurückhaltender und ernster geworden und wirkte, trotz seines jugendlich-frechen Kurzhaarschnitts, geradezu unheimlich reif und entschieden älter als seine zweiundzwanzig Jahre.

Während draußen Borachio und Conrad gegenüber Wachtmeister Holzapfel erst mal eiskalt auf *nicht schuldig* plädierten, zog Surendra einen freien Stuhl heran und setzte sich Thilo gegenüber.

»Ich bin sicher, man wird auch noch Oxanas Mörder finden«, sagte er ruhig. »Du hast sie sehr geliebt, ja?«

»Sie war eine tolle Frau, und ein wunderbarer Mensch«, antwortete Thilo. »Ich kann nicht sagen, ob wir auf immer und ewig zusammengeblieben wären, aber ich bereue keine Sekunde mit ihr. Ich mochte sie von Anfang an, seit sie zu uns ins Theater gekommen war. Wir alle mochten sie ... jedenfalls wir Männer. Die Frauen haben sie wohl eher als Konkurrenz betrachtet.«

»Auf der Bühne oder bei den Männern?«

»Beides.«

»Wie lange war sie denn beim Theater?«

»Sie hat im *Sommernachtstraum* zum ersten Mal mitgemacht. Das war im Jahr vor Corona«, erinnerte sich Thilo. »Dann war sie die Sheherazade bei den szenischen *1001-Nacht*-Lesungen, die wir während der Pandemie im Sommer veranstaltet haben – und danach sollte sie die Hero spielen. Aber dazu kam es dann ja nicht mehr.«

»Hat bei einem ihrer Auftritte mal der Brunnen in irgendeiner Form eine besondere Rolle gespielt?«, erkundigte sich Surendra, als er an Dorothea Kaisers entsprechende Spekulation dachte.

»Nicht dass mir da spontan etwas einfällt. Wieso fragst du?«

»War nur so eine Überlegung. Hätte ja sein können, dass der Mörder sie aus einem ganz bestimmten Grund gerade in dem Brunnen versteckt hat.«

Thilo schüttelte den Kopf. »Die einzige Theaterparallele, die ich sehe, ist, dass Oxana eine verleumdete und zu Unrecht beschuldigte Frau war – wie Desdemona, wie

Genoveva und eben auch wie Hero. Selina und ihr Hofstaat sind ja jetzt noch überzeugt, dass Oxana Peter umgebracht hat, was in meinen Augen absoluter Blödsinn ist. Manchmal beneide ich Finn um die Ohrfeige, die er dieser blöden Kuh verpassen darf.«

Surendras Mundwinkel zuckten. Er wusste, dass die Ohrfeige, von der Thilo sprach, in der Anklageszene ursprünglich nicht vorkam und von Valentin lediglich eingebaut worden war, um Finn bei Laune zu halten. Selina hatte anfangs natürlich heftig dagegen protestiert (»wieso muss ich mir von *dem da* in aller Öffentlichkeit eine runterhauen lassen?«), sich aber schließlich gefügt, als Valentin sie von dem dramatischen Effekt dieser Szene überzeugt und ihr außerdem versichert hatte, dass Finn nicht brutal zuschlagen würde – Hero sollte ja nicht verletzt oder gar ausgeknockt, sondern lediglich gedemütigt werden. Allerdings hatte sie Finn bereits vorgewarnt, dass, sollte seine Backpfeife doch einmal zu kräftig ausfallen, sie ihm diese in der Schluss-szene knallhart zurückgeben würde, wenn Hero, von allen Anschuldigungen rehabilitiert, ihrem reumütigen Ankläger Claudio gegenübertrat. Und wer Selina kannte, konnte sich ausrechnen, dass das keine leere Drohung war.

Wohl auch deshalb hielt sich Finn daher bislang in der Tat sehr zurück, seine Ohrfeige hatte bestenfalls symbolischen Charakter. Dass Thilo ihn dennoch darum beneidete, sich an Selina auf diese Weise abreagieren zu dürfen, sprach Bände. In diesem Punkt schwammen er und Finn offensichtlich nach wie vor auf gleicher Wellenlänge, auch wenn es ansonsten zwischen ihnen zuletzt zu leichten Spannungen gekommen war. Wahrscheinlich, so vermutete Surendra, war Finn ein bisschen neidisch auf seinen Freund, weil der bei der allseits begehrten Oxana zum Zuge gekommen war, und das war wohl in gewisser Weise sogar verständlich.

»Seien wir froh, dass es hier nicht noch mehr Ohrfeigen regnet«, meinte er lakonisch. »Vorhin sind wir ja wohl nur haarscharf an einer handfesten Keilerei vorbeigeschrammt.«

Thilos Gesichtszüge verhärteten sich.

»Am liebsten hätte ich Papa höchstpersönlich eine geklatscht«, sagte er. »Er ist so ein *Arschloch* ... ja, sorry, ich weiß, so was sagt man nicht über seinen Vater, aber wenn's doch wahr ist! Der Mann ist ein in kackbrauner Wolle gefärbter Reaktionär mit Ansichten aus dem finstersten Mittelalter. Oder aus dem Dritten Reich, wie man's nimmt. Ich kann gar nicht mehr zählen, wie oft ich mich schon dafür geschämt habe, sein Sohn zu sein.«

»Kann ich verstehen«, sagte Surendra mit ehrlichem Mitgefühl. »Lars scheint ja auch nicht wirklich gut auf ihn zu sprechen zu sein, oder?«

»Das ist hier eigentlich keiner«, erwiderte Thilo. »Das Problem ist nur, dass er ein verdammt guter Handwerker ist und freiwillig Stunden auf dieser Bühne verbringt, um die ganzen Drecksarbeiten zu erledigen, die sonst keiner machen will. So gesehen können wir nur froh sein, dass wir ihn haben – ohne ihn wäre das Theater aufgeschmissen. Das weiß Lars auch, deshalb stellt er sich nach wie vor so gut wie möglich mit ihm. Auch wenn's hin und wieder zwischen ihnen knallt, so wie vorhin.«

»Ich hab mal was läuten hören, Lars hätte irgendwann einmal vor Gericht gegen deinen Vater ausgesagt«, bemerkte Surendra beiläufig. »Da hat's dann wohl auch ›geknallt‹, was?«

»Erinnere mich nicht daran.« Thilo verdrehte die Augen. »Papa hat damals hinterher das ganze Haus zusammengebrüllt. Am liebsten hätte er uns allen verboten, jemals wieder beim Theater mitzumachen, zumindest solange Lars hier der Chef ist. Zum Glück hat Mama dann ein Machtwort gesprochen. Und einige Zeit später hat Papa sich auch wieder abgeregt und weiter Bühnenbilder gebaut, als wäre nichts geschehen.«

»Wie kommt eigentlich deine Mutter mit den … Ansichten ihres Mannes klar?« Zu seiner Überraschung und nicht ohne eine Portion Selbstkritik fiel Surendra auf, dass er sich diese Frage noch nie gestellt hatte.

Thilo zuckte die Achseln. »Sie stellt dann immer auf Durchzug. Anders würde sie es wohl nicht aushalten. Ihre Kundinnen in der Schneiderei wissen zum Glück, dass sie ganz anders denkt. Und ich gehe jede Wette ein: Sobald auch meine beiden Schwestern von zu Hause ausgezogen sind, reicht sie die Scheidung ein.«

»Du hast schon eine eigene Wohnung?«

»Ja, und da hab ich richtig Glück gehabt. Bezahlbare Wohnungen werden ja immer seltener, und vor allem kleine musst du schon fast mit der Lupe suchen. Aber ich hab das Ein-Zimmer-Appartement von einem Freund übernehmen können, den es aus beruflichen Gründen nach Stuttgart verschlagen hat.«

»Wie schön für dich«, begann Surendra – dann stockte er und lauschte nach draußen, wo jetzt zwei tiefe Männerstimmen erregt miteinander sprachen. »Himmel, das sind ja schon Leonato und Antonio! Verflixt, ich muss auf die Bühne, aber ganz schnell! Bis nachher!«

Er sprang auf, rannte nach draußen und kam gerade noch rechtzeitig, um aufs Stichwort zusammen mit Finn aufzutreten und, wenn auch leicht außer Atem, Andreas Forstberger und Marcel Schröder »einen schönen guten Morgen« zu wünschen.

* * *

Kurz vor dem Ende der Probe erklang aus der Richtung des Mitwirkendenparkplatzes Hufgeklapper, und Surendra sah, wie vier Pferde auf das Bühnengelände geführt wurden. Sie wirkten allesamt ruhig und gelassen, als ginge alles um sie herum sie gar nichts an. Das mussten die Pfalz-Ardenner sein, von denen Lars ihm bei ihrer ersten Begegnung erzählt hatte. *Die sind ausgesprochen gutmütig,* hatte der Theaterleiter ihm versichert, *die bringt so schnell nichts aus der Fassung.* Bei dem Anblick der vier prächtigen Kaltblüter war Surendra geneigt, ihm das zu glauben. Dennoch wurde ihm schlagartig etwas flau im Magen.

Valentin brach die Probe kurzerhand ab, bedankte sich bei allen und bat lediglich die Darsteller von Don Pedro, Don Juan, Claudio und Benedikt, noch zu bleiben. Während alle anderen zusammenpackten und Sandro, Finn und Thilo erfreut die Pferde begrüßten, die sie offensichtlich noch vom Vorjahr kannten, kam Lars auf die Bühne und führte Surendra zu einer kleinen, drahtigen Frau mit dunklem Lockenkopf, die das größte der vier Pferde an einem Führstrick hielt.

»Arjun – das ist Daniela Schulze, unsere Pferdelady. Sie hat einen großen Stall in der Nähe von Münzdorf und züchtet dort unter anderem diese sehr selten gewordenen Pfalz-Ardenner. Daniela – das ist Arjun Sahani, unser neuer Don Pedro, und er hat laut eigener Aussage noch nie auf einem Pferd gesessen. Sei also erst mal gnädig mit ihm, ja?«

»Klar!« Danielas Augen blitzten vergnügt. Sie musterte Surendra von oben bis unten und schnalzte anerkennend mit der Zunge. »Das kriegen wir schon hin. Freut mich, dich kennenzulernen, Arjun. Schön, dass wir diesmal einen Pedro haben, der keine Angst vor Pferden hat. Du hast doch keine Angst, oder?«

Surendra schüttelte wortlos den Kopf. Eine Antwort, die weder gelogen war noch unglaubwürdig klang, fiel ihm nicht ein. Ganz abgesehen davon, dass sein Mund sich inzwischen unangenehm trocken anfühlte.

»Na denne.« Sie strich sanft über den Hals ihres Pferdes. »Das ist Luna. Sie ist eine ganz Liebe, ich bin sicher, ihr werdet glänzend miteinander zurechtkommen.«

Surendra betrachtete die muskulöse Stute, die nicht ganz so groß war, wie er befürchtet hatte, aber immer noch groß genug, um ihm Respekt einzuflößen. Das Fell schimmerte in einem marmorierten Silbergrau, die dichte Mähne und der lange Schweif waren beinahe schwarz, und der Blick der samtig-dunklen Augen wirkte gelassen. Allerdings tänzelte sie ein wenig, und als er einen Schritt auf sie zutrat, schüttelte sie plötzlich heftig den Kopf und wieherte laut, sodass Surendra hastig ein paar Schritte zurückwich.

»Ganz ruhig, Luna!«, sagte Daniela sehr sanft und warf Surendra einen Blick zu, der um Entschuldigung bat. »Sie kennt dich noch nicht, vielleicht ist sie deshalb etwas nervös. Hier …« Sie kramte in ihrer Jackentasche und hielt Surendra ein Stück Würfelzucker entgegen.

»Gib ihr das, damit sie sieht, dass du ihr Freund bist. Einfach auf der offenen Handfläche hinhalten, ja, genau so … Sehr gut!«

Surendra gehorchte mechanisch ihren Anweisungen, während er sich zum siebenundfünfzigsten Mal innerhalb der vergangenen zehn Minuten fragte, wieso man ihm und dem Pferd nicht schon viel früher Gelegenheit gegeben hatte, sich aneinander zu gewöhnen. Er sah ja ein, dass man die Pferde nicht zu jeder Probe herbeischaffen konnte, der Transport war sicher sehr umständlich und bedeutete vermutlich auch Stress für die Tiere. Aber er hätte es einfach gern schon etwas früher ausprobiert als gerade mal gut eine Woche vor der Premiere, ob er sich tatsächlich in einem Sattel halten und dabei auch noch Shakespeare rezitieren konnte. Andererseits war diese Vorgehensweise hier offensichtlich Usus und hatte wohl bislang auch jedes Mal reibungslos funktioniert. Also galt es für ihn nun einfach, die Kröte zu schlucken und brav mitzuspielen, so wie von Anfang an bei dieser in jeder Hinsicht verrückten Mission.

Zwei Lippen, überraschend rau und weich zugleich, nahmen behutsam den Zuckerwürfel von seiner Handfläche. Unwillkürlich atmete Surendra auf, trat vorsichtig einen Schritt näher, und Luna protestierte diesmal überhaupt nicht, als er die Hand ausstreckte und auf ihren silberglänzenden Hals legte.

»Na siehst du«, stellte Daniela zufrieden fest. »Ihr versteht euch doch, ihr zwei. Willst du mal versuchen, aufzusteigen?«

»Früher oder später muss ich ja sowieso«, erwiderte Surendra ergeben und streichelte noch einmal über den Hals der Stute. »Tut mir leid, falls ich dir wehtue, Luna. Ich versichere dir, es ist keine böse Absicht.«

Daniela prustete belustigt. »Damit hätten wir auch das vorab geklärt. Also komm – nimm einfach ganz viel Schwung! Ich halte Luna am Führstrick fest, da kann gar nichts passieren.«

Surendra atmete tief durch und sandte ein Stoßgebet zu Ganesha. Dann stellte er den linken Fuß in den linken Steigbügel, suchte mit den Händen Halt auf dem Sattel, stieß sich mit aller Kraft ab, schwang das rechte Bein über den Pferderücken – und landete zu seiner größten Verblüffung tatsächlich rittlings im Sattel. Im gleichen Moment jedoch stieß Luna ein lautes, fast panisches Wiehern aus und bockte. Erschrocken zerrte Surendra an den Zügeln, woraufhin Luna sich noch mehr zur Wehr setzte. Verzweifelt versuchte er, sich im Sattel zu halten – sein rechter Fuß, mit dem er noch nicht in den Steigbügel gefunden hatte, ruderte hilflos in der Luft herum – und dann riss Luna sich los und galoppierte davon. Surendra merkte noch, wie er ruckartig nach links geschleudert wurde, dann sah er den gekiesten Weg auf sich zukommen, und im nächsten Moment wurde es Nacht um ihn.

* * *

»*Arjun? Um Himmels willen, sag was!*«

Die Stimme drang wie durch mehrere Lagen Watte hindurch an sein Ohr, und aus noch weiterer Entfernung hörte er ein gedämpftes Wiehern, bei dem er unwillkürlich zusammenzuckte. Etwas Kaltes, Nasses berührte seine Stirn. Er stellte fest, dass seine Augen geschlossen waren, und versuchte vorsichtig, sie zu öffnen.

»*Hörst du mich, Arjun? Wach auf! Sag was!*«

Die Konturen, die langsam vor ihm auftauchten, waren mehr als verschwommen, aber zumindest die Stimme erkannte er jetzt. Sie gehörte Bernd Lege, Lars' älterem Bruder.

»Ich hab … doch gewusst … dass das nicht gutgeht«, presste er mühsam hervor. Er hörte, wie Bernd Lege erleichtert aufatmete.

»Gott sei Dank, mit deinem Kopf scheint alles in Ordnung zu sein. Du hast uns keinen schlechten Schrecken eingejagt.«

Inzwischen war Surendra sich seiner Situation ziemlich genau bewusst: Er lag auf der Erde mit irgendetwas Weichem unter seinem Kopf, jemand betupfte sein Gesicht mit einem nassen Tuch, und sein ganzer Körper schien nur noch aus Schmerzen zu bestehen.

»Kannst du dich aufsetzen? *Kann mir mal jemand eine Flasche Wasser bringen?*«

Zu seiner Überraschung gelang es Surendra tatsächlich, sich mit Hilfe mehrerer helfender Hände in eine sitzende

Position aufzurichten, ohne dass ihm dabei übermäßig schwindelig wurde. Eine Flasche Mineralwasser wurde ihm in die Hand gedrückt, und er trank in tiefen Zügen. Dann merkte er verwundert, dass Bernd Lege sorgfältig seine Beine und Knöchel abzutasten begann.

»Ich bin ausgebildeter Rettungssanitäter«, erklärte Bernd, als ihm Surendras fragender Blick auffiel. »Natürlich musst du nachher auch noch zu einem Arzt für eine genauere Untersuchung, aber ich kann zumindest schon mal checken, ob deine Knochen heilgeblieben sind. Hast du irgendwo Schmerzen?«

Surendra schnaubte sarkastisch. »Frag mich lieber, wo … ich *keine* habe.«

»Das ist der Schock«, meinte Bernd gleichmütig. »Gebrochen hast du dir jedenfalls nichts, soweit ich das beurteilen kann – vor allem nicht das Rückgrat, du hast eindeutig reagiert, als ich deine Beine vorhin probeweise berührt habe. Willst du mal versuchen, aufzustehen?«

»Klar«, antwortete Surendra, immer noch mit einer ordentlichen Portion Sarkasmus. »Oder glaubst du, ich hab vor, hier zu übernachten?«

Erneut streckten sich ihm zahlreiche Hände entgegen, um ihm aufzuhelfen. Er verzog das Gesicht, als er stechende Schmerzen in der Hüfte verspürte, aber er biss die Zähne zusammen, bis er schließlich wieder, wenn auch noch etwas schwankend, auf seinen beiden Beinen stand. Offenbar war tatsächlich nichts gebrochen, aber in jedem Fall hatte er sich eine saftige Hüftprellung zugezogen. Und er wusste, dass so etwas verdammt langwierig sein konnte. *Mist.*

Vorsichtig setzte er einen Fuß vor den anderen und stellte dabei fest, dass er sich im Moment nur noch hinkend fortbewegen konnte. Er stöhnte auf vor Schmerz, als seine lädierte Hüfte sich ungnädig bemerkbar machte.

»Hier, setz dich!«, hörte er die raue Stimme von Tom Matt, der von irgendwoher einen Klappstuhl organisiert hatte. Dankbar ließ Surendra sich darauf nieder.

»Das Pferd …«, sagte er leise. »Was ist mit dem Pferd?«

»Daniela hat es wieder eingefangen«, antwortete Lars Lege. Er schüttelte fassungslos den Kopf. »Ich begreif das nicht – so etwas ist hier noch nie vorgekommen.«

»Es tut mir leid«, murmelte Surendra niedergeschlagen.

»Das muss es nicht.« Daniela eilte mit schnellen, harten Schritten herbei, das Gesicht rot vor Zorn. »Es war nicht deine Schuld, Arjun. Wer hat Luna gesattelt?«

Sie musterte mit strengen Blicken ihre drei jungen Pferdepfleger, die etwas abseits standen und das Ganze nervös verfolgten. Einer von ihnen hob zaghaft den Finger.

»Und dir ist nicht eingefallen, dir die Satteldecke vorher genau anzusehen?«, fragte sie scharf.

Wortlos und beschämt senkte der Junge den Kopf.

»Du hirnloser Idiot!« Daniela schäumte vor Wut. »So etwas *darf* nicht passieren!«

Sie wandte sich an Lars und Surendra.

»In der Satteldecke hat ein Holzsplitter gesteckt«, erklärte sie. »Ich hab Luna den Sattel abgenommen, und da habe ich ihn entdeckt. Hier – das ist der Übeltäter!«

Sie hielt den beiden ihre rechte Handfläche entgegen, auf der ein kleiner, bösartig spitzer Holzspan lag.

»Aber wie kommt so ein Teil in die Satteldecke?«, fragte Lars bestürzt. »Sag bitte nicht, dass jemand *wollte*, dass Arjun vom Pferd fällt!«

»Nicht zwingend«, entgegnete Daniela. »So etwas kann auch ganz von selbst passieren, wenn der Sattel über einer Holzstange gegangen hat. Nur kontrolliert man dann üblicherweise zuerst, ob eventuell entsprechende Fremdkörper in der Decke hängengeblieben sind, bevor man sie über den

Rücken des Pferdes legt. Was in diesem Fall scheint's nicht geschehen ist!« Sie warf dem völlig geknickten Jungen einen vernichtenden Blick zu. »Das Ding hat Luna mit Sicherheit bereits in den Rücken gestochen, als dieser Dummkopf den Sattelgurt zugezogen hat. Deshalb war sie wohl auch zuerst so unruhig.«

»Und dann plumpse ich auch noch mit meinem ganzen Gewicht auf sie drauf.« Surendra fuhr sich mit beiden Händen über das Gesicht. »Kein Wunder, dass sie durchgegangen ist – das muss ihr entsetzlich wehgetan haben!«

»Mit Sicherheit, aber wie gesagt: Du kannst nichts dafür.« Daniela betrachtete ihn besorgt. »Sag mir lieber, dass dir nichts Schlimmes passiert ist!«

»Ein paar Schrammen und Prellungen, vor allem an der Hüfte, aber ansonsten scheine ich Glück gehabt zu haben«, antwortete Surendra. »Allerdings kann es jetzt durchaus passieren, dass Don Pedro bei der Premiere am Stock geht. Vorausgesetzt, ich treibe irgendwo einen auf.«

»Das sollte das geringste Problem darstellen«, meldete Valentin sich zu Wort. Er war leichenblass geworden. »So was haben wir mit Sicherheit im Fundus. Die Frage ist ja eher, ob du *überhaupt* auftrittst.«

»Warum sollte ich denn nicht?«, gab Surendra ehrlich verwundert zurück. »Wegen eines Holzsplitters in einer Satteldecke, den jemand dummerweise übersehen hat? Das scheint mir doch reichlich übertrieben.«

»Und wer sagt uns, dass es tatsächlich ein Versehen war?«, entgegnete Valentin. »Es kann ebenso gut ein gezielter Anschlag auf dich gewesen sein.«

»Das glaube ich nicht«, meinte Surendra lakonisch. »Schließlich stirbt Don Pedro bekanntlich erst bei der Premiere.«

Mit dieser Bemerkung entlockte er den Umstehenden tatsächlich ein paar vereinzelte, wenn auch gedämpfte

Lacher. Auch Lars Leges Gesicht verzog sich zu einem Grinsen.

»Und du sagst, dass *wir* einen schrägen Humor haben«, versetzte er. »Deiner ist auch nicht von schlechten Eltern.«

»Aber es stimmt doch«, sagte Surendra unbeirrt. »In der Todesanzeige war eindeutig von der Premiere die Rede. Ich weigere mich entschieden, jetzt vorher schon die Nerven zu verlieren.«

»Recht hast du«, stimmte Lars ihm zu. »Wir lassen uns doch von so einem winzigen Stück Holz nicht ins Bockshorn jagen! Außerdem ist die Premiere seit Wochen restlos ausverkauft. Soll sie jetzt vielleicht wieder ins Wasser fallen, nur weil Don Pedro am Stock geht?«

»Und was ist, wenn er danach überhaupt nicht mehr geht?«, fuhr Valentin ihn an. »Begreifst du denn nicht? Jemand will die Premiere sabotieren, und vielleicht war das mit Luna heute schon mal eine Vorwarnung! Was muss denn noch alles passieren? Peter *ist* bereits tot, Oxana auch – willst du jetzt allen Ernstes auch noch das Leben von Arjun riskieren?«

»Arjun wird nichts passieren«, erwiderte Lars verbissen.

»Wie kannst du das wissen?«, fragte Valentin inquisitorisch. »Ich für meinen Teil will nicht schuld sein, wenn es wieder einen Toten auf unserer Bühne gibt. Ich sage: Wir müssen die Premiere absagen – oder zumindest verschieben. Das Risiko ist einfach zu groß!«

»Verdammt noch mal!«, explodierte Lars. »Es *gibt* kein Risiko! *Niemand* wird bei der Premiere sterben! Diese dumme Todesdrohung war nur ein Scherz. *Ich* habe sie geschrieben!«

12

Hätte in diesem Moment eine Bombe auf dem Theatergelände eingeschlagen, die Wirkung hätte nicht größer sein können. Sprachlos starrten alle Lars Lege an, der mit leicht zitternden Fingern ein Taschentuch aus der Hosentasche fischte und sich die Schweißperlen von der Stirn wischte.

»So, jetzt wisst ihr's. Und ich bin verdammt froh, dass es raus ist.«

Surendra war mindestens ebenso fassungslos wie die anderen, wenn nicht sogar noch mehr. Der Verfasser der anonymen Todesanzeige, wegen der er seit Wochen hier in Hayingen herumhing, sich als Shakespeare-Darsteller zum Affen machte und zur Krönung vorhin beinahe den Hals gebrochen hätte, sollte tatsächlich niemand anderes gewesen sein als der Theaterleiter selbst? Der obendrein die Chuzpe besessen hatte, ihn überschwänglich als den *furchtlosen Retter des Naturtheaters Hayingen* im Ensemble willkommen zu heißen? Musste er das begreifen? Wahrscheinlich nicht.

Es war Valentin Zeus, der schließlich als Erster die Sprache wiederfand.

»Und kannst du uns dann jetzt auch in Gottes Namen verraten: *Warum?*« Seine Stimme war ein unheilvolles Grollen. »Warum hast du das getan – und wie zum Teufel bist du auf so eine hirnrissige Idee gekommen?«

Lars biss sich auf die Lippen. »Weil *du* mich dazu verdonnert hast, den Don Pedro zu spielen«, erwiderte er gepresst. »Und weil ich das nicht wollte. Schließlich hatte ich zu dem

Zeitpunkt bereits die Karibik-Kreuzfahrt gebucht, die ich mir schon seit Jahren sehnsüchtig gewünscht habe.«

»Ja, das wissen wir«, entgegnete Valentin ungeduldig. »Aber die hast du doch storniert, nachdem du die Rolle übernommen hast! Ich weiß noch genau, wie du das zu den beiden Polizisten gesagt hast, als die damals die Sache mit der Todesanzeige aufgenommen haben.«

Lars murmelte etwas Unverständliches.

»Wie bitte?«, fragte Valentin scharf.

»Das war gelogen«, wiederholte Lars, diesmal so laut und deutlich, dass alle es hören konnten. Er klang ausgesprochen genervt. »Ich hatte nie vor, die Kreuzfahrt aufzugeben. Stattdessen hab ich überlegt, wie ich die Rolle auf gute Weise wieder loswerde – und dann kam mir eben diese Idee.«

Valentin blieb für zwei volle Sekunden der Mund offen stehen. Aber niemand nutzte die Gelegenheit, um das Wort zu ergreifen. Man überließ das Verhör des Theaterleiters vorerst weiterhin dem Regisseur.

»Du hast doch echt nicht mehr alle Nadeln an der Tanne!« Ungläubig schüttelte Valentin den Kopf. »Du versetzt uns alle hier in Angst und Schrecken – und nennst das ›auf gute Weise‹? Das ist ja ein noch schlechterer Scherz als die Todesanzeige selbst!«

Nun erhoben sich aus den Reihen der Umstehenden erste zustimmende und danach auch erregte und empörte Kommentare.

»Und heißt das jetzt auch«, fuhr Valentin plötzlich laut fort, um die anderen zu übertönen, »dass du Arjun schon von Anfang an als deinen Joker in der Hinterhand gehabt hast?«

Ein Schwall Adrenalin ergoss sich in Surendras Adern. *Jetzt würde seine Tarnung auffliegen.* Eigentlich begriff er nicht, warum ihn der Gedanke in Panik versetzte. Immerhin war die Sache mit der Todesdrohung nun geklärt, also gab es an sich keinen Grund mehr, seine wahre Identität weiterhin geheim zu halten. Aber irgendetwas in seinem Hinterkopf sagte ihm, dass besser noch nicht bekannt wurde, dass er in Wahrheit Polizist und ein Abgesandter der Reutlinger Kripo war. Er hatte keine Ahnung, warum. Aber sein Instinkt leitete ihn üblicherweise eher selten fehl.

»Nein«, hörte er Lars antworten, während er sich fieberhaft den Kopf zerbrach, wie er seine Entlarvung noch verhindern konnte. »Ehrlich gesagt bin ich davon ausgegangen, dass du die Rolle doch noch selbst übernehmen würdest, Valentin. Aber dann …«

Surendra überlegte nicht mehr länger und stieß einen lauten Schmerzensschrei aus. Fürs Erste erreichte er damit, was er wollte: Lars brach mitten im Satz ab, und alle Aufmerksamkeit richtete sich auf ihn. Er machte beschwichtigende Handbewegungen nach allen Seiten und murmelte dabei etwas wie »schon gut, hab nur versucht, aufzustehen, aber es tut immer noch scheußlich weh«. Dabei suchte er Lars' Blick, sah ihn eindringlich an und schüttelte so unauffällig wie möglich den Kopf.

»Geht's wieder, Arjun?«, fragte Valentin besorgt, und als Surendra bejahte, wandte er sich erneut an Lars. »Okay, du dachtest, *ich* würde den Pedro übernehmen, obwohl du ganz genau weißt, dass ich nicht gerne auf der Bühne stehe, wenn ich zugleich Regie führe – und dann?«

»Dann …« Lars schaute noch einmal zu Surendra, der für einen flüchtigen Moment den Zeigefinger vor den Mund legte in der inständigen Hoffnung, dass diese Geste sonst niemandem auffiel. »Das wisst ihr doch alle: Arjun hat mich angerufen, weil jemand ihm von der Todesanzeige erzählt hat, ich hab ihm gesagt, was hier los ist, und er hat angeboten, uns aus der Patsche zu helfen. Das war überhaupt nicht vorab geplant.«

»Genau so ist es«, stimmte Surendra ihm hastig zu. »Ich hatte Zeit, und Shakespeare hat mich schon immer mal gereizt, also bin ich eingesprungen.« Er warf Lars einen vorwurfsvollen Blick zu, der nicht im Mindesten gespielt war. »Dass er selbst hinter der Sache steckt, davon hatte ich keine Ahnung.«

»Dann warst du im doppelten Sinne ein Glücksfall.« Valentin sah ihn liebevoll an, und zum ersten Mal hatte Surendra kein ungutes Gefühl dabei. »Du hast mir einen Doppeleinsatz erspart, und du bist ein absoluter Gewinn für die Truppe. Deine Interpretation des Pedro finde ich ausgesprochen spannend, es macht Spaß, mit dir zu arbeiten. Ich hoffe sehr, dass du bis zur Premiere wieder einsatzfähig bist. Wir werden dich bei den Schlussproben jedenfalls so weit wie möglich schonen.«

»Danke«, murmelte Surendra verlegen.

»Apropos Premiere …« Jetzt richtete Valentin seine Aufmerksamkeit wieder auf Lars, und sein Blick wurde hart und durchbohrend. »Wie lange gedachtest du diese Farce eigentlich noch fortzuführen? Hattest du allen Ernstes vor, uns die Premiere quasi in Todesangst spielen zu lassen, oder hättest du vorher freundlicherweise noch Entwarnung gegeben?«

Das würde mich auch interessieren, dachte Surendra. *In mehrfacher Hinsicht sogar.*

Lars schien mittlerweile um mehrere Zentimeter geschrumpft zu sein. Seine Wangen brannten blutrot.

»Ich … ich wollte die Sache ja aufdecken«, sagte er leise. »Sobald die Proben so weit fortgeschritten waren, dass ich keine erneute Umbesetzung mehr riskieren würde. Aber …« Er brach ab und suchte sichtlich nach Worten.

Aber dann wurde dir von der Kripo Reutlingen ein Undercover-Ermittler ins Haus geschickt, schoss es Surendra durch den Kopf. *In dem Moment gab es nur noch zwei Möglichkeiten für dich: Entweder du bekennst auf der Stelle Farbe, um den Schaden zu begrenzen – dann hast du zu allem Ärger natürlich auch die Rolle umgehend wieder am Hals, und die Kreuzfahrt kannst du endgültig vergessen. Oder du nutzt das Angebot der Kripo und meine Gutmütigkeit schamlos für dich aus, hältst die Klappe bis zum Sankt-Nimmerleins-Tag und hoffst, dass ich dumm genug bin, eine eventuelle Täterschaft deinerseits gar nicht erst in Erwägung zu ziehen. Womit du leider sogar recht hattest. Das wird ein Nachspiel haben, mein Lieber.*

»Dann hab ich mitbekommen, welche Sicherheitsmaßnahmen die Polizei bereits für die Premiere vorbereitet hat«, fuhr Lars schließlich fort. »Die haben solche Ausmaße angenommen, dass ich es schlichtweg nicht mehr gewagt habe, die Wahrheit zu sagen. Stattdessen habe ich mir überlegt, dass ich während der Endproben ein anonymes Geständnis in den Schaukasten hänge, dass die Drohung nur falscher Alarm war. Damit die Premiere dann bedenkenlos stattfinden kann.«

»Wie rücksichtsvoll von dir!« Erstmals mischte sich nun Bernd Lege ein. »Sag mal, Bruderherz, hast du deinen Verstand schon mal in die Karibik vorausreisen lassen, weil du dachtest, du kommst problemlos eine Weile ohne ihn aus? Anders kann ich mir nicht erklären, wie du auf so eine bescheuerte Idee gekommen bist. Ist dir eigentlich bewusst, was für Konsequenzen diese Aktion für dich haben wird? Wenn du Pech hast, wird gegen dich wegen Vortäuschens einer Straftat ermittelt werden. Und auch wenn du besagte Straftat nie ernsthaft begehen wolltest, dann bleibt immer noch Irreführung der Behörden. Du sagst ja selbst, die Polizei hat bereits umfassende Sicherheitsmaßnahmen für die Premiere vorbereitet – und ich glaube nicht, dass die Rechnung dafür jetzt immer noch der Steuerzahler übernimmt. Die wird man *dir* präsentieren, in vollem Umfang bis zum letzten Cent! Die Stornierungsgebühren für deine dumme Kreuzfahrt wären billiger gewesen.«

Ringsum erhob sich beifälliges Gemurmel.

»Dafür füllt meine ›bescheuerte Idee‹ unsere Theaterkasse«, verteidigte sich Lars, nun wieder etwas energischer. »Denn am Ende des Tages war meine Aktion auch ein absolut genialer PR-Coup! Warum, glaubt ihr, sind wir denn restlos ausverkauft? Als das Foto von der Todesanzeige damals auf Facebook und Konsorten viral gegangen ist, da hat ein Run auf unsere Premierenkarten eingesetzt, wie ich ihn noch nie erlebt habe. Und kommt mir jetzt nicht damit, dass diese Leute an uns und unserer Kunst gar nicht interessiert sind und ihre Karten lediglich aus Sensationsgier gekauft haben, weil sie live dabei sein wollen, wenn die angekündigte Katastrophe passiert. Das ist mir, wie der Berliner sagt, schnurz und piepe. Wir haben volle Hütte, wir kriegen Zuschauer, die sich ohne die Todesdrohung nie zu uns verirrt hätten, und ihr könnt sagen, was ihr wollt: Ich finde das klasse!«

»Sollen wir dir jetzt etwa auch noch dankbar sein?«, fuhr Bernd ihn an.

»Zumindest solltet ihr mich nicht am nächsten Baum aufknüpfen«, gab Lars zurück.

Bei einigen der Umstehenden hatte sich die erste Erregung mittlerweile gelegt, sodass sie diese Bemerkung tatsächlich mit leise prustendem Gelächter quittierten. Bernds Gesicht verfinsterte sich noch mehr, doch während er noch nach einer Antwort suchte, trat Sandro Hoffmann zwischen die beiden Brüder.

»Lars hat recht«, sagte er. »Wir können hier keine Lynchjustiz starten, und wie du sehr richtig gesagt hast, Bernd, wird er sowieso noch eine ordentliche Quittung für diese Dummheit bekommen, wenn sich erst mal die Polizei damit befasst. Also Schluss fürs Erste mit diesem Tribunal, später haben wir noch mehr als genug Zeit, das alles aufzuarbeiten. Konzentrieren wir uns stattdessen lieber mit allen Kräften auf unsere Premiere, jetzt brauchen wir ja zum Glück keine Angst mehr vor ihr zu haben. Jedenfalls nicht mehr als das übliche Lampenfieber.«

»Immer vorausgesetzt, Arjun ist bis dahin wieder fit«, gab Bernd zu bedenken.

Surendra seufzte unhörbar in sich hinein. Ein Teil von ihm hatte nach allem, was er an diesem Tag erlebt und erfahren hatte, überhaupt keine Lust mehr, noch einmal einen Fuß auf diese Bühne zu setzen. Andererseits war die monatelange harte Arbeit der Theatertruppe umsonst gewesen, wenn er jetzt ausfiel. Und außerdem teilte er keineswegs Sandros Optimismus, was die Unbedenklichkeit der Premiere betraf. Die Todesdrohung gegen Don Pedro mochte sich erledigt haben, aber das änderte nichts an der Tatsache, dass noch mindestens ein, wenn nicht zwei Mörder frei herumliefen und es nicht undenkbar war, dass nach Peter Müller und Oxana Wadejewa noch weitere Ensemblemitglieder auf einer Abschussliste standen. Er *konnte* jetzt nicht abspringen. Schmerzen hin, Gehstock her.

Entschlossen stemmte er sich in den Stand und produzierte ein verbissenes Lächeln.

»Keine Sorge. Ich schaff das schon.«

* * *

Als Frank Hasemann am Telefon erfuhr, wie Surendras erster Ausflug auf einen Pferderücken geendet hatte, packte er auf der Stelle einen Koffer und fuhr noch am gleichen Abend nach Hayingen, um sich in dem kleineren Schlafzimmer des Lauterdörfle-Ferienhauses einzuquartieren. »Spätestens zur

Premiere wäre ich sowieso gekommen«, erklärte er, »aber nach dem, was du mir schilderst, kannst du jetzt jemanden an deiner Seite brauchen, der dir jede unnötige Anstrengung abnimmt, damit dein armer Körper sich erholen kann.«

Surendra war ihm mehr als dankbar dafür. Der Gehstock, den Finn nach dieser denkwürdigen Probe tatsächlich noch auf die Schnelle in einer der beiden Umkleidehütten aufgetrieben hatte, war ihm im wahrsten Sinne des Wortes eine willkommene Stütze. Aber er war für jeden Schritt froh, den er fürs Erste *nicht* machen musste, und er gab zu: Er genoss es, dass Frank ihm jetzt den Kaffee servierte, für regelmäßige Mahlzeiten auf dem Tisch sorgte und ihn nach Strich und Faden verwöhnte.

Außerdem nutzte er die Gelegenheit, sich mit seinem alten Freund und Vertrauten endlich einmal ausgiebig über die Ergebnisse seiner mehrwöchigen Ermittlungen – beziehungsweise Ermittlungsversuche – auszutauschen. Zwar hatte er ihn regelmäßig auf dem Laufenden gehalten, aber Telefonate und Chats waren nun mal kein adäquater Ersatz für ein Brainstorming, bei dem man sich Auge in Auge gegenübersaß. Und natürlich drehten sich ihre Gespräche in erster Linie um die unrühmliche Rolle von Lars Lege.

»Ich bin nicht mal ansatzweise auf die Idee gekommen, dass Lars der Mann sein könnte, den die Kripo und ich suchen«, sagte Surendra kopfschüttelnd, während Frank ihm ein Glas Wein einschenkte. »Ich frag mich immer wieder, ob ich etwas übersehen habe. Und wenn ja, was.«

»Also nach allem, was du mir erzählt hast, wäre ich auf den Mann wahrscheinlich auch nicht gekommen«, erwiderte Frank und ließ sich ihm gegenüber am Tisch nieder. »Er hat es aber auch verdammt raffiniert angestellt. Keinerlei Fingerabdrücke oder sonstige Spuren auf der Todesanzeige – er muss die ganze Zeit über Handschuhe getragen haben. Er bricht den Schaukasten auf, obwohl er den Schlüssel dazu hat – weil ihm klar ist, dass ein sauber aufgesperrter Kasten ihn sofort in den Fokus der Ermittlungen rücken würde. Und dann das Märchen von der längst brav stornierten Kreuzfahrt, das ihn von jedem Verdacht befreien sollte, er habe nie ernsthaft vorgehabt, die Rolle wirklich zu spielen, und nur noch einen glaubwürdigen Vorwand gebraucht, um sie niederzulegen. Die Ausrede mit der Stornierung hat er dir ja auch erzählt, oder?«

»Ohne mit der Wimper zu zucken«, antwortete Surendra. »Betonte auch noch, wie froh er wäre, dass er die Reise noch einmal neu buchen konnte, nachdem nun mit mir ein Ersatz-Pedro gefunden war. Und ich bin nicht einen Moment auf den Gedanken gekommen, dass diese Kreuzfahrt der eigentliche Grund war, weswegen er die Rolle loswerden wollte. Ich hab ihm voll abgekauft, dass er Angst um sein Leben hatte, weil er die Drohung gegen den ›nächsten Don Pedro‹ auf sich persönlich bezog.«

»Was wir ja alle nicht für unwahrscheinlich gehalten haben«, warf Frank ein. »Deshalb haben wir es ja auch riskiert, dich an die Front zu schicken. Weil wir hofften, dass der kryptische Schreiberling keinen Grund hat, statt Lars Lege nun dich ins Visier zu nehmen.«

Surendra schnaubte leise. »Wenn der Mann nur einen Funken Ehrgefühl im Leib hätte, dann wäre er in dem Augenblick mit der Wahrheit herausgerückt, als ihm höchst offiziell von der Polizei ein Undercover-Ermittler angeboten worden ist.«

»Wenn du mich fragst«, erwiderte Frank und schenkte sich etwas Wein nach, »dann hat der Mann sich in dem Moment einfach zu Tode geniert. Ich meine, versetz dich in seine Lage: Du hast eine Lumperei begangen, und du willst auf gar keinen Fall, dass das jemals herauskommt. Dann gestehst du sie doch nicht bei der erstbesten Gelegenheit freiwillig. Auch wenn es noch so vernünftig wäre.«

Surendra lächelte schräg. »Du wirst ganz schön nachsichtig in deinem fortgeschrittenen Alter.«

»Oh nein, versteh mich nicht falsch«, versetzte Frank. »Ich bin absolut deiner Meinung, dass es verdammt schäbig von dem Mann war, dich eine komplette Shakespeare-Rolle lernen und wochenlang proben zu lassen, nur weil er lieber seinen Bauch in die Karibik-Sonne hält als den Urlaub für sein Theater zu opfern. Aber ich kann verstehen, warum er den Mund nicht aufgemacht hat, als es für einen ehrenvollen Rückzug zu spät war. Schließlich hatte er einen Ruf zu verlieren. Sag mal, hat er sich eigentlich jemals bei dir nach dem Stand der Ermittlungen erkundigt?«

»So gut wie nie«, meinte Surendra. »Jetzt ist mir natürlich klar, warum. Er muss panische Angst gehabt haben, sich mir gegenüber in irgendeiner Form zu verraten. Wenn ich es recht bedenke, dann hat er mich nur einmal direkt gefragt, ob ich schon etwas weiß – das war nach dem Zoff zwischen seiner Tochter und Oxana. Ich hab ihn damals damit abgespeist, dass ich über laufende Ermittlungen aus Prinzip nicht rede.« Seine Miene verfinsterte sich. »Wahrscheinlich hat er sich in dem Moment innerlich totgelacht über mich.«

Die Erinnerung an jenen Abend kam zu ihm zurück wie ein eiskalter Wasserguss. Wie hatte Lars in Zusammenhang mit seiner »Abenteuerphase« zu ihm gesagt? »*Solange du keine Details weißt, kann mir nicht viel passieren.*« Im Nachhinein wirkten diese Worte auf ihn wie eine pure Verhöhnung, so wie die gesamte Mission, der er sich so gutgläubig unterzogen hatte. Er konnte sich nicht vorstellen, dass es in dem gesamten, zu Recht über Lars Lege entrüsteten Theaterensemble auch nur *einen* Menschen gab, der sich noch betrogener fühlte als er.

»Mein armer Surendra«, sagte Frank mitfühlend. »Ich kann dich sehr gut verstehen, und glaub bloß nicht, dass ich mir keine Vorwürfe mache. Schließlich habe *ich* dich für diesen Job vorgeschlagen. Ich hoffe nur, die vergangenen Wochen waren keine allzu große Qual für dich.«

»Aber nein.« Schlagartig wurde es Surendra wieder etwas leichter ums Herz. »Ich habe hier tolle Menschen kennengelernt. Ganz zu schweigen von der Alb. Ich hätte nie gedacht, dass ich mich mal in einer Gegend so unbeschreiblich wohlfühlen würde wie hier. Und außerdem …« Er stockte, nahm hastig sein Weinglas und trank einen Schluck.

»Und außerdem?«, fragte Frank mit unverhohlener Neugier. Surendra stellte sein Glas wieder ab, atmete tief durch und lächelte.

»Du wirst es nicht glauben, aber ich habe tatsächlich ein bisschen Gefallen am Theaterspielen gefunden. Das hätte ich nie gedacht, ganz ehrlich. Mich verstellen und zwischendurch mal kurz in eine Rolle schlüpfen, so wie ich es aus unserem Berufsleben kenne – das ist etwas ganz anderes als eine spezielle Figur zu verkörpern, mit festgelegtem Text, und dabei mit anderen Menschen zu interagieren und ganze Geschichten zu erzählen. Das ist schon irgendwie … faszinierend. Ich kann jeden verstehen, den es in irgendeiner Form zum Theater zieht.«

Frank grinste breit.

»Schau an – es steckt also doch ein verborgener kleiner Bollywood-Schauspieler in dir«, sagte er. »Ich hab's gewusst!«

»Also bitte!«, entgegnete Surendra mit gespielter Empörung. »Von wegen *Bollywood*. Ich bin ein ehrbarer Shakespeare-Mime!«

»Muss jetzt *ich* dir vielleicht erklären, dass in der indischen Film-Industrie auch ein paar großartige Bühnenschauspieler aktiv sind, die wahrscheinlich schon mehr Shakespeare gespielt haben als du in deinem ganzen Leben?«, fragte Frank herausfordernd.

»Okay, eins zu null für dich«, gab Surendra friedfertig zu. »Leute wie Naseeruddin Shah und Boman Irani kennen die Bretter, die die Welt bedeuten, mindestens genauso so gut wie die Filmsets. Die wissen, wie es ist, live und vor Publikum zu spielen. Während ich noch nicht mal weiß, ob ich diese Premiere unfallfrei überstehe.«

»Immer positiv denken, mein Junge«, sagte Frank aufmunternd und zwinkerte verschmitzt. »Und wer weiß, vielleicht hast du hinterher derart Blut geleckt, dass du dabeibleiben und auch im nächsten Jahr unbedingt wieder mitspielen willst.«

»Kaum«, erwiderte Surendra trocken. »Auch wenn es eine interessante Erfahrung war – aber ich glaube nicht, dass ich mir das noch einmal antun werde.«

* * *

Die letzte Woche vor der Premiere war vollgepackt mit Endproben, sodass Frank Surendra fast jeden Tag nachmittags oder abends hinunter zum Bühnengelände fahren musste. Der Arzt, den Surendra gleich am Tag nach seinem Sturz vom Pferd aufgesucht hatte, hatte ebenso wie Bernd Lege lediglich Schürfwunden und Prellungen festgestellt und ihm grünes Licht gegeben. Dazu hatte er ihm starke Schmerztabletten verschrieben, und die taten not, allein schon wegen der vielen Steinstufen auf der Bühne, die Surendra zwangsläufig jedes Mal mehrfach hinauf- und wieder hinuntersteigen musste. Was mit einer geprellten Hüfte trotz Gehstockhilfe alles andere als ein Spaziergang war.

Von Dorothea Kaiser kam eine erfreuliche Entwarnung: Sie hatte den unglückseligen Stallburschen vernommen, der

Luna gesattelt hatte, und ihrer Ansicht nach deutete nichts darauf hin, dass der Holzsplitter absichtlich in die Satteldecke geraten war. *Der Junge ist völlig zerknirscht*, teilte die Kaiserin in einer Mail mit, *er beteuert wieder und wieder, dass er einfach vergessen hat, sich die Decke genau anzusehen, und er schwört bei allen Heiligen, dass er noch nie in seinem Leben jemandem etwas Böses antun wollte. Ich finde auch keinerlei Verbindungen zwischen ihm und Oxana Wadejewa oder Lars Lege oder sonst mit jemandem, den wir zuletzt in irgendeiner Form ins Visier genommen haben. Es war wohl wirklich nur ein bedauernswerter Unfall. Geht's dir denn besser, Surendra?*

Nicht wirklich, schrieb Surendra zurück. *Aber ich beiße die Zähne zusammen, werfe meine Schmerztabletten ein und mache weiter. Vielleicht gelingt es mir wenigstens noch, den Mörder von Oxana zu finden. Oder den von Peter Müller. Oder beide.*

Das war in der Tat der Gedanke, der ihn antrieb, die kräftezehrenden Endproben trotz seiner Blessuren durchzustehen. Er erklärte sich sogar bereit, einen weiteren Versuch mit einem Pferd zu wagen. Daniela Schulze wählte daraufhin aus ihrem Pfalz-Ardenner-Stall einen dunkelbraunen Hengst für ihn aus (»Lunas Rückenwunde ist noch nicht verheilt, und außerdem möchte ich nicht riskieren, dass sie sich erinnert und noch einmal nervös wird«) und brachte außerdem eine stabile Trittleiter mit. Mit Hilfe von ein paar stützenden Händen gelang es Surendra, über diese Leiter den Pferderücken zu erklimmen. Apollo, wie der Hengst zu Surendras nicht geringem Amüsement hieß, ließ das Ganze mit stoischer Gelassenheit über sich ergehen, folgte anstandslos Daniela, als sie ihn auf das Bühnengelände führte, und rührte keinen Muskel, während Surendra in seinem Sattel die Begrüßungsworte an Leonato richtete. Als Valentin ihn hinterher fragte, ob er sich den Auftritt zu

Pferde bei der Premiere zutraute, antwortete Surendra ohne Zögern mit Ja und fügte mit einem Anflug von Ironie hinzu, dass er im Moment sowieso noch immer um jeden Schritt froh war, den er nicht selbst gehen musste.

Seine Mitspieler taten alles nur Mögliche, um ihn zu entlasten. Als vor der technischen Probe Wassereimer und Putzlappen herangeschleppt wurden, um die Sitzschalen auf der Zuschauertribüne von Winterschmutz und Blütenpollen zu reinigen, wurde Surendra streng verboten, sich an dieser allgemeinen Putzaktion zu beteiligen. Er durfte sich auf einen Stuhl setzen und dabei zusehen, wie Martina Schröder und Gabi Riemann die Innenseite des Brunnens noch einmal neu überpinselten. Valentin ermahnte ihn alle zehn Minuten fürsorglich, mit seinen Kräften hauszuhalten und während des Stücks auf jeden unnötigen Gang über die Bühne zu verzichten, solange die Schmerzen noch zu groß waren. Das Einzige, was ihm nicht erspart blieb, war eine Begegnung mit mehreren Pressevertretern, die für die Vorberichterstattung zur ersten Hauptprobe kamen und sich, wie seinerzeit von Lars Lege prophezeit, mit Begeisterung auf den »Neuen« stürzten, der ohne Bedenken die Nachfolge des so tragisch verunglückten Peter Müller angetreten hatte. Zum Glück war Surendra vorgewarnt gewesen und hatte sich vorab ein paar neutrale Statements zurechtgelegt, mit denen sich die Pressemeute tatsächlich zufriedengab.

Bei der Generalprobe ließ Lars sich zum ersten Mal seit seinem Geständnis wieder im Theater blicken. Erstaunlicherweise waren die Reaktionen nicht halb so eisig, wie Surendra vermutet hatte. Offenbar hatten die meisten mit der unerfreulichen Episode bereits in irgendeiner Form abgeschlossen – oder sie verdrängten sie fürs Erste, um sich ganz auf das Stück zu konzentrieren. Lars selbst verzog sich möglichst unauffällig auf die Zuschauertribüne und blieb die ganze Zeit über dort, um seine Kollegen nicht mehr als nötig abzulenken. Was immer in dieser Sache noch zu sagen und zu tun war, es wurde sehr offensichtlich auf die Zeit nach der Premiere verschoben.

Surendra war erleichtert darüber, dass der Mann auch ihn in Ruhe ließ. Er hatte genug mit sich selbst zu tun. Bei dieser letzten Probe vor der Premiere versuchte er erstmals, wieder ohne Gehstock aufzutreten, was zur Folge hatte, dass er sich auf der unebenen, hügeligen Spielfläche meist unnatürlich steif fortbewegte. In der Pause beratschlagte er sich mit Valentin, der ihm riet, im Zweifelsfalle doch lieber den Stock zu benutzen. »Kein Mensch wird sich daran stören«, sagte er. »Immerhin kommt Don Pedro bekanntlich gerade von einem Feldzug zurück, da ist es durchaus glaubhaft, dass er, sagen wir, aufgrund einer Verwundung noch am Stock geht. Wir können Dörte ja bitten, dass sie ihn bis morgen noch etwas aufhübscht, damit er eines Prinzen würdig ist.«

Surendra stimmte ihm zu und brachte den Rest der Generalprobe mit Gehstock und Anstand zu Ende. Anschließend versammelten sich die meisten der Spieler noch auf einen kleinen Umtrunk am Rande des Geländes bei der Feuerstelle unter einem vorspringenden Felsen, der aufgrund seiner markanten Form der »Froschfelsen« genannt wurde. Hier hatten sie schon einmal nach einer Probe gemeinsam gegrillt, und hier würde morgen auch die Premierenfeier stattfinden. Das Theater würde die Getränke stellen, und die Spieler vereinbarten untereinander, wer welche Salate und Nachspeisen für das Büfett mitbringen würde. Surendra erklärte sich bereit, einen indischen Firni beizusteuern – einen sahnigen Pudding aus Reismehl und Milch, den er mit Mandeln und Pistazien zubereiten und am Ende mit Rosenwasser verfeinern würde. Außerdem versprach er Dörte Weber, bei der Premierenfeier zum Dank für ihre Last-Minute-Arbeit an seinem »fürstlichen Gehstock« noch einmal Kurta und Churidars zu tragen.

Eigentlich war alles gut. Die Generalprobe war ohne nennenswerte Probleme verlaufen, das Ensemble war optimistisch gestimmt und für den morgigen Tag war bestes Sommerwetter angesagt. Surendra beherrschte seinen Text, hatte sogar seine Scheu vor dem Reiten abgelegt, und er hatte sich von seinen Blessuren so weit erholt, dass er die Premiere mit Hilfe von Gehstock und Schmerztabletten ganz bestimmt durchstehen würde. Dennoch war er nervöser denn je, und er wusste genau, dass das nicht nur schieres Lampenfieber war. Seine Gedanken kreisten unablässig um die beiden noch immer ungeklärten Todesfälle in diesem Theater, und irgendetwas sagte ihm, dass die Geschichte noch nicht abgeschlossen war. Da würde noch etwas passieren. Auch wenn er keine Ahnung hatte, was.

Es war nur so ein Gefühl.

13

Es war der erste Sonntag im Juli, kurz vor halb drei Uhr nachmittags. Strahlender Sonnenschein ergoss sich über die Freilichtbühne des Naturtheaters Hayingen und Aberhunderte von Besuchern, die gut gelaunt und voller Vorfreude in das sommergrüne Tiefental hinabströmten. Nicht nur fröhliche, erwartungsvolle Heiterkeit lag in der Luft, als das erste Klingelzeichen ertönte und die Menschen ihre Plätze auf der Zuschauertribüne einnahmen, sondern auch eine enorme Spannung, denn die meisten erinnerten sich noch gut an die Premiere vor einem Jahr, als man ebenfalls »Mordsg'schiss wega nix« gab und bereits mitten in der ersten Szene abbrechen musste, weil ein Schauspieler von der hölzernen Bühnenbrücke in den Tod gestürzt war. Auch um diesen zweiten Anlauf für die schwäbische Version von »Viel Lärm um nichts« hatte es im Vorfeld jede Menge »Lärm« gegeben, und selbst wenn dieser nun tatsächlich, wie zuletzt in den Medien verbreitet, »um nichts« gewesen sein sollte und niemandem auf der Bühne explizit Gefahr für Leib und Leben drohte, so hoffte man insgeheim, dass man trotzdem irgendetwas ganz Sensationelles erleben würde. Wo Rauch war, war bekanntlich stets auch Feuer.

Aufgrund der Tatsache, dass die anonyme Todesdrohung gegen Don Pedro sich als Windei entpuppt und der Verfasser sich gestellt hatte, waren die geplanten polizeilichen Sicherheitsmaßnahmen stark zurückgefahren worden. Einige Beamte in Zivil waren dennoch anwesend und behielten die Bühne und die Zugänge im Auge. Dorothea Kaiser hatte darauf bestanden, denn sie teilte Surendras Auffassung, dass es bei zwei noch ungeklärten Todesfällen nicht undenkbar war, dass noch ein dritter Mord geschehen würde – und warum sollte das nicht bei der Premiere passieren? Trittbrettfahrer gab es immer.

Surendra stand bei der Pferdekoppel am Rande des Geländes und wartete auf seinen Einsatz. Er trug sein Kostüm, der dunkelschimmernde Gehrock saß dank Dörte Webers Nähkünsten perfekt, und er stützte sich auf den Stock, den Dörte nach der Generalprobe am Vorabend noch schnell mit Goldfarbe eingesprüht und mit Glitzersteinchen verziert hatte. Die Schramme im Gesicht, die er sich bei seinem Sturz vom Pferd zugezogen hatte, war von Sabrina Matt sorgfältig überschminkt worden. Sämtliche Spieler hatten sich gegenseitig »Toi, toi, toi« gewünscht, alles war bereit, und Surendra fand nun bestätigt, was er von Anfang an befürchtet hatte: Er litt an ausgewachsenem Premierenfieber. Selbst vor gefährlichen Polizeieinsätzen gegen bewaffnete Verbrecher war er nie derart nervös gewesen wie jetzt vor seinem ersten Auftritt auf einer Theaterbühne.

Sein Freund Frank, der ihm im Moment noch als seelische Unterstützung hinter der Bühne Gesellschaft leistete, tat sein Bestes, um ihn aufzumuntern. »Du schaffst das schon«, meinte er zuversichtlich. »Stell dir einfach vor, da droben auf der Tribüne sitzen lauter böse Kleinganoven, und du reitest mit gezücktem Säbel mitten unter sie, um eine Razzia zu starten. Wenn du dazu auch noch brav ›Teurer Signor Leonato‹ et cetera sagst und nicht etwa aus Versehen ›Polizei – Waffen weg!‹, dann wird das ein Auftritt wie aus dem Bilderbuch.« Mit diesen Worten entlockte er Surendra zumindest ein schiefes Grinsen, das Lampenfieber jedoch blieb, egal wie oft Frank ihn daran erinnerte, dass er seine Rolle bei den Endproben bestens beherrscht hatte.

Das dritte Klingelzeichen verklang, schwungvolle Musik setzte ein, und Andreas Forstberger als Leonato betrat die Bühne, gefolgt von Selina Lege, Bianca Weißgerber, Marcel Schröder, Nora Riemann, Heidrun Matt, ein paar fröhlich schwatzenden Statisten und einer Handvoll Kinder, die ausgelassen um die Erwachsenen herumtanzten. Frank umarmte Surendra noch einmal kurz, wisperte »Toi, toi, toi!« und machte sich in Richtung Zuschauertribüne davon. Surendra wusste, dass dort unter anderem auch Dorothea Kaiser und Leonie Lexer im Publikum saßen, und er hätte nicht sagen können, ob ihn das nun beruhigte oder noch nervöser machte.

Während Leonatos Gesellschaft auf der Bühne das Eingangslied »A Henn wo viel gaggred, legt wenig Oier« anstimmte, halfen Sandro, Finn und Thilo Surendra über die Trittleiter in den Sattel und schwangen sich danach auf ihre eigenen Pferde. Daniela Schulze hielt Apollo am Führstrick fest und lächelte zu Surendra empor.

»Alles klar, Arjun?«

Er nickte stumm, lächelte verzerrt zurück und hob den Daumen.

Das Lied auf der Bühne war zu Ende, das Publikum applaudierte, und Lena Matt stürmte als Botin aus dem Wald auf die Bühne, um Leonato die Nachricht von der bevorstehenden Ankunft von *Don Pedro von Aragon* zu überbringen. Surendra spürte, wie ihm der Schweiß im Nacken herunterlief, auch seine Hände waren feucht, und er versuchte vergeblich, sich einzureden, dass das nur an der Sonne und den Temperaturen von fast dreißig Grad lag.

Dann kam der Moment, den er herbeigefürchtet hatte. Lena Matt deutete aufgeregt in die Richtung, wo die vier Reiter, vorerst noch hinter einem Vorhang den Blicken der Zuschauer verborgen, auf ihr Stichwort warteten:

»Guckt älle na, da isch er, d'r Don Pedro!«

Der Vorhang wurde aufgezogen und die vier Pferde wurden mit ihren stolzen Reitern im Sattel auf das Gelände geführt, Surendra als Don Pedro vorneweg, dahinter Sandro, Finn und Thilo. Ein Raunen ging durch die Zuschauermenge, dann brandete Beifall auf, und Surendras Herz vollführte einen rasenden Trommelwirbel: Jetzt waren sie genau an der Stelle angelangt, an der das Stück vor einem Jahr hatte abgebrochen werden müssen. Apollo schien seine Nervosität zu spüren, denn mit einem Mal machte er einen unruhigen Schritt zur Seite und wieherte laut. Surendra schaffte es gerade noch, sich im Sattel und aufrecht zu halten. Er hörte, wie Daniela dem Hengst leise und beruhigend etwas zuflüsterte, und sah die ängstliche Anspannung in den Augen seiner Mitspieler auf der Bühne.

In diesem Moment wurde er mit einem Mal vollkommen ruhig. Es war, als gelte es, einen Fluch zu brechen – und nur er allein konnte das tun.

Er holte tief Luft und setzte sein schönstes Lächeln auf.

»Teurer Signor Leonato! Ihr wisst, große Unruhe steht euch bevor. Üblicherweise ist es der Welt Brauch, Unkosten zu vermeiden, und Ihr sucht sie auf!«

Er spürte die allgemeine Erleichterung, und Andreas Forstberger strahlte ihn so glücklich an wie zuvor bei keiner Probe, als er antwortete:

»Ihr hen mir no nia irgenden Bohei ens Haus bracht, mei gnädiger Fürscht!«

Damit war der Bann gebrochen, und nicht nur das Publikum, sondern auch alle umstehenden Mitwirkenden applaudierten spontan, als Surendra sich mit Danielas Hilfe vorsichtig aus dem Sattel gleiten ließ, über die Steintreppe auf den Bühnenhügel hinaufstieg und Leonato herzlich zur Begrüßung umarmte. Die mit so tragischen Erinnerungen behaftete Stelle war geschafft. Jetzt konnte die Premiere nur noch gut werden.

* * *

Die Premiere *wurde* gut. Die Darsteller sprühten vor Lust und Laune, spielten mit viel Witz und Tempo und ohne einen einzigen Texthänger oder sonst irgendeinen Fehler. Die Stimmung im Publikum war ebenfalls prächtig, und als die Pause begann, war auf beiden Seiten fast so etwas wie Enttäuschung zu spüren, dass es nicht sofort und auf der Stelle weiterging.

Es stand den Spielern frei, sich unter die Zuschauer zu mischen, die von der Tribüne herunterkamen, um sich an den Verkaufsständen auf dem Vorplatz noch einmal mit kühlen Getränken, Eis oder einer Butterbrezel zu versorgen. Surendra beschloss, hinter dem handbemalten Vorhang zu bleiben, der den Spielerbereich von dem Vorplatz trennte – um sich weiterhin zu konzentrieren, aber auch, um diesen Bereich im Auge zu behalten. Draußen hielten ja die Kaiserin und ihre Leute Wache.

Kurz vor dem Pausenende schlüpfte Frank kurz durch den Vorhang, entdeckte Surendra und kam zu ihm. Da er bei allen Endproben dabeigewesen war, kannte er sich aus, und die anderen wiederum wussten, dass er ein enger Freund von Arjun Sahani war, und störten sich nicht an seiner Anwesenheit.

»Lieben Gruß von der Kaiserin und von Leonie, sie sind beide hellauf begeistert von dir«, raunte er Surendra zu. »Und ich auch. Respekt, mein Junge – ich hab zwar gewusst, dass du das hinkriegst, aber du übertriffst meine Erwartungen noch um Längen.«

»Das Stück ist noch nicht zu Ende«, erwiderte Surendra lakonisch.

»Ach komm, jetzt *kann* doch gar nichts mehr passieren«, meinte Frank heiter. »Das wird ein Bombenerfolg! Ich krieg ja die Zuschauerreaktionen um mich herum mit, ihr habt die Leute voll in der Tasche. Übrigens, ein paar junge Mädchen in der Reihe vor mir sind bei deinem ersten Auftritt regelrecht in Schnappatmung verfallen, und vorhin habe ich gehört, wie eine ältere Dame zur anderen gesagt hat: ›*D'r neie Don Pedro isch abr an echt's Sahneschtüggle!*‹« Er grinste breit, und Surendra prustete leise. Im gleichen Moment ertönte das erste Klingelzeichen, das das Ende der Pause ankündigte.

»Gut, dann verzieh ich mich wieder auf meinen Platz«, sagte Frank. »Also weiterhin toi, toi, toi – lasst es krachen, ich freue mich auf den Rest!«

Dann viel Spaß, dachte Surendra, während Frank durch den Vorhang nach draußen verschwand. *Und ich hoffe, du hast recht und es passiert jetzt tatsächlich nichts mehr.*

* * *

Der zweite Teil des Stücks begann mit der großen Anklageszene, die zu einem grandiosen Höhepunkt der Vorstellung wurde. Vor allem Finn wuchs regelrecht über sich hinaus. Nie hatte er Claudios Empörung über Heros vermeintlichen Betrug und die Verzweiflung über seine augenscheinlich verratene Liebe so intensiv gespielt, und ein reeller Aufschrei ging durch die Schar der Hochzeitsgäste, als er Selina diesmal so kräftig ohrfeigte, dass sie zu Boden taumelte. Surendra ließ sich von seiner Intensität anstecken und knallte Selina seine Anklage mit derart verachtungsvoller Kälte um die Ohren, dass er sich selbst nicht mehr wiedererkannte. Selina starrte ihn wie hypnotisiert an, als er sein Urteil über sie sprach, und der Schrei, mit dem sie daraufhin in »Ohnmacht« sank, wirkte zum ersten Mal wirklich echt. Surendra spürte, wie er Gänsehaut bekam. Er begann am ganzen Körper zu zittern und empfand es beinahe als Erlösung, als er neben sich Don Juans kühle Worte hörte: »Kommt, lasst uns gehen! Diese Schmach, ans Licht gebracht, löscht ihre Lebensgeister.« Dankbar und fast fluchtartig verließ er den Ort des Geschehens, gefolgt von Sandro und Finn, die in dem Moment, als sie hinter den Kulissen ankamen, einander völlig entspannt anlächelten, als hätten sie ihre Rollen wie mit einem Lichtschalter ausgeknipst.

»Mensch, Finn!«, wisperte Sandro anerkennend. »Das war fantastisch! Aber *die* Ohrfeige kriegst du heute noch zurück, wetten?«

Finn zuckte die Achseln. »Das war's mir wert«, flüsterte er zurück und grinste.

Surendra war noch immer dabei, zu realisieren, was da eben auf der Bühne mit ihm geschehen war. Zum ersten Mal hatte er nicht das Gefühl gehabt, einfach nur Don Pedro darzustellen – er war Don Pedro *gewesen*, ganz und gar. *Er* hatte Hero beschuldigt und verurteilt. Es war, als hätte die Rolle vorübergehend von ihm Besitz ergriffen, und jetzt musste er sich erst mal wieder von ihr befreien. Wie Finn und Sandro das machten – quasi auf Knopfdruck von größter Dramatik auf heitere Scherze und wieder zurück zu schalten –, würde er nie begreifen.

»Du warst aber auch Spitze, Arjun«, sagte Finn nun, immer noch im Flüsterton. »Einen Moment lang hatte ich echt Angst vor dir.«

»Ich auch«, gab Surendra trocken zurück.

Sandro grinste breit. »Kommt«, sagte er leise, während auf der Bühne Bernd Lege als Mönch den Plan entwarf, den plötzlichen Tod von Hero bekanntzugeben und auf einen geeigneten Zeitpunkt zu warten, um sie wieder erscheinen zu lassen. »Diesen genialen Auftritt müssen wir begießen. Ich hab noch etwas Premierenschnaps in der Umkleide. Lust auf ein Gläschen, die Herren?«

»Gute Idee«, wisperte Finn und hob zustimmend den Daumen.

Surendra wunderte sich inzwischen über fast nichts mehr. Schon vor Stückbeginn hatte ein Großteil der Spieler mit Schnapsgläsern auf die Premiere angestoßen, und in der Pause hatten einige sich sogar bereits ein erstes Glas Sekt gegönnt. Er überflog kurz in seinem Kopf sein Restprogramm: die etwas längere Szene mit der Aufdeckung von Don Juans Intrige, Claudios Trauerlied vor Heros Gruft und die Schlussszene, in der er nicht mehr allzu viel zu tun hatte. Das sollte mit den 0,10 Promille, die ein Glas von Sandros Schnaps vermutlich ausmachte, problemlos zu schaffen sein. Und wenn er ehrlich war, dann konnte er diesen Schluck jetzt auch irgendwie brauchen.

Also nickte er und folgte den beiden in die Umkleidehütte.

* * *

Eine knappe halbe Stunde später war die Gruftszene vorüber, und die Finalsequenz begann. Während Thilo auf die Bühne schlenderte, um als Benedikt einen Liebesbrief für seine angebetete Beatrice zu dichten, ging Surendra noch einmal in die Umkleide. Der Schnaps vorhin hatte seine Einsatzfähigkeit nicht im Mindesten beeinträchtigt, aber nun wurde sein Mund etwas trocken, und er wollte vor dem Finale unbedingt noch einmal einen Schluck Wasser trinken.

Die Hütte war leer. Das war nicht weiter verwunderlich, bei diesen warmen Sommertemperaturen hielten sich die Spieler zwischen ihren einzelnen Auftritten gewöhnlich lieber hinter den Kulissen im Freien auf. Dennoch hatte Surendra vom ersten Moment an das Gefühl, dass irgendetwas nicht so war, wie es sein sollte. Und dann sah er die Frauengestalt im langen Kleid, die regungslos vor der Stuhlreihe rechts am Boden lag.

Selina!

Er stürzte zu ihr, kniete sich neben sie hin und entdeckte sofort das Blut, das an ihrem Hinterkopf das lange blonde Haar verklebte. *Eine Platzwunde.* Routinemäßig legte er seine Finger auf ihren Hals und stellte zu seiner unbeschreiblichen Erleichterung fest, dass sie noch lebte. Vorsichtig drehte er sie auf den Rücken. Ihre Augen waren geschlossen, ihr Gesicht war leichenblass. Schnell erhob er sich, streifte seinen Gehrock ab, rollte ihn zu einem Bündel zusammen und schob es der bewusstlosen jungen Frau unter den Kopf. Dann holte er seine Wasserflasche und benetzte Selinas Stirn mit dem kühlen Nass.

»Selina? Kannst du mich hören? Ich bin's, Arjun! Wach auf!«

Sie regte sich leise, ihre Lider flatterten, und schließlich gelang es ihr, die Augen ganz zu öffnen.

»Arjun –?«

»Ja, ich bin's.« Er strich ihr sanft über die Wange. »Wie fühlst du dich? Meinst du, dass du dich aufsetzen kannst?«

Sie nickte und richtete sich mit seiner Hilfe in eine sitzende Position auf. Offensichtlich wurde ihr dabei schwindelig, sodass er sie sicherheitshalber weiterhin mit einer Hand stützte. Mit der anderen angelte er nach seiner Wasserflasche.

»Hier – trink einen Schluck!«

Sie gehorchte und setzte die Flasche an ihre Lippen. Allmählich wurde ihr Blick klarer, und ihre Wangen bekamen wieder ein wenig Farbe.

»Was ist passiert, Selina?«, fragte Surendra. »Du blutest am Hinterkopf – bist du gestürzt und irgendwo dagegengeknallt?«

»Nein.« Ihre Stimme war nicht mehr als ein Hauch. »Nein, ich hab … nach meiner Maske gesucht. Ich wollte sie … bereitlegen … für die Schlussszene. Aber sie war weg. Also hab ich … alles abgesucht … auch hinter den Taschen und unter den Stühlen nachgeschaut … dann ist plötzlich irgendwas explodiert, alles ist schwarz geworden … und dann weiß ich nichts mehr.«

Surendra runzelte die Stirn. Das klang eher danach, dass Selina von hinten niedergeschlagen worden war. Aber von wem, und warum, um Himmels willen?

Sein Blick fiel auf den breiten Kleiderständer, der wie ein mobiler Raumteiler den hinteren Teil der Hütte abschottete. Hinter dieser textilen Trennwand hatte er vorhin zusammen mit Sandro und Finn den Schnaps getrunken. Als er danach die Umkleide verlassen hatte, waren die anderen beiden noch geblieben – wahrscheinlich, um sich noch ein zweites Gläschen zu genehmigen, aber ihm hatte das eine definitiv gereicht. Und zu dem Zeitpunkt hatte Selina noch nicht hier gelegen, da war er sich hundertprozentig sicher.

»Wann war das?«, fragte er mechanisch, da sich die naheliegendere Frage nach dem *Wer* erübrigte. Selina hatte ihren Angreifer ja nicht gesehen.

Sie schien angestrengt nachzudenken.

»Martina hat … gerade Borachio und Conrad verhört«, antwortete sie.

Surendra biss sich auf die Lippen. Damit schied zumindest Sandro aus, denn der hatte unmittelbar vor der Verhörszene seine zuletzt so vieldiskutierte Flucht durch den Brunnen absolviert und befand sich demnach jetzt auf der anderen Seite des Bühnengeländes. Immer vorausgesetzt natürlich, er hatte diese wortlose Szene auch tatsächlich gespielt. Surendra hätte es nicht mit Sicherheit sagen können, er hatte in dem Moment hinter den Kulissen ein paar Worte mit Bernd Lege gewechselt und nicht auf die Vorgänge auf der Bühne geachtet.

Was, wenn Sandro diesmal *nicht* durch den Brunnen geflohen war? Das hätte vielleicht für ein paar Sekunden Irritation auf der Bühne gesorgt, aber am weiteren Verlauf des Stücks nichts geändert. Martina hätte einfach irgendwann kurz entschlossen ihre kleine Truppe auf die Bühne gescheucht und auch ohne Don Juans vorherige Flucht mit der Verhörszene begonnen. Im Idealfall wäre im Publikum keinem Menschen etwas aufgefallen.

Nachdenklich sah er sich um. Er wusste inzwischen, welche der Spieler wo ihren Lieblingsplatz hatten und wem welche der vielen Taschen und Körbe gehörten, die überall herumstanden. Sein Blick blieb an einem Rucksack hängen, der auf einem der Stühle abgestellt worden war, vor denen er Selina gefunden hatte. Und mit einem Mal blitzte ein Gedanke in ihm auf – ein Szenarium, gegen das zwar *eine* Sache sprach, das in allen anderen Punkten für ihn jedoch absolut Sinn ergab. *War es möglich, dass er damit auf der richtigen Spur war?*

»Als du deine Maske gesucht hast, Selina«, erkundigte er sich sicherheitshalber, »hast du da auch hinter diesem Rucksack nachgesehen?«

»Ich hab überall nachgesehen«, antwortete sie, »auch hinter dem da, und als ich ihn hochgehoben habe, war ich plötzlich weg. Sag mal, hast du noch irgendwas zu trinken? Die Flasche ist leer.«

»Ich weiß, da war schon vorher fast nichts mehr drin. Ich schau mal nach.«

Er nutzte die Gelegenheit, um unauffällig den besagten Rucksack zu inspizieren. Er fand zwar keine Getränkeflasche darin, aber dafür seine Ahnung bestätigt, als seine Finger ganz am Boden einen zarten Seidenstoff ertasteten, der sich, als er ihn behutsam bis zur Rucksacköffnung hochzog, als rot erwies.

Ein roter Seidenschal.

Er stopfte ihn sachte wieder in sein Versteck zurück, damit Selina ihn nicht sah, während sein Gehirn auf Hochtouren arbeitete. Eigentlich musste er jetzt sofort handeln und Alarm schlagen. Andererseits fehlte nur noch eine Szene – eine einzige Szene, um das Stück zu beenden und die für das Theater so wichtige Premiere erfolgreich abzuschließen. Das war machbar, wenn die Beteiligten nichts von seinem Verdacht wussten. Und danach konnte er immer noch sofort zur Kaiserin gehen und ihr mitteilen, dass sie den mutmaßlichen Mörder von Oxana Wadejewa hier an Ort und Stelle festnehmen konnte.

Auf dem Tisch in der Mitte des Raumes entdeckte er eine halb volle Flasche Mineralwasser. Kurz entschlossen nahm er sie und reichte sie Selina.

»Wie sieht's aus?«, fragte er. »Meinst du, du schaffst die Schlussszene noch? Danach kannst du in aller Ruhe von den Sanitätern deine Wunde versorgen lassen. Wenn du willst, fahren wir dich auch ins Krankenhaus. Aber dann hätten wir zumindest die Premiere gerettet!«

Als Antwort versuchte sie probeweise, sich vom Boden hochzustemmen. Er griff zu und half ihr in den Stand.

»Ja – das schaff ich schon«, sagte sie verbissen. Dann horchte sie plötzlich entsetzt auf, als von draußen Leonatos Stimme hereindrang, die von Heros Unschuld sprach. »Liebe Zeit, in der Szene müsste ich ja dabei sein!«

»Halb so wild«, meinte Surendra beruhigend und hielt sie zurück, als sie Hals über Kopf hinausstürzen wollte. »Bleib hier! Bis du jetzt draußen bist, kannst du eh gleich wieder abgehen. Text hast du in der Szene sowieso keinen, und – hörst du, jetzt sagt er schon, dass die Frauen gehen sollen, um ihre Masken anzulegen. Der Kurzauftritt hat auch ohne dich funktioniert. Wichtiger ist jetzt das große Finale!«

Im gleichen Moment stürmte Bianca Weißgerber herein, gefolgt von Nora Riemann und Heidrun Matt. Beim Anblick von Selina und Surendra blieb sie jäh stehen.

»Da ist sie ja!«, entfuhr es ihr so laut, dass Surendra mit einem erschrockenen »Pssst!« den Finger auf den Mund legte. »Wo warst du denn?«, fuhr Bianca in gedämpfterem Tonfall fort. »Wir haben zu spät gemerkt, dass du nicht da warst, und dann … Du lieber Himmel, was ist mit dir passiert?«

»Sie ist hingefallen und hat sich den Kopf angeschlagen«, sagte Surendra hastig und warf Selina einen Blick zu, der sie inständig bat, vorerst mitzuspielen und nicht noch mehr Unruhe auszulösen. »Deshalb hat sie den Auftritt verpasst, aber sie sagt, dass sie für die Finalszene fit ist. Kümmert euch um sie – ich muss raus auf die Bühne!«

Er verließ die Umkleidehütte, merkte zu spät, dass er seinen zum Kissen umfunktionierten Gehrock drinnen vergessen hatte, und beschloss, darauf zu pfeifen. Niemandem würde ein Zacken aus der Krone brechen, wenn Don Pedro seine letzte Szene im verschwitzten Mittelalterhemd absolvierte.

Finn stand für ihren gemeinsamen Auftritt schon bereit. Surendra nickte ihm zu, und beim Stichwort des Mönchs »Da kommet d'r Prinz ond Claudio!« betraten sie langsam die Bühne.

»Dem gesamten edlen Kreis guten Morgen!«, wünschte Surendra ernst, ließ dabei die Augenbrauen leicht in die Höhe wandern und hob kurz und möglichst unauffällig den Daumen in der Hoffnung, dass Andreas Forstberger, Marcel Schröder, Thilo Matt und Bernd Lege, die ihn allesamt besorgt und fragend anschauten, die Geste richtig deuteten und damit wussten, dass mit Selina, die sie natürlich in der kurzen Szene davor vermisst hatten, alles in Ordnung war. Prompt erwiderte Andreas sichtlich erleichtert seinen Gruß, und nach einem kurzen Wortwechsel gab er das Stichwort für den Auftritt der Frauen.

Surendras Herz pochte heftig, als aus der Kapelle in der Mitte der Bühne Bianca, Selina, Heidrun und Nora traten, alle in langen hellen Kleidern, mit weißen venezianischen Gesichtsmasken und mit Schleiern, die ihre Haare bedeckten. *Bitte, lass es gutgehen,* betete er inständig. Sein Blick suchte die Gestalt von Selina. Ruhig und aufrecht stand sie zwischen den anderen, nichts ließ vermuten, dass sie noch vor wenigen Minuten bewusstlos am Boden gelegen hatte, und zum ersten Mal zog er innerlich den Hut vor Lars Leges Tochter.

»Welche von denne Dama isch die, an die i mi wenda soll?«

Finns Stimme riss ihn aus seinen Gedanken. Aufmerksam verfolgte er den Dialog, in dem Claudio gelobte, die maskierte Frau, die ihm zugeführt wurde, als Sühne für den von ihm verschuldeten Tod Heros zu ehelichen. Woraufhin die Frau Maske und Schleier abnahm und sich als höchst lebendige Hero entpuppte. Selina war immer noch sehr bleich, aber sie lächelte tapfer, während um sie herum Rufe des Erstaunens zu hören waren, die diesmal zum Teil ausgesprochen echt klangen – denn das getrocknete Blut in ihren Haaren war nicht zu übersehen.

»Hero, die ... gestorben?«, stellte Surendra programmgemäß im ungläubigen Tonfall des Don Pedro fest, während Finn, ebenfalls programmgemäß, Selina sprachlos anstarrte.

»Sie isch nur so lang tot g'wäsa, wie ihre Schand' am Läba blieba isch«, antwortete Andreas würdevoll als Leonato.

Als Selina daraufhin zu Heros versöhnlicher kleiner Ansprache an Claudio ansetzte, begann Surendra bereits, leise aufzuatmen. Alles war gutgegangen, seine Verdachtsperson war völlig normal in ihrer Rolle geblieben, und Selina hatte sogar darauf verzichtet, Finn wie angedroht seine doch ziemlich kräftig ausgefallene Ohrfeige aus der Anklageszene zurückzugeben. Offenbar sollte es ihnen tatsächlich vergönnt werden, die Premiere störungsfrei zu Ende zu bringen.

»De Hero isch in Schmach g'schtorba, doch i ben am Läba«, beendete Selina ihre Rede. »Ond so g'wiß wie i am Läba ben: Mi trifft koi Schuld!«

»Von wegen«, schnaubte Finn leise in sich hinein.

Für eine Sekunde stand Surendra das Herz still. *Bitte nicht,* dachte er.

Auch Selina hatte Finns Kommentar gehört, und ihr blieb entgeistert der Mund offen stehen. An sich hätte Claudio seine Hero an dieser Stelle dankbar und liebevoll in die Arme nehmen und damit das Happy End einläuten müssen. Dass dies nicht sofort geschah, brachte sie völlig aus dem Konzept, und so reagierte sie kurzerhand mit einer – zum Glück ebenfalls leisen – Gegenfrage: »Wie meinst du das?«

»Du und ›koi Schuld‹?«, raunte Finn hitzig zurück. »Du bist an *allem* schuld! Oxana hätte heute hier stehen müssen, nicht du. Sie war die einzig wahre Hero. Du hast sie vertrieben, um ihren Platz einzunehmen. Und glaub mir, das werde ich dir nie verzeihen!«

Inzwischen kam immer mehr Unruhe auf, auch auf der Zuschauertribüne, wo mit Sicherheit kein Mensch verstand, was Hero und Claudio einander quasi im Geheimen zu sagen hatten und warum das Stück nicht weiterging.

»Reiß dich zusammen, Finn«, flüsterte Selina. »Jetzt komm schon, umarm mich, damit wir weiterspielen können!«

»Dich umarmen?« Finns Gesicht verzerrte sich zu einer finsteren Grimasse. »Lieber würde ich dir noch einmal eine überbraten. Und diesmal würde ich es gründlicher machen, damit Hero ein für alle Mal tot bleibt und *nicht* wiederaufersteht!«

Surendra schnappte nach Luft. So schnell konnte also aus einem Theaterstück Realität werden: Um ein Haar hätte Claudio Hero diesmal tatsächlich umgebracht. Und er gab es auch noch offen zu!

Im gleichen Moment holte Selina doch noch nach, was sie sich bislang verkniffen hatte: Sie verpasste Finn eine schallende Ohrfeige. Ein Aufschrei ging durch die Zuschauermenge, und die Spieler – für das Finale hatte sich mittlerweile fast das komplette Ensemble auf der Bühne versammelt – sahen einander erschrocken und ratlos an.

Surendra war innerlich zu Eis erstarrt. Offensichtlich hatten sie sich alle zu früh gefreut, und der Premiere drohte in letzter Minute doch noch ein unrühmliches Ende. Was nun? Abbrechen? Natürlich konnte er jetzt einfach aus seiner Rolle aussteigen, sich an die Polizei im Publikum wenden und eine vorläufige Festnahme Finns fordern. Aber dieser Weg erschien ihm in Anbetracht der äußeren Umstände irgendwie zu profan. Und außerdem war da noch eine Frage, auf die er eine Antwort haben wollte. *Hier und jetzt.*

Kurz entschlossen ergriff er die Initiative. Auf normalem Weg war die Premiere ohnehin nicht mehr zu beenden, also war eh schon alles egal und er konnte ebenso gut improvisieren.

»Habt *Ihr* ihr diese Wunde zugefügt, mein junger Freund?«, fragte er laut und in der hoheitsvollen Art des Prinzen Don Pedro und wies dabei auf Selinas blutige Haare.

Nur ganz kurz wirkte Finn bei dieser unerwarteten Anrede irritiert. Dann aber fing er sich schnell und richtete sich hoch auf.

»Ja, das habe ich«, antwortete er, ebenfalls in theatralischem Tonfall. »Sie war dabei, sich etwas anzueignen, was mein ist, und das galt es zu verhindern.«

Selina war sichtlich drauf und dran, Einspruch zu erheben, aber Surendra hinderte sie mit einer herrischen Geste daran. Solche oder andere Interventionen konnte er nicht brauchen – jetzt, wo Finn sich auf sein Spiel eingelassen hatte.

»Und womit schlugt Ihr sie?«, fuhr er sachlich fort.

»Mit dem alten Leuchter, der auf dem Tische stand«, erwiderte Finn mit der lässigen Selbstsicherheit eines jungen Mannes, der seinen *moment of fame* witterte und deshalb jede Zurückhaltung, und sei sie noch so geboten, bedenkenlos über Bord warf.

Surendra nickte sachte. Das Szenarium, das ihm vorhin in der Umkleidehütte plötzlich vor Augen gestanden hatte, nahm immer konkretere Formen an: Finn hatte, vermutlich hinter dem Kleiderständer verborgen, zugesehen, wie Selina die Hütte durchsuchte und dabei eine Tasche nach der anderen hochhob. *Auch seinen Rucksack.*

»Mit dem Leuchter also«, wiederholte er, trat dicht an Finn heran und schaute ihm ernst in die Augen. »Dabei hättet Ihr in dem, ›was Euer ist‹, doch auch noch eine andere Mordwaffe zur Hand gehabt, nicht wahr?«

Er sah, wie Finns Augen sich weiteten – und wie in ihm Stück für Stück die Erkenntnis wuchs, dass sein Gegenüber Bescheid wusste.

»Ich habe Oxana geliebt«, sagte Finn plötzlich wie in Trance. »Ich hätte *alles* für sie getan. Als Peter sie damals so gemein abserviert hat, da hab ich versucht, sie zu trösten – und ich wollte ihr Genugtuung verschaffen. Deshalb hab ich dieses Brückengeländer angesägt, damit Peter sich unsterblich blamiert, wenn er bei der Premiere vor Hunderten von

Zuschauern auf die Nase fällt. Dass er dabei stirbt, hab ich nicht gewollt. Aber ganz ehrlich: Leid tut es mir auch nicht. So wie er Oxana behandelt hat, hat er nichts Besseres verdient!«

Die Zuschauertribüne erwachte nun vollends zum Leben. Die Menschen redeten laut und erregt durcheinander, während aus allen Richtungen vielstimmiges energisches »Pscht!!!« den Klangteppich durchdrang. Auf der Bühne dagegen herrschte fassungsloses, geschocktes Schweigen. Selbst Surendra brauchte ein paar Sekunden, um die soeben gehörte Information zu verarbeiten, die – er musste es zugeben – *nicht* in seinem Szenarium vorgekommen war. Aber andererseits passte sie natürlich, noch dazu so perfekt, dass er sich fragen musste, warum er nicht von selbst darauf gekommen war.

Aus den Augenwinkeln sah er, wie Dorothea Kaiser die Tribünentreppe hinuntereilte. Auch ein paar andere Menschen machten Anstalten, den Kiesweg zu überqueren und die Bühne zu entern. Mit einem plötzlichen Entschluss ging er, so schnell es mit seiner Hüftprellung möglich war, zum Bühnenrand und streckte vor dem Publikum beide Hände in die Höhe.

»Haltet ein!«, donnerte er. »Schweigt still! Wir sind hier noch nicht zu Ende!«

Tatsächlich ebbten die Gespräche auf der Tribüne ein wenig ab. Dorothea zögerte, und Surendra warf ihr einen eindringlichen Blick zu. *Noch nicht. Bitte. Gib mir die Chance, es zu beenden.*

Sie nickte unmerklich. Erleichtert wandte Surendra sich ab und stapfte den Bühnenhügel wieder empor zu Finn, der sich nicht vom Fleck gerührt hatte und mit leerem Blick vor sich hinstarrte. Im Publikum wurde es nach und nach totenstill.

»Sprich weiter«, sagte Surendra, diesmal ohne jeden Don-Pedro-Unterton, und legte Finn eine Hand auf die Schulter. »Oxana war also deine große Liebe?«

Finn gab einen traurigen Seufzer von sich.

»Ja. Aber sie hat mich immer nur abgewiesen und andere erhört. Das … das hat so wehgetan!«

Eine Träne zog eine silbern glitzernde Spur über seine Wange.

»Und dann – dann hab ich sie plötzlich hier im Theater wiedergesehen. Ich hatte am Abend davor meinen Pullover hier vergessen und wollte schauen, ob er noch irgendwo rumliegt. Und da stand sie, mitten auf der Bühne, die Arme ausgebreitet, und zitierte aus ihrer Hero-Rolle. Sie war so wunderschön!«

Er wischte sich mit dem Hemdärmel über die Augen.

»Ich hab ihr als Claudio geantwortet, sie hat gelacht, und wir haben noch einmal zusammen gespielt wie in alten Zeiten. Dann wollte ich sie küssen – aber da hat sie mich zurückgestoßen und gesagt, ich wäre zwar nach wie vor ihr Lieblings-Bühnenpartner, ihre Liebe jedoch gehöre endgültig einem anderen. Da … da ist mir die Hand ausgerutscht. Ich hab's sofort bereut und mich entschuldigt! Ich hab alles versucht, um ihr klarzumachen, dass sie sich irrt und dass *ich* der einzig Richtige für sie bin, schließlich habe ich sogar Peter umgebracht, um sie zu rächen. Aber weißt du, was sie da gesagt hat? Ich sei ein Mörder, hat sie gesagt, und sie würde mich anzeigen!«

Seine Augen flackerten wild.

»Da *konnte* ich doch nicht mehr anders! Ich *musste* es tun! Ich hab ihren Seidenschal genommen und zugezogen, bis sie sich nicht mehr bewegt hat.«

Surendra nickte sachte. Auch der Rest seines theoretischen Szenariums hatte sich damit als richtig erwiesen. Zwar hatte Finn für die Tatzeit ein Alibi gehabt, aber es war sein Vater, der es ihm gegeben hatte – und Väter taten für Söhne so manches, wie Surendra aus seiner langjährigen Berufserfahrung nur zu gut wusste. Sein Blick fiel auf Andreas Forstberger, der seinen Sohn ungläubig anstarrte, das Gesicht kreideweiß. *Er hat keine Ahnung gehabt,* schoss es Surendra durch den Kopf. *Wahrscheinlich hat Finn ihm erzählt, dass er panische Angst davor hat, ›unschuldig‹ in Verdacht zu geraten, wenn er kein Alibi vorweisen kann. Woraufhin der Vater bereitwillig beschlossen hat, seinem Sohn zu helfen und ihn zu schützen. Armer Mann.*

Ein leises Schluchzen kam aus der Richtung von Bianca, die sich längst ebenso wie ihre beiden Kolleginnen demaskiert hatte und nun still in Heidruns Armen weinte. Selina hatte sich betroffen abgewandt. Thilo war aschfahl geworden. Moritz und Noah hatten ihn fürsorglich von beiden Seiten untergehakt, um ihm Halt zu geben.

»Und dieser Seidenschal«, sagte Surendra mit fast unheimlicher Ruhe, »befindet sich in diesem Moment in deinem Rucksack, dort drüben in der Umkleide. Deshalb hast du Selina niedergeschlagen, als sie den Rucksack in die Hand genommen hat – weil du Angst gehabt hast, dass sie den Schal darin entdeckt. Dabei hat sie bloß nach ihrer Maske gesucht. Der Inhalt deines Rucksacks hat sie nicht im Geringsten interessiert. Mich auch nicht, nebenbei bemerkt. Aber durch deine Attacke hast du mich dazu verleitet, hineinzuschauen. Ohne dich hätte ich das Corpus Delicti nie gefunden.«

Finns Miene verfinsterte sich, und seine Hände ballten sich zu Fäusten.

»*Du* warst das?«, kam es plötzlich laut und fassungslos von Thilo. »Du hast Oxana umgebracht – und dann hebst du auch noch den Schal auf wie eine verdammte Trophäe?«

»Du verstehst gar nichts«, schoss Finn zurück. »Dieser Schal ist ein Teil von ihr, und der wird immer mir gehören, *mir*! So wie *sie* mir gehört hat – sie hat es nur nie begriffen. Und jetzt wird keiner sie je wieder besitzen, auch du nicht!«

»Du verfluchter *Mistkerl*!«

Mit einem heftigen Ruck riss Thilo sich von Moritz und Noah los und stürzte sich auf Finn. Surendra versuchte, die beiden zu trennen, dabei traf ihn ein rechter Haken von Finn an der Schläfe. Instinktiv schlug er mit seinem Gehstock zurück und erwischte seinen Gegner mit voller Wucht an der Schulter. Finn taumelte rückwärts, stolperte auf dem unebenen Boden, stürzte und kullerte den Hügel hinunter, bis er vor der steinernen Bühneneinfassung liegenblieb.

Mit einer energischen Handbewegung hielt Surendra die anderen zurück, als sie ihm hinterherhetzen wollten.

»Lasst mich machen«, raunte er. »Jetzt bringen wir das Stück zu Ende, wie es sich gehört.«

Er richtete sich hoch auf und ging zu Finn. Der machte keine Anstalten, sich aufzurappeln oder gar zu flüchten. Sein *moment of fame* war vorüber, sein Spiel war aus, und er wusste es.

»Graf Claudio, Ihr seid von Stund an aus meiner Gesellschaft ausgestoßen«, sagte Surendra, nun wieder ganz Don Pedro von Aragon. »Ihr werdet Euch unter anderem wegen zweier Tötungsdelikte verantworten müssen. Wachtmeister Holzapfel – nehmt den Mann fest und sorgt dafür, dass er nicht entkommt!«

Es verwunderte ihn nicht im Geringsten, dass die temperamentvolle Martina Schröder sofort zackig salutierte und ihre Wachtposten herbeirief, um »Graf Claudio« in Gewahrsam zu nehmen. Gemeinsam führten sie Finn, der keinerlei Widerstand leistete, von der Bühne.

Surendra schaute ihnen hinterher. Dabei spürte er, wie ihm eine Hand auf die Schulter gelegt wurde. Er wandte sich um und sah in das Gesicht von Thilo, verunstaltet durch ein paar Kratzer, aber überraschend ruhig und mit einem Ausdruck von tiefer Dankbarkeit.

»Ihr sotted erscht morga wieder an eam denka«, sagte Thilo. »Bis dann isch mir sicher eig'falla, wie mir den Kerle rächd in d'r Senkel schtellat.«

Surendra lächelte schwach. Thilo hatte seine Absicht verstanden und perfekt reagiert, indem er Benedikts letzten Satz, der eigentlich dem auf seiner Flucht gestellten und in Fesseln zurückgebrachten Don Juan galt, kurzerhand auf die aktuelle Situation ummünzte. Dass er dabei auf Benedikts direkt daran anschließenden Ruf nach Musik verzichtete, war begreiflich, schließlich wäre das das Stichwort für die Techniker gewesen, das Schlusslied einzuspielen, und das wäre wohl …

»Musik, ihr Schpielleut!«

Surendra fuhr zusammen – und gleich noch einmal, als auf Thilos auffordernden Ruf hin prompt Noah Sandmanns schwungvolle Vertonung von »Klaget nemmeh!«, der schwäbischen Version von Shakespeares »Sigh no more« gestartet wurde. *Waren Thilo und die Techniker denn von allen guten Geistern verlassen?* Er sah Thilo entsetzt an, doch der zuckte lediglich mit einem verzerrten Lächeln die Schultern und fing ungeniert an, laut zu singen. Nach und nach fielen auch alle anderen in das heitere Lied ein, wenn auch teilweise ausgesprochen zögernd und eher unwillig, da sie wie Surendra dieses fröhliche Finale unter den gegebenen Umständen als absolut unpassend empfanden. Doch dann merkten sie plötzlich, dass ihr Gesang wie ein Katalysator auf das Publikum wirkte: Die lähmende Anspannung, die sich zuletzt wie ein dunkler, schwerer Felsbrocken über das Tiefental gelegt hatte, löste sich auf, und die Zuschauer begannen, rhythmisch mitzuklatschen – erleichtert, befreit und voller

Begeisterung für buchstäblich *alles*, was sie an diesem Nach-mittag hatten erleben dürfen. Es war eine unfassbare Woge der Anerkennung, die dem Ensemble half, die absurde Situation bis zum letzten Refrain durchzustehen:

>*Klaget net, des isch vorbei!*
Werdet mundr, senget Lieder!
Nach ällem Bruddla ond Geschrei
kommt Glück ond Läba wieder!«

Dann war das Lied zu Ende, und ein stürmischer Beifall brach los.

14

Der August neigte sich seinem Ende entgegen. Noch immer hielt sich das Sommerwetter, das seit über drei Monaten nur gelegentlich für ein paar Regentage und den einen oder anderen Gewitterguss sorgte und ansonsten die reinste Freude für die Wanderer und Radfahrer war, die unermüdlich die Schönheiten der Schwäbischen Alb erkundeten.

Surendra Sinha stand an einer halbrunden Außenmauer der Burgruine Hohengundelfingen und genoss den atemberaubenden Ausblick auf das idyllische Lautertal und die Albhochfläche. Tief unter ihm wand sich die Große Lauter im Sonnenlicht wie eine glänzende Schlange durch die Wiesen. Der Fluss war, wie Surendra inzwischen gelernt hatte, niemals begradigt worden und legte seine gesamten zweiundvierzig Kilometer von der Quelle in Offenhausen bis zu seiner Mündung in die Donau bei Obermarchtal in seinem natürlichen Flussbett zurück.

Irgendwie ist hier einfach vieles noch so, wie es sein sollte, dachte Surendra. *Und die Menschen setzen sich dafür ein, dass es so bleibt. Kein Wunder, dass die UNESCO diese Region zum Biosphärengebiet erklärt hat. Hier habe ich zum ersten Mal einen Begriff dafür bekommen, was ›Nachhaltigkeit‹ wirklich bedeutet.*

Er wandte sich ab, ließ sich auf einer Bank nieder und versank für eine Weile in den Anblick der prächtigen Krüppel-Eiche, die sich hier mitten in dem ehemaligen Frauenhaus der Burg ihren Platz erobert hatte. Ihr in den rauen Albwinden schief gewachsener Stamm mit der weitverzweigten

Baumkrone lenkte seine Gedanken zu Finn Forstberger, in dessen Leben auch so manches schiefgelaufen war und der derzeit in Untersuchungshaft auf seinen Prozessbeginn wartete.

Wie bist du bloß darauf gekommen, dass es Finn war? Diese Frage hatte er nach jener denkwürdigen Premiere wohl hundertmal gestellt bekommen, von der Kaiserin und ihren Kollegen in Reutlingen, von Frank und von so ziemlich jedem einzelnen Ensemblemitglied und Mitarbeiter des Theaters. Und jedes Mal hatte er sich das erst mal selbst wieder gefragt. Wenn er ehrlich war, dann war es reiner Instinkt gewesen – und dazu eine gewaltige Portion Glück. Denn Finn hatte er nie wirklich auf dem Radar gehabt, nicht zuletzt, da er im Mordfall Oxana ein bestätigtes Alibi vorgelegt hatte.

Aber dann war Selina in der Umkleidehütte von einem Unbekannten niedergeschlagen worden, als sie auf der Suche nach ihrer Maske mehrere Taschen hochhob oder beiseiteschob – was durchaus den Eindruck erwecken konnte, dass sie die Sachen durchwühlte. Möglicherweise wollte der Unbekannte verhindern, dass sie dabei auf etwas stieß, was auf keinen Fall gefunden werden sollte. Aber was, und warum? Spontan hatte Surendra auf Drogen getippt, auch wenn er zuvor niemals irgendwelche Anzeichen bemerkt hatte, dass jemand in diesem Theater etwas konsumierte, was über Alkohol oder Nikotin hinausging. Dann war ihm aufgefallen, dass das letzte Teil, das Selina angefasst hatte, bevor der Leuchter sie am Hinterkopf traf, der Rucksack von Finn Forstberger gewesen war. Zwar brachte Surendra auch ihn nicht unbedingt mit Drogen in Verbindung, aber dafür dachte er spontan an Oxana Wadejewa und daran, wie sehr Finn für sie schwärmte. Hatte er vielleicht etwas bei sich, was sein Geheimnis bleiben sollte, weil es ihr gehört hatte oder – und da war sie gewesen, die unerwartete Eingebung – oder weil man es womöglich mit ihrem Tod in Verbindung bringen konnte? Das wäre zumindest ein verdammt guter Grund dafür gewesen, jemandem einen alten Requisitenleuchter über den Kopf zu ziehen, um zu verhindern, dass es ans Tageslicht kam.

Denkbar war es. Finn war bei Oxana nie zum Zuge gekommen, und Eifersucht beziehungsweise verschmähte Liebe wären nicht zum ersten Mal in der Menschheitsgeschichte zum Mordmotiv geworden. Zwar waren seine DNA-Spuren auf der Toten damit zu erklären gewesen, dass er die Leiche vor Zeugen angefasst und aus dem Brunnen gehoben hatte, und ein Alibi hatte er wie gesagt auch. Trotzdem war Surendra sich plötzlich sicher gewesen, dass er in dem Rucksack den seit dem Tattag spurlos verschwundenen roten Seidenschal von Oxana finden würde. Und siehe da: Bingo.

So oder ähnlich hatte er die Geschichte dutzende Male erzählt, vor allem gleich am ersten Abend, als sie sich nach der Vorstellung trotz allem um das Feuer beim Froschfelsen versammelt hatten, auch wenn an eine Premieren-»Feier« in dem Sinne nicht zu denken war. Aber sie hatten diese Gemeinschaft, diese Nähe zueinander gebraucht, um zu reden – damit sie irgendwann vielleicht begreifen und verarbeiten konnten, was an diesem Tag geschehen war. Und vor allem auch, um zu überlegen, wie es nun weitergehen sollte. Konnte man auch diesmal alles hintanstellen für »The show must go on«?

Ja, man konnte. »So entsetzlich und tragisch das alles ist, aber wir können jetzt nicht alles hinschmeißen, wofür wir so hart gearbeitet haben«, hatte Valentin Zeus gesagt, der immer mehr die Führungsrolle in der Truppe übernahm und gute Chancen hatte, demnächst auch offiziell Leiter des Theaters zu werden. Denn Lars Lege hatte angekündigt, dass er sein Amt niederlegen würde, da er wusste, dass er das Vertrauen seiner Leute und sein Ansehen verspielt hatte. Immerhin hatte er noch angeboten, den Don Pedro jetzt auf die Schnelle doch noch einzustudieren und auf seine Kreuzfahrt zu verzichten, damit Surendra seine Mission abschließen konnte und nicht noch ganze sechzehn weitere Vorstellungen absolvieren musste. Surendra jedoch hatte, ohne zu zögern, abgelehnt. »Der Pedro ist *meine* Rolle«, hatte er gesagt und das Thema gar nicht erst weiter diskutiert. Für ihn war es Ehrensache, zu beenden, was er begonnen hatte – und außerdem war er überzeugt, dass es die Moral der Truppe, die ohnehin schwer angeschlagen war, noch zusätzlich schwächen würde, wenn ausgerechnet jetzt der im Moment ausgesprochen unbeliebte Lars auf die Bühne zurückkehrte.

So war er Don Pedro von Aragon geblieben. Die erste Vorstellung nach der Premiere war furchtbar gewesen, alle hatten sich gefühlt, als spielten sie mit einem unsichtbaren Betonklotz am Bein. Doch mit jeder weiteren Aufführung war diese Last mehr und mehr von ihnen abgefallen, und mittlerweile hatten sie ihre Freude daran, zu spielen und dem Publikum ein paar unterhaltsame Stunden zu bereiten, wiedergefunden. Valentin hatte persönlich die Rolle des Claudio übernommen (»den Text kann ich nach den ganzen Proben sowieso schon fast auswendig, ich muss lediglich aufpassen, dass ich mich in der Schlussszene nicht übergebe«), und er harmonierte gut mit Selina, deren Platzwunde am Hinterkopf sich zum Glück als weniger massiv erwiesen hatte als befürchtet, sodass sie nach den fünf freien Tagen, die auf die Premiere gefolgt waren, wieder einsatzfähig war. Selbst Andreas Forstberger hielt tapfer durch, obwohl die Taten seines Sohnes ihn bis ins Mark erschüttert hatten. Er hatte nach der Premiere eindringlich beteuert, nichts davon gewusst zu haben. Sein Junge habe ihm überzeugend versichert, dass er nichts mit Oxanas Tod zu tun hatte, und nur deshalb habe er ihm mit dem falschen Alibi ausgeholfen. Man glaubte ihm, und man empfand Mitleid mit dem Mann, dessen Leben mit einem Schlag in Trümmern lag. Ihm weiterhin Geborgenheit und Halt in der Theatergemeinschaft zu geben war das Wenigste, was man für ihn tun konnte.

Und nun war die Saison fast vorüber. Längst waren Surendra seine Einsätze als Don Pedro zur Gewohnheit geworden, längst brauchte er auch keinen Gehstock mehr. Morgen und übermorgen würden die letzten beiden Vorstellungen über die Bühne gehen, danach würde er sein Ferienhaus im Lauterdörfle räumen und Hayingen verlassen müssen. Er hatte die ganze Zeit inständig gehofft, dass er bis dahin ein neues Ziel gefunden hatte, auf das er hinarbeiten konnte, um nicht wieder in die untätige Leere zurückzusinken, aus der Frank ihn seinerzeit für diese Mission herausgeholt hatte. Aber im Moment sah es leider nicht danach aus.

»Ja, sieh mal einer an – Don Pedro vergnügt sich im Frauenhaus!«

Er fuhr herum. Auf den Stufen zum Eingang in das kleine Rondell mit der Krüppel-Eiche stand Leonie Lexer und lachte ihn schelmisch an.

»Was machst du denn hier?«, fragte er überrascht.

»Ich liebe diese Burg.« Sie kam näher und legte eine Hand auf den Baumstamm. »Hier ist fast nie etwas los, meistens hab ich sie ganz für mich allein, und egal wie oft ich hierher komme, ich hab immer das Gefühl, ich kann in diesen alten, verwinkelten Mauern noch mal irgendwas Neues entdecken. Dazu noch diese phantastische Aussicht! Hast du hier schon mal einen Sonnenuntergang beobachtet?«

»Nein.«

»Musst du unbedingt mal machen.«

Surendra nickte, während er sie unverwandt betrachtete. Ihre kleine, fast knabenhaft schmale Gestalt steckte in Jeans und einer blaugemusterten Tunika, ihr feuerrotes Haar war zu einem straffen Zopf geflochten. Ihre blauen Augen in dem sommersprossigen Gesicht leuchteten lebhaft. Offenbar störte es sie nicht im Geringsten, dass sie die Burgruine diesmal *nicht* für sich allein hatte.

»Setz dich doch«, sagte er und wies mit der Hand auf den freien Platz neben sich auf der Bank. »Oder bist du schon am Gehen?«

Sie schüttelte den Kopf. »Nein. Ich hab für heute Feierabend, ich will die Gelegenheit nutzen, ein bisschen abzuschalten. Morgen hab ich den ganzen Tag über Bereitschaftsdienst.« Sie setzte sich neben ihn und zwinkerte ihm zu. »Und am Sonntag geh ich ins Theater.«

Surendra stutzte. »Doch nicht etwa zu uns?«

»Aber sicher!« Jetzt grinste sie breit. »Meine letzte Chance, dich noch einmal als Prinz von Aragon anzuhimmeln.«

»Es sei dir vergönnt.« Ein Lächeln tanzte in seinem Mundwinkel. »Wenigstens scheint das Wetter diesmal wieder mitzuspielen. Ein paar Aufführungen hat es uns zuletzt ja ziemlich verregnet, aber insgesamt haben wir doch Glück gehabt.«

»In jeder Hinsicht«, erwiderte Leonie. »Dass das Stück bei allem, was vorausgegangen und bei der Premiere passiert ist, noch so ein Riesenerfolg geworden ist – ganz ehrlich, damit hätte ich in dem Moment, als dieser Finn so plötzlich aus der Rolle gefallen ist und auf offener Bühne ein Geständnis abgelegt hat, nicht mehr gerechnet.«

»Da warst du nicht die einzige«, versetzte Surendra. »Aber dann hat das Publikum uns über die Ziellinie getragen, und danach haben wir uns gegenseitig wieder aufgebaut und Mut gemacht. Es *musste* einfach irgendwie weitergehen. Natürlich hat auch sehr geholfen, dass diese ›Premierensensation‹ viral gegangen ist. Presse, soziale Medien, Mundpropaganda – überall hat man über uns geredet, und die Leute haben uns die Bude eingerannt. Die Verkaufszahlen sind durch die Decke gegangen. Auch das hat uns angespornt, nicht aufzugeben. Und wir haben es geschafft.«

»Nicht zuletzt dank dir.« Leonie lächelte. »Ich hab dir doch gesagt: Dein Pedro wird in die Geschichte eingehen.«

»Der aus der Premiere mit Sicherheit.« Surendra schnitt eine Grimasse. »Alle anderen waren wohl bestenfalls freundlicher Durchschnitt.«

»Immerhin hast du tatsächlich weitergemacht«, betonte Leonie. »Obwohl du nicht dazu verpflichtet warst. Wie haben die Leute in Hayingen eigentlich reagiert, als sie erfahren haben, dass du die ganze Zeit bei ihnen undercover ermittelt hast?«

»Ziemlich verblüfft.« Surendra lächelte leise. »Und wohl auch ein bisschen beeindruckt, weil nicht *einer* von ihnen meine Maskerade durchschaut hat. Nur an meinen richtigen Namen haben sie sich noch immer nicht gewöhnt. Für sie werde ich wohl in alle Ewigkeit *Arjun Sahani* bleiben.«

»Was sich auf Dauer sogar als vorteilhaft erweisen kann«, stellte Leonie fest. »Ich meine, wenn du künftig wieder als *Surendra Sinha* ermittelst, dann werden dich nur die Wenigsten mit dem Don-Pedro-Schauspieler aus Hayingen in Verbindung bringen.«

Surendra betrachtete sie verwundert. »Und was soll daran vorteilhaft sein? Sollte ich mich für meinen Abstecher auf die Theaterbühne etwa schämen?«

»Unsinn«, wehrte Leonie ab. »Aber Arjun Sahani ist jetzt hier in dieser Region eine kleine Berühmtheit. Und als Ermittler hält man sich meistens ja doch lieber bedeckt.« Sie verzog das Gesicht. »Außer, man heißt Jakob Kratz.«

Unwillkürlich imitierte Surendra ihren Gesichtsausdruck.

»Da hast du wohl recht«, sagte er. »Allerdings habe ich keine Ahnung, ob ich überhaupt jemals wieder ermitteln

werde, egal ob hier oder sonst irgendwo. Nach der Schluss-
vorstellung am Sonntag hänge ich erst mal wieder in der
Luft.«

Leonie seufzte. »Zu blöd. Die Kaiserin hat wirklich alles
versucht, dich bei uns unterzubringen, aber im Moment gibt
es einfach keine Vakanz, die für dich passt. Aber du stehst
ganz oben auf ihrer Liste, und sobald etwas frei wird, kannst
du Gift darauf nehmen, dass sie sich auf der Stelle bei dir
meldet.«

»Schön zu wissen.« Ein blasses Lächeln umspielte Surendras Lippen.

»Und bis dahin …« Leonie sah ihn an und legte den Kopf
schräg. »Hast du denn schon mal daran gedacht, als freier
Ermittler zu arbeiten?«

Surendra schnaubte abfällig. »Du meinst, als Privatdetek-
tiv mit Trenchcoat und Schlapphut und verstaubtem Büro,
der im Auftrag misstrauischer Herren deren mutmaßlich
ungetreue Ehefrauen beschattet?«

Leonie lachte. »Du mit Schlapphut, das würde ich zu gerne
mal sehen. Dafür würde ich sogar freiwillig dein Büro ent-
stauben. Im Ernst, Surendra, gute Ermittler werden immer
gebraucht, und zwar für entschieden mehr als nur simple Be-
spitzelungsjobs. Ein Bekannter von mir ist Familienanwalt
in Bad Urach, der sucht derzeit händeringend nach einem
Ermittler, der ihn bei den vielen Fällen unterstützt, die in
seiner Kanzlei landen – wichtige Zeugen auftreiben, Nach-
forschungen anstellen oder undurchsichtige Hintergründe
durchleuchten und entschlüsseln. Wäre das nichts für dich?«

»Ich weiß nicht«, meinte Surendra zögernd. »Dazu müsste
ich den Mann mal kennenlernen, damit ich mir ein Bild von
diesem Job machen kann. Und vor allem bräuchte ich dann
hier ein Domizil. In meinem Zimmer bei Frank in Hechingen wäre ich doch etwas arg weit weg.«

»Kannst du nicht einfach weiter in deinem Ferienhaus bleiben?«

»Nein. Das ist schon für neue Mieter reserviert. Nächste Woche muss ich ausziehen.«

»Verstehe.« Leonie runzelte die Stirn. »Aber es sollte doch möglich sein, in Bad Urach eine Mietwohnung für dich aufzutreiben!«

»Vielleicht«, entgegnete Surendra. »Wobei ich ja lieber hier oben bleiben würde. Ich hab mich auch schon ein bisschen im Netz umgesehen, weil ich so und so mit dem Gedanken spiele, mich auf der Alb niederzulassen. Aber das Richtige hab ich noch nicht gefunden.«

»Suchst du denn was Bestimmtes?«

»Auf keinen Fall etwas Großes. Höchstens zwei Zimmer, notfalls reicht mir auch eines. Ich bin nicht anspruchsvoll. Aber gerade so kleine Wohnungen sind schwer zu finden.«

»Ich weiß.«

Eine Weile schwiegen beide. Die Sonne stand inzwischen bereits ziemlich tief und warf lange Schatten.

»Weißt du«, sagte Leonie plötzlich, »meine Großmutter in Gomadingen hat im Dachgeschoss ihres Hauses eine gemütliche kleine Ferienwohnung. Ein Zimmer mit Küchenzeile, dazu ein winziges Bad. Allerdings hat sie schon des Öfteren Ärger mit ihren Gästen gehabt. Manche haben herumgenörgelt, weil es ihnen zu beengt war, andere haben dafür das halbe Inventar mitgehen lassen. Deshalb will sie eigentlich nicht mehr vermieten.« Sie sah ihn an, ihre Augen funkelten. »Aber dich kennt sie ... um genau zu sein: Sie schwärmt von dir, seit du damals den Chauffeur für sie gespielt hast. Ich könnte mir vorstellen, dass sie für dich eine Ausnahme macht. Wenn dir wirklich ein Zimmer genügt – soll ich sie mal fragen? Sozusagen als Übergangslösung, bis du die richtige Wohnung für dich gefunden hast?«

Surendra antwortete nicht sofort. Zu überraschend kam dieser Vorschlag und mit ihm die Aussicht, tatsächlich auf der Alb bleiben zu können. Zwar konnte er sich noch nicht wirklich vorstellen, als freier Ermittler für einen Familienanwalt zu arbeiten, andererseits hatte er sich bis vor wenigen Monaten auch noch nicht vorstellen können, als Shakespeare-Darsteller auf einer Freilichtbühne zu stehen. Und das auch noch sowohl mit Spaß an der Sache als auch mit Erfolg.

Vielleicht sollte es so sein. Vielleicht öffnete Ganesha ihm einmal mehr den Weg zu einem Neubeginn.

Er sah Leonie an und lächelte.

»Das klingt gut. Ja, gern. Frag sie mal.«

ENDE

ANHANG

»Viel Lärm um nichts« (»Much Ado About Nothing«) ist eine Komödie von William Shakespeare.

Zum Inhalt (in aller Kürze): Der intrigante Don Juan neidet dem Grafen Claudio dessen Rang und Ansehen bei seinem Halbbruder Don Pedro, dem Prinzen von Aragon. In der Nacht vor Claudios Hochzeit mit der schönen Hero lässt Don Juan Claudio ein Schäferstündchen zwischen seinem Diener Borachio und Heros Kammerfrau Margareta, die ihrer Herrin sehr ähnlich sieht, beobachten. Claudio hält Margareta für Hero, fühlt sich betrogen und beschimpft Hero am nächsten Tag vor dem Traualtar in aller Öffentlichkeit als treulose Hure. Hero wird ohnmächtig, ihr Vater Leonato erklärt sie für gestorben – und erst als Borachio Don Juans Intrige ausplaudert und Claudio sein Unrecht bereut, darf Hero »wiederauferstehen« und ihren Claudio heiraten. Es gibt sogar eine Doppelhochzeit, da Heros Cousine Beatrice und deren Lieblings-Streitgegner Benedikt, ein Edelmann aus Don Pedros Gefolge, sich als Folge einer (in diesem Fall freundschaftlichen) Intrige unerwarteterweise ineinander verliebt haben.

In diesem Krimi bringt dieses Ensemble das Stück auf die Bühne:

Don Pedro, Prinz von Aragon – Arjun Sahani
Don Juan, Pedros Halbbruder – Sandro Hoffmann
Claudio, ein florentinischer Graf – Finn Forstberger
Benedikt, ein Edelmann aus Padua – Thilo Matt
Leonato, Gouverneur von Messina – Andreas Forstberger
Antonio, Leonatos Bruder – Marcel Schröder
Balthasar, Don Pedros Diener – Noah Sandmann
Borachio, Don Juans Begleiter – Moritz Riemann
Conrad, Don Juans Begleiter – Philipp Riemann
Holzapfel, Wachtmeister – Martina Schröder
Schlehwein, Gerichtsdiener – Gabi Riemann
Ein Schreiber – Lena Matt
Hero, Leonatos Tochter – Selina Lege
Beatrice, Leonatos Nichte – Bianca Weißgerber
Margareta, Heros Kammerfrau – Nora Riemann
Ursula, Heros Kammerfrau – Heidrun Matt
Eine Botin – Lena Matt
Ein Mönch – Bernd Lege
Wachen – Sabrina Matt, Sina Weber, Sonja Weber

Leiter des Theaters – Lars Lege
Regisseur – Valentin Zeus
Leiter der Abteilung Bühnenbau – Tom Matt
Leiterin des Kostümfundus – Dörte Weber
Pferdezüchterin – Daniela Schulze

DANKSAGUNG

Das Naturtheater Hayingen gibt es wirklich, ich gehöre selbst dort seit 2022 zum Schauspiel-Ensemble. In diesem Krimi verwende ich diese Naturbühne allerdings lediglich als Spielort. Handlung und Personal sind reine Fiktion, weswegen ich durchaus auch einige Details habe einfließen lassen, die beim wirklichen Naturtheater nicht so oder zumindest etwas anders ablaufen würden. (Das Original-Ensemble ist auch wesentlich liebenswerter als mein zum Teil doch ziemlich streitsüchtiges Krimi-Personal, und soweit ich weiß, ist dort auch noch niemand auf der Bühne zu Tode gekommen.)

Ich bedanke mich bei allen meinen Bühnenkollegen, durch die ich das Naturtheater Hayingen kennen- und liebengelernt habe. Ganz besonders danke ich Karin Kollmannsberger vom Stall KK in Ehestetten für ihre umfassenden Auskünfte rund um die Pfalz-Ardenner und den Umgang mit ihnen. Weiters gilt mein Dank meinen lieben Freunden Simone und Kai Dorra, die mich auf bewährte Weise als Testleser unterstützt haben, wobei an Simone ein Extra-Dank geht für die Übertragung ausgewählter Shakespeare-Passagen ins Schwäbische, einschließlich eines Teils des Liedes »Sigh no more«, bei dem sie auch noch ihre dichterischen Fähigkeiten bewiesen hat.

Außerdem danke ich der Stabsstelle Öffentlichkeitsarbeit des Polizeipräsidiums Reutlingen und dem Sekretariat des Instituts der Rechtsmedizin an der Universität Tübingen für stets bereitwillig und ausführlich erteilte Auskünfte, wenn ich konkrete Fragen zur Arbeit der Polizei und der

Gerichtsmedizin hatte. Und natürlich danke ich dem Verlag Oertel+Spörer, vor allem Ulrike Weiler (Vertrieb/Veranstaltungen/Presse) und Bernd Weiler (Lektor), für die erneut sehr angenehme Zusammenarbeit.

Gomadingen, Januar 2024
Ingrid Zellner

Ingrid Zellner wurde 1962 in Dachau geboren. Sie studierte in München Theaterwissenschaft, Neuere deutsche Literatur und Geschichte (1988 Magisterexamen). Von 1990 bis 1994 war sie als Dramaturgin am Stadttheater Hildesheim engagiert, von 1996 bis 2008 in derselben Funktion an der Bayerischen Staatsoper München. Heute ist sie vor allem als Übersetzerin (Schwedisch) und als Autorin tätig. Sie veröffentlichte Romane, Krimis, ein Kinderbuch, Kurzgeschichten, CD-Booklet-Texte, Artikel und Theaterstücke. Daneben ist sie Regisseurin und Schauspielerin; große Erfolge u.a. als Dorfrichter Adam in Kleists *Der zerbrochne Krug*. Sie ist Backing Vocalist für die Punk-Rock-Band *Garden Gang* und leitete sechs Jahre lang ein Jugendtheater-Ensemble. Derzeit lebt sie in Gomadingen auf der Schwäbischen Alb und spielt im Ensemble des Naturtheaters Hayingen. Ihre bevorzugten Reiseziele sind die Länder Skandinaviens, die Arktis und Indien.

Ingrid Zellner

RATTENWEIHNACHT

Kurz vor Weihnachten taucht in dem Dorf Buchelfingen eine
Frau auf, die ihr Gedächtnis verloren hat und nicht mehr
weiß, wer sie ist.

Die etwas verschrobenen Brüder Gunnar und Leander Biber
nehmen sie bei sich auf. Dabei haben sie eigentlich ganz
andere Probleme ...

ISBN 978-3-96555-150-3 | 13,00 Euro | 246 Seiten

Auch als  9,99 Euro

Vor der Oskar-Kalbfell-Halle in Reutlingen wird ein
Jugendlicher von einem Schuss tödlich getroffen.
Sein Mitschüler Julian entkommt nur knapp.
Beide engagierten sich in der Friday for Future-Bewegung.
Kurz darauf wird ein weiterer Anschlag auf Heilbronner
Klimaaktivisten verübt. Die Spuren führen das bewährte
Reutlinger Kripo-Ermittlerduo Robert Becker und Marion
Schmidt auch auf die Schwäbische Alb.
Dann geschieht ein weiterer Mord beim Albbiotop zwischen
Großengstingen und Trochtelfingen. In einem Aschenbecher
wird ein Schnipsel einer nicht ganz verbrannten Spielkarte
gefunden. Ein Karo König.

ISBN 978-3-96555-084-1 | 11,95 Euro | 340 Seiten

Auch als  9,49 Euro

Dieser Kriminalroman spielt an realen Schauplätzen.
Alle Personen und Handlungen sind frei erfunden.
Sollten sich dennoch Ähnlichkeiten mit lebenden oder
verstorbenen Personen ergeben, so sind diese rein zufällig
und nicht beabsichtigt.

© Oertel + Spörer Verlags-GmbH + Co. KG 2024
Postfach 16 42 · 72706 Reutlingen
Alle Rechte vorbehalten

Titelbild: Ingrid Zellner
Gestaltung: PMP Agentur für Kommunikation, Reutlingen
Lektorat: Bernd Weiler
Korrektorat: Sabine Tochtermann
Satz: Uhl + Massopust, Aalen
Druck und Bindung: FINIDR, s.r.o. | Česká republika

ISBN 978-3-96555-163-3

Besuchen Sie unsere Homepage und informieren
Sie sich über unser vielfältiges Verlagsprogramm:
www.oertel-spoerer.de